司南
天命卷
下
側側輕寒

目錄

第四卷

天命

第九章 冰川絕巔

諸葛嘉等人回來，神情有些凝重。

與朱聿恆深切相談，阿南已大致恢復了，只是神情還黯淡低落。

朱聿恆知道她心神激蕩，便讓她先休息片刻，自己問諸葛嘉：「情況如何？」

諸葛嘉鬱悶道：「未能全殲，唐月娘和一小股人跑了。」

朱聿恆打量他和身後人，沉吟問：「遇到了什麼阻礙？」

「在溪谷有人殺出來，掩護他們跑了！」諸葛嘉說著，目光落在朱聿恆腰間的「日月」上，欲言又止。

朱聿恆當即明白了，問：「對方也是手持日月？」

「是。」

看來，韓廣霆與青蓮宗也已聯繫上，不知是否要繼承他父母衣缽。

溪谷後山高林密，脫逃範圍更大，眼看已經無法追擊，朱聿恆示意眾人整頓隊伍，免得在山中再生差池。

朱聿恆回頭看阿南神情尚有些恍惚，便抬手挽住她起身。

廖素亭忙送上披風，提醒朱聿恆道：「殿下衣服破損了，山間風大，遮一遮吧。」

阿南這才看見阿琰的背部被竺星河的春風割開了，又沾染了方碧眠撒來的毒粉。

「讓我瞧瞧。」阿南抬手示意朱聿恆背轉過去，將他破開的衣服拉開，查看他的傷處。

只見衣服破口處及裡面裸露的肌膚上，沾了不少白色的粉末，阿南拿袖子幫他拭去，分辨帕子上的東西，鬆了一口氣。

「沒什麼大礙，主要是生石灰，摻雜了一些毒藥。要是入眼或者吸入的話，眼睛和喉嚨會被立即灼燒導致失明、失聲，沾到皮膚上，只要沒破損的話，應該沒什麼大礙。」

說著，她俯頭查看他的後背，見到那裸露的肌膚後，她忽地愕然倒吸一口冷氣。

朱聿恆察覺到她的異常，正要詢問什麼，她卻迅速將披風罩在他的身上，倉促道：「走，回去再說。」

阿南與朱聿恆互相攙扶著回到後方，在臨時闢出的軍帳中，脫去他的衣服，查看他身上的傷勢。

在他的胸腹之上，山河社稷圖如數條血紅毒蛇，纏縛住了他的周身。

阿南拿來鏡子，給朱聿恆照出背後情形。

只見他的肩背脊椎之上，石灰被阿南草草掃去後，隱約露出了一條深紅猙獰的血線。

「這條督脈的血痕……是什麼時候出現的？」阿南的手顫抖地撫過他背脊，低聲詢問。

朱聿恆扭頭看著鏡中脊背的血痕，也是震驚不已：「不知道，我從未注意過，也沒有任何感覺，它怎麼無聲無息出現了？」

督脈……

他清楚記得傅准在失蹤之前，跟他說過的話——

天雷無妄，六陽為至凶，關係的正是他的督脈。

難道說，是他在榆木川受傷時，這條血脈崩裂了，所以倉促中才沒有察覺到？

可，它發作於肩背，當時他後背受傷，身邊人多次替他敷藥換藥，傷癒後無數次更衣沐浴，怎麼可能都未曾注意到？

見肌膚上還有殘存的石灰，阿南便抬手在他身上擦了擦，便道：「先把石灰掃掉再說吧。」

生石灰不能碰水，碰水便會沸騰，因此阿南用了乾布幫他擦掉，等到看不到灰跡了，然後才換了乾淨的水，沖洗掉他身上殘存的痕跡。

她幫他尋出更換的衣服，回身時朱聿恆已經擦乾了身子。胸腹間的猩紅血線依舊刺目，阿南想到他這叵測的前路，喉口不覺哽住，默然幫他拉上衣服。

就在目光落在他後背時，她又忽然抓住了他的後衣領，顫聲道：「等等！」

肉眼可見的，他脊背上的血痕竟然在漸漸變淡，彷彿血跡乾涸蒸騰，只剩下隱約的淡青筋絡痕跡。

「怎麼了？」朱聿恆扭頭，看向鏡中，才發現背脊督脈血痕已經消失了。

兩人震驚不已，面面相覷。

難道，真如他所料，天雷無妄消亡的，不僅只是山河大勢，也會有他身上的血脈？

「你等等。」阿南行李中便備有石灰，很快取了些搗碎的過來。拉好帳門，她將它撒在朱聿恆的肩背之上。

石灰沾染到皮膚之後，那條本來已經隱形的血痕，此時又逐漸顯現出來。

仔細一看，其實這條血痕與其他也不一樣，顯得略為模糊些，而且顏色偏紫，彷彿是年深日久的舊痕跡。

「你之前，注意過這個嗎？」

朱聿恆搖頭：「我身上從未沾染過石灰。」

阿南一想也是，正常人的後背誰會碰到石灰，尤其阿琰還是這般尊貴的皇太孫殿下，從小到大怕是連灰土都未曾上過身。

等他們將石灰清理乾淨，阿南仔細查看，其實隱去之後，背上還是有一條青筋，只是因為正在脊椎凹處，而且淡淡一條青色也並不顯目，所以從未有人注意過。

兩人的心中，不約而同升起一個想法——

「記不記得，土司夫人曾經說過……」

兩人異口同聲，又同時止住。

土司夫人的母親在年幼時，見過韓廣霆身上的血脈痕跡，當時她下意識地脫口而出，說，青龍。

因為她看見的血脈模樣，和寨子裡男人們褪色的青龍紋身相似。

聽到韓廣霆的紋身是青色時，他們都覺得費解。然而如今朱聿恆的身上，也出現了青色的痕跡。

「沒事，如今韓廣霆已經出現在我們的眼皮底下，咱們一路向雪山追蹤就行。只要抓住了他，我相信一切便能水落石出！」阿南說著，抬手按在朱聿恆的背上，又沉吟許久，聲音漸漸變得低愴：「可是阿琰，我們之前的預想，好像成真了……」

消失的天雷無妄之陣。

梁壘說，陣法早已消失，你們還要如何尋找！

傅准說，你背後的力量遮天蔽日，你如今，已將我捲入陣中了。

而皇帝一力阻止他去探尋燕子磯陣法，理由是怕引動他身上潛伏的天雷無妄陣法，可其實……

其實是，他早已知曉那是個二十年前已被啟動的陣法，若是朱聿恆前往搜尋，必定會發現蛛絲馬跡。

二十年前，他身上便已潛伏了山河社稷圖，只是第一條爆裂的血脈，被人以韓廣霆一樣的手法隱藏了起來，成了無影無形的附骨之疽。

而他的親人們，他背後遮天蔽日的力量，知曉這個事實，並且，一路竭力掩蓋。

所以他們洞悉他已經沒有時間從西南來回，極力阻攔他，要讓他的最後兩個月時間，陪在自己身邊。

所以他兩鬢斑白的祖父，帶傷陪他南下，只為了與他共聚這最後的時光。

而他們知道得更多，因此，寧可斷絕他南下抓住最後一線希望之路，強忍悲痛著手為他營建陵闕。

——是因為，他真的沒有任何回天之力了嗎？

「不，我不信！」

阿南抬起手，將朱聿恆緊緊擁入懷中。

這身體明明還這般熾熱，彷彿可以灼燒她的心口。

這呼吸明明還如此急促，彷彿可以引領她所有情緒。

這雙臂明明還緊抱著她，彷彿要讓兩人合二為一般執著用力。

他怎麼會離她而去，離這個世界而去！

她淚流滿面，哽咽而急促地撫慰他：「不要怕，阿琰，不要怕……」

可，連自己的身世都已成永世傷痕的她，又如何能幫他寬解親人的背棄，抵擋這鋪天蓋地而來的死亡陰影。

縱然人人都知道那一日要到來，縱然他早已做好了千遍萬遍的準備，又怎能真的無牽無掛，無懼無畏。

她只能緊緊抱著懷中的他，固執地說：「阿琰，不許放棄，我以後，還要靠你呢……你說過，你以後就是我的手，我們要一起上三千階，三萬階……你，不許食言！」

在這混亂中，等了許久許久，她才聽到懷中的阿琰低低地、卻彷如發誓般，回應了她：「好。」

一夜休整，他們收拾行裝，朝著神女山進發。

臨上山之際，阿南詢問魏樂安，商量他的去留。

「魏先生，我們準備進山了，你如今腿上受傷，雪山怕是難爬，準備如何呢？」

魏樂安轉頭看後方，茫茫峰巒，雪地霧淞，海客們也不知散往了何處，他若是一個人離開，怕是只有迷失的可能。

因此他遲疑了片刻，說：「我便在山下等你們吧，我一個人也無法回程。」

他們攜帶的輜重自然也無法背上雪山，便留了一部分人下來，與魏樂安一起在山下臨時駐紮，而阿南與朱聿恆引領眾人，向著雪山行去。

旭日躍出魚肚白的天空，長久圍在雪山上空的雲霧在瞬間散開。

山腳小小的冰川湖泊倒映著天空與雪山，孔雀藍的湖水就如一塊被凝固在天地間千萬年的藍冰，格外鮮明奪目。

天空湛藍澄澈，托出一輪耀眼的太陽，在雪山尖頂之上驕傲地照徹世間萬物，也照射在他們的身上，為所有的東西鍍上了一層溫暖的金光。

「阿琰你看，太陽升起來了。」

阿南手指著遍灑大地的日光，揚頭對他微微而笑。

所有的陰霾，都將被這萬丈金光衝破，輝煌、溫柔、燦爛，亙古不滅。

朱聿恆應了一聲，抬手輕輕握住了她的手，與她並肩面對這浩渺群峰，浩大世界。

雪山嚴寒，眾人穿著棉衣狐裘埋頭向上攀爬，卻都覺得身上躁熱，不多久便有些人敞開了懷散熱。

朱聿恆抬頭看上方還有不遠距離，而身旁阿南噴出的氣息已經是濃濃白氣。寒風讓她的眼睛都有些睜不開，睫毛上結了晶瑩的水氣，在日光中顯得格外瑩亮。

他示意她注意險峭處，輕聲問：「冷嗎？」

阿南搖頭朝他一笑，露在外面的臉頰被凍得紅通通的，簇擁在紅色赤狐毛中，越顯嬌豔動人。

朱聿恆忍不住抬手緊緊抱住了她，許久，才以灼熱雙唇在她耳畔貼了貼，輕聲道：「走吧。」

繼續埋頭上爬，日光照在雪上，嚴寒讓雪地變得堅硬，腳印踩在上面，只能留下些許淺淺的痕跡。

阿南的目光在雪地裡掃來掃去，似在尋找什麼。

朱聿恆正想詢問，她已悄悄將他一拉，指給他看前方。

這終年平滑的雪地，反射著燦爛的日光，原本應當是絨毯般平整的一層光華，卻隱約透出些彆扭。

朱聿恆仔細看去，原來，雪地上有一串輕微凹痕。

淺淺凹痕在茫茫雪地上原本看不出來，但因為日光的斜照角度，漫射的光線不再平整，於是便呈現了出來。

他看向阿南，阿南朝他點了一下頭。

能在此時此刻這樣的絕巔之中，搶在他們面前率先上山的，必定是他們追蹤馬蜂尋到的、隱藏在山谷裡的那個人。

也是手持日月來襲的、傳靈焰的兒子，韓廣霆。

明知上頭危機重重，阿南的臉上卻現出了燦爛笑意：「看來，我們走的路徑沒問題，快走吧！」

越爬越高，日光被雲霧遮蔽，風雪也越大。

寒風捲起雪片，如尖利的石屑擦過臉頰，幾乎要割出血痕來。

眾人以布蒙面，只露出雙眼在外，艱難朝上跋涉，再無剛才的輕鬆。

雪片撲簌翻飛，上方的雪塊向下滾落，似有越來越多的跡象。

嚮導抬頭一看，臉色頓時變了，忙尋到朱聿恆身邊，指著上方道：「大人，雪山神女正在安睡中哩，咱們此時上山，怕是會驚擾神女，到時候她一翻身，山崩雪塌，咱們所有人會被一起埋掉哩！」

阿南向上望去，見上方果然有幾堆積雪正從山頂滑落，想必是他們上山的人太多，腳步雜亂，引起了積雪震動。若是再靠近山峰，到時怕是會引發大雪崩，所有人都將被埋在積雪之下，難以逃脫。

旁邊的諸葛嘉聽到此言，露出心有餘悸的神情。

顯然，他想到了在魔鬼城中，他率隊時遭遇的天塌地陷。

「可是，寨子裡的病情已經擴散，遇到青蓮宗伏擊又耽擱了一天，上山事不宜遲，咱們可沒辦法駐紮在山腳等待啊。」

寨子裡跟來的人都是焦急不已，畢竟他們親人都面臨著染疫慘死的可能，亟盼能盡早上山。

阿南與朱聿恆對望一眼，問老嚮導：「既然如此，咱們大部隊不上去，只幾個人悄悄地上山，是不是就不會驚動神女了？」

老嚮導遲疑：「是倒是，但是……這雪山，你們準備幾人上去？」

為穩妥起見，朱聿恆發令所有人原地休整，並找了當年在這邊挖過冰的老人詢問。

「老人家，不知你還記得上面的詳細情況嗎？」

老人雖然身體強健，但此間空氣寒薄，他年事已高，跟他們走到這裡已是喘息甚急，勉強在雪地中給他們描繪上面的情形。

「當日我們上雪山，是藉著預先打入冰川的樁子爬上去的。山峰中部有個冰洞，從中可以穿過去，後面是冰川空洞，就是我們挖冰的地方……那時候我們哪知道他們要在冰川上面挖什麼東西哦，去了之後才知道……」

說著，老人舉手在空中比劃著，做了一個巨大的手勢：「他們把冰川內部挖空了，冰面下被掏出一隻鳥，一隻特別大的鳥，做出展翅起飛的模樣，似乎下一刻就要破冰而出奔向日頭……」

阿南「咦」了一聲，問：「什麼鳥？」

「我不認識，看著像鳳凰，尾巴長長的，冰川又是淡藍色的，像隻藍鳳凰……」

阿南脫口而出：「青鸞！」

聽到她的話，老人久遠的記憶似乎復甦了，喘著氣點頭道：「對，就是青鸞，我聽那隊人口中吐出過這兩個字！」

阿南下意識抬頭向上看去，想從雪峰中看出青鸞痕跡。

可是上面雲霧籠罩，雪峰如削，哪有任何鳥形痕跡？

老頭忙道：「在裡面，在山峰的裡面。」

經過他連比劃帶解釋，眾人才聽懂，原來由於千萬年來冰川的侵蝕，雪峰中間冰比土石多，再加上融化又復凍，有許多空洞藏在冰川中間，形成了瑰麗剔透的巨大冰世界。

而傅靈焰當年便是依照山勢，將裡面的大片冰洞或是鑿通，或是堆砌，形成了一隻巨大的、隱藏在冰川之中的青鸞。

「那麼，當時你們居住過、倒有藥渣的冰洞，在哪個地方？」

老人努力回憶當年上山路徑，手指著雪峰蜿蜒而行，指在山腹處：「在青鸞尾部，這裡有幾個大空洞，屁股尖兒上便是當初病疫之人待過的地方。」

阿南點頭記下，而朱聿恆則問：「那麼，山峰中部那個通往青鸞的冰洞，現在應該還在？」

「冰上的木樁撤了，那冰洞，應當也是上不去了！」

「為什麼？」

「我記得，在冰川雕琢完畢，我們完工下山的途中，忽然聽到背後有巨大的聲響傳來。」老頭說到這裡，眼中泛起久違的光彩，彷彿又看到了那日驚天動地的一幕。「我和大家回頭望去，看到巨大的水流從冰洞中沖出，應該是他們放了大火，使洞中冰雪化水。但因為雪山嚴寒，那些水流沖出洞後在半空便凍成了堅冰，前面凍結，後面湧流，化成了一道巨大的冰瀑布懸掛在了洞口，把我們入山的那個洞堵了個嚴嚴實實，看著就跟一條天梯似的，無論誰也爬不上去！」

「唔……冰瀑布，這個可能有點難。」阿南沒有在冰上的經驗，有點犯愁。

旁邊墨長澤道：「這個不難，殿下與南姑娘先將道路規劃好即可。」

墨長澤既然這樣說，大家哪有不信任的，當下根據老人模糊的記憶，將基本路線理了出來，決定從當年那個山洞——也就是現在的冰瀑布——進入青鸞腹中，取出當年藥渣，然後向上進發，消除雪峰之上的邪靈，斷絕疫情擴散。

雪山冰川脆弱，為免引發雪崩，只能精簡人數。

神機營與墨家、拙巧閣、彝寨各出三位精銳分子，再加上朱聿恆、阿南與廖素亭、楚元知，兩位嚮導，一起攀登雪山，尋找傅靈焰當年留下的陣法。

十八人歸置好裝備，換上丁韄（註1），向上攀登。

風雪捲走了表層的雪霰子，底下常年永凍的冰雪並不會留下腳印痕跡，韓廣霆的蹤跡變得更為難以辨認。

前方光芒漸漸熾烈，彷彿有什麼巨大的東西在反射日光，籠罩住所有上山的人。

一路往前，反射日光的東西終於漸露真面目——是一條白練般的冰瀑布。巨大的冰瀑從半山腰的洞中奔湧而出，在嚴寒中宛如自天而降的一座天橋，晶瑩剔透又壯觀宏偉。

與老人說的一樣，上冰川的唯一一條道路，被這條冰瀑布截斷了。

阿南看了一圈，周圍全是崎嶇的冰川與滑溜的雪嶺，唯有此處是比較平緩的所在。但此時這條路徹底被冰瀑布覆蓋，已無從通行。

「這般絕境，誰能上得去？」眾人都在驚嘆著。

「這麼硬的冰壁，釘子都釘不進去吧，再者我們人身上又有熱氣，到時候冰壁微化更加滑溜，如何能爬上去？」阿南抬手摸了摸光滑堅硬的冰壁，一貫無所畏懼的臉上也掛了點遲疑，轉頭看向墨長澤。

註1　丁韄，即古代釘鞋。

「南姑娘放心，我看地圖上有雪山，因此帶了這個東西上來。」墨長澤從隨身的行囊中取出一對圓圓扁扁的東西，又拿出一副相同材質的手套，遞到她面前。「我年輕時身手輕便，用它爬過冰崖，如今年老乏力，南姑娘妳拿去試試。」

阿南接過手套捏了捏，不由讚賞道：「不愧是墨先生，能想到利用這木樹膠。它既可吸水又可穩固貼附於光滑壁上，用來攀爬光滑之處再好不過。」

「南姑娘真是見多識廣，一看便知道這東西的來歷。這是我們墨門先輩根據守宮爬壁而受啟發製作的，它吸力頗好，越是光滑之處，越是吸得結實，在這冰川瀑布之上使用確實合適。」墨長澤朝她誠懇說道：「只是如今還有一個問題，這冰瀑布毫無借力之處。就算手套可以暫時提供吸附之力，但妳看瀑布上方還有石塊突出，光靠一個人之力怕是難以順利爬上去，必須要有一個人互相拉一把。可咱們這群人練的多是剛猛路子，下盤堅實但輕身功夫著實差勁，也不知道誰能與妳配合上去。」

說是這樣說，但他與眾人的目光，都不自覺落在朱聿恆身上。

畢竟，在玉門關時眾人便已深知，這世上與阿南配合最默契、身手也最為相近的人，只有皇太孫殿下。

果然，阿南正要試戴手套，朱聿恆已將它接了過去，十分自然便戴上了：「若說相互配合的話，應當沒有人比我們更適合了。」

墨長澤又拿出一雙較小的手套，遞給阿南，說道：「山峰雖高，人力可窮，只要兩人相互借力，攀爬到頂峰應當不是難事。」

諸葛嘉在後方欲言又止，但終究嘆了口氣，將要說的話都壓了下去。

畢竟，就連皇帝陛下都無法阻攔殿下妄為，他做什麼都是無濟於事。

阿南活動著手指，適應手套，抬手朝楚元知招了招：「楚先生，我與你一起做的東西，你帶著嗎？」

楚元知打開隨身箱籠，道：「帶著呢，只不過東西實屬難做，我們又沒有妳這麼好的手藝，就這幾個能用。」

朱聿恆見他拿出的是幾個圓圓扁扁的錫製東西，大小剛好可以揣在懷中，正想問是什麼，阿南拿了一個套上棉套，將外面的一個拉扣一扯，塞給了他：「這個類似於湯婆子，只不過裡面是細密封存的石灰，一共分為十份。拉一次，水流過一間小隔室，石灰遇水沸騰，便能提供一次熱量，大概能維持大半個時辰左右。等變冷之後，你再扯一次拉扣，水便流向下一個小隔室，又能續供一個時辰……等到十次用完，這東西便再無效用了。」

朱聿恆一聽便明白了，這是在極冷的環境中，給人救急保暖用的。

他接過來，隔著棉布套感覺到裡面已有了暖燙燙的感覺，便朝她點頭，將這個錫壺揣入了懷中。

阿南與他一樣揣了一個，懷中暖暖的，心口得了熱氣，全身的血液也通暢起來，感覺自己的關節靈活不少。

朱聿恆抬手，將手腳按在冰瀑布上試了試。

木樹膠製過的手套與腳套，貼在光滑的壁上形成一種極強的吸附力，貼得十分牢固，只要控制好平衡，不將身體壓在唯一一塊接觸面上，便能完美支撐全身，讓他不會滑下去。

阿南將一條繩索拋給他：「先把繩子繫好，這畢竟是冰瀑布，若是我們的熱氣融化了冰面，木樹膠遇水效果怕會大打折扣。為防萬一，咱們得拴在一起，在一個人墜落時稍緩對方降勢。」

朱聿恆抓住她丟來的繩索，但他戴著手套，已經不太方便給自己繫上繩子。

阿南俯下身，抬手繞過他的腰間，幫他將繩索繫好。

朱聿恆抬著手，望著她低垂的面容，忽然低低地喚了她一聲：「阿南……」

阿南抬眼看他，「嗯？」了一聲。

「我們現在……」他附在她的耳邊，輕聲說：「算不算是，生死同命？」

阿南笑了，幫他將繩索緊緊繫好，用力扯了扯，仰頭輕聲道：「對啊，拴在一條繩上的螞蚱，跑不了你也跑不了我。」

朱聿恆握住她的手，在眾人緊張的注視中，兩人一起走向冰瀑布，將手腳貼在石壁上，試著向上爬了兩步。

「哇，果然像守宮，這個好用！」阿南心下驚喜，加快速度蹭蹭蹭往上爬去。

朱聿恆與她保持著適合的距離，兩人選擇較為和緩的角度，沿著如鏡的冰瀑布攀爬向上。

下方的眾人屏息靜氣，望著他們越過最為險峻光滑的一段，上方赫然便是那塊突出的冰崖，向外暴突，橫卡在冰瀑布中間，將巨大如緞的冰瀑布硬生生戳出了一個倒三角形的空洞。

阿南伸手向朱聿恆示意，道：「阿琰，我手腳的傷在冰寒中無法自如，怕是上不去，這裡，得靠你把我拉上去了。」

朱聿恆點頭，抬眼打量上方的冰崖。它突出於光滑的冰壁上，掛滿冰稜，顯得格外險惡。

「還好，只要這手套和腳套撐得住。」朱聿恆仔細審視那凸出石崖，對阿南一點下巴示意，雙腳夾住下方一塊巨大的冰稜，身體往後一翻，藉著腰部與膝蓋的力量，硬生生往上倒仰而起，左手迅疾抓住了冰崖突出的前部。

在下方眾人不自覺的驚呼聲中，他懸空掛於結滿冰稜的冰崖上，緩了一口氣。

冰稜融化將無比滑溜，所以，只停了一瞬，他便雙手抱住了這塊突出的冰崖，雙腿用力擺動側甩，整個身子橫著旋過冰瀑布，貼附上了冰崖頂端。

隨即，他右手探到上方凸起處，手指與手臂驟然用力，以此為憑藉，雙腳在冰崖上一蹬，身體向上騰起，落在了上方。

這極險境地的極限操作，讓下方所有人都是驚出一身汗，因他這瘋狂又駭人的行徑而頭皮發麻。

而與他一起掛在冰壁上的阿南見他已經翻上了頂端，自然不再遲疑，立即準備好向上騰躍。

她身形一動，上方朱聿恆便立即提起她腰間的繩索，帶著她向上飛起。

阿南的雙足在冰瀑布上一點，藉著他提攜的力量，正要凌空躍上石頭之際，耳畔忽然傳來一聲悶響。

她仰頭一看，立即大驚。

山頂雪峰不知何時已搖搖欲墜，看似堅不可摧的千年積雪，在那聲悶響後，向著他們坍塌而下，眼看那滾滾雪流已經勢不可擋。

「阿琰，跳！」阿南說著，腰身一轉便鑽到了冰崖下方。

朱聿恆雖拉著她而未能回頭，但聽到她發出的指令，他毫不猶豫便從冰崖上一躍而下，隨即，在下墜的途中翻轉身軀，一把握住了冰崖下她伸出來的手。

阿南一手抱住冰崖下的巨大冰稜，右手險險將他拉住。

就在拉住他的剎那，上方的雪已經鋪天蓋地壓了下來。

擋在他們上方的冰崖被壓得往下一沉，阿南懷中抱住的巨大冰稜被壓得喀嚓而斷，眼看兩人都要跌下去。

正在此時，阿南一眼瞥到冰崖後方是一片黑洞洞，心頭正在一閃念之時，朱聿恆已當機立斷，在下墜之勢緩了一緩之際，直指冰崖後的洞窟。

阿南不假思索向著洞內撲去，倉促抱住了裡面的一塊石頭。

朱聿恆被牽著掛在洞口蕩了一蕩，避開了坍塌下來的冰崖，卻躲不開撲頭蓋臉砸下的堅硬冰雪塊。

冰瀑布被上方的雪崩擊得粉碎，冰塊鋒利且沉重，他無法睜眼，只能盡量蜷縮身體貼附壁上，減少受擊面。

在下落的雪塊中，他的身體一寸寸上移，是阿南勾著洞內石頭，將他奮力拉了上來。

衝破冰雪，他們終於爬入了冰瀑布後的洞口。

外面聲勢震天，透過逐漸稀疏的墜落雪塊，阿南看到眾人躲入了下方冰蓋裂縫，才鬆了一口氣。

「你覺得那聲悶響，是不是有問題？」

朱聿恆肯定道：「這些冰雪在山頭已逾千百年，我們剛剛的動靜並不大，怎會引發如此巨大的雪崩？」

「那聲悶響可能就是有人在山頭引爆，選擇了我們最為緊要的時刻，就是要將我們活埋在這座雪山之上！」阿南一身戾氣，怒道：「那個王八蛋，被我揪住後，非把他大卸八塊、千刀萬剮不可！」

話音未落，洞內忽然響起了一陣怪笑聲：「口氣不小，你們過來試試？」

他們當即驚起，警覺地尋找聲音的來處。

在冰洞中迴盪的聲音，飄忽中帶著一絲嘲諷之意：「無知小兒女，雪崩是老夫為你們準備的第一份大禮，而第二份禮物，就是這個山洞，當作你們的葬身之地！」

話音未落，洞中陡然一亮，是日月的光華鋪天蓋地而來。

正是那一晚，曾經在山林中與朱聿恆相鬥的日月。比他的更薄更透，光華絢爛，瞬間便照亮了整個山洞。

朱聿恆凜然不懼，大步向前擋在阿南面前，手中日月應聲而出，與之相抗。

兩個日月在這狹窄昏暗的洞中相遇，如煙火驟然相射炸開，彼此穿插又互相糾纏，眼看所有薄刃便要纏在一處。

阿南睜大眼，緊盯著面前這萬千流光的碰撞。

她是第一次看到兩個日月相鬥的奇景。傅靈焰所製的武器，比從三千階墜落的她所製的，自然更為絢麗奪目。但朱聿恆的控制力卻比對方強出了一截，畢竟這世上，天賦絕頂的棋九步只有寥寥可數的那幾人，對方顯然不是。

於是對方乾脆將日月作為一個多點散射攻擊的武器，近乎滿不講理地仗著武器之利，步步進逼，要廢掉朱聿恆的日月。

他可以拚捨武器，朱聿恆卻不願讓阿南親手所製的武器受損，因此只能竭力避免相撞。

一個胡亂打擊、一個謹慎避讓，一時間朱聿恆開始綁手綁腳。

阿南在旁邊看得又氣又急，大喊一聲：「阿琰打他！弄壞了日月我再給你做！」

話音未落，朱聿恆手下已是一緊，日月盡數浮於空中，驟然發出嚶嚶嗡嗡的聲響。

對方的日月雖更為薄透，但也因此更容易受應聲與風勢的帶動，反而被朱聿恆較重的日月反控。

而朱聿恆更仗著棋九步之力，以一己之力操控兩個日月，如萬千雨點瞬間反轉颯還，將他的武器也化為己用，捲襲回刺客彼身。

在百餘片利刃的清空振響中，對方被朱聿恆驚世駭俗的控制力震懾，竭盡全力將糾纏的日月收回，轉身便向後閃去，迅速消失於山洞之中。

知道他與傅靈焰、山河社稷圖關係極大，朱聿恆立即加快腳步，向內追了過去。

阿南奔到洞口，正要示意諸葛嘉等人上來，心下卻咯噔一下。

冰蓋下黑影幢幢，正有潛伏的人躍出，攻擊下面的人。

而那些人雖然蒙面來襲，但阿南無比熟悉——畢竟，那曾是與她在海上縱橫三年，出生入死的兄弟們。

諸葛嘉等人雖然身手出眾，但十八人中有嚮導有寨民，要護住他們的同時還要抵抗刺客的攻擊，殊為不易。

阿南心下一凜，在刺客中尋找公子的身影，但卻並未找到。這可能是最後的一個陣法了，公子這一路布局，自然不可能放過這最後的機會。

她呼吸急促，看著下面的廝殺，口中白氣如霧。

但最終，她選擇了狠狠轉身，向著洞內奔去。

畢竟，如今的當務之急，是與她一起深入危境的阿琰，是阻止疫病擴散，是西南乃至天下的，萬千生靈。

山洞橫貫山腰，他們從冰塊脫落的空隙中穿過，看出確是當年修築青鸞的通道無疑。

阿南追上朱聿恆，低聲對他道：「小心，諸葛嘉他們中了埋伏，怕是無法跟來接應了。」

朱聿恆腳步一頓，正想說什麼，阿南又道：「雪峰上那個製造雪崩的人，若就是韓廣霆的話，估計正要提前引發機關，到時一切局勢不可挽回。當務之急，我們得立刻找到機關，阻止最嚴重的後果。」

孰重孰輕，朱聿恆自然知曉。他毫不猶豫，便與阿南一起向冰洞出口奔去。寨中老人記憶無誤，冰洞並不曲折，很快便到了對面出口。

亮光撲面而來，衝破昏暗洞穴，面前一片幽藍。

山峰果然是中空的，中間冰崖上全是冰川裂隙，一條條延伸向上方。那亙古的堅冰與雪峰外面截然不同，呈現出一種深邃的青藍色。它們向上延伸著，一條條壯美而整齊的冰裂就如無數舒捲的鳳羽，齊齊向上簇擁著。

而雪峰上端，則是白雪皚皚的峰巒，峰尖斜斜向著上方突出，整座山峰儼然如一隻莊嚴的青鸞，正垂著長長的尾羽，自雪谷之中振翅欲飛，直指青空。

青鸞乘風一朝起，鳳羽翠冠日光裡。

在這隻壯美的青鸞之下，兩人都是感到無上震撼，久久無法言語。

「按照傅靈焰設陣的習慣，這應該便是她的陣法所在了。」

「嗯，鳳羽翠冠，這麼說我們要破解陣法，應該尋往青鸞的頭頂，而……當務之急，要先找到青鸞腹中凍著藥渣的冰洞。」阿南迅速查看路線，抬手一指。「這邊。」

順著青鸞尾羽往上看，從鳥喙到肚腹，有一條長長曲折的藍線，在冰川中一直延伸下來。

「你看，這條青藍色的線，遊走於青鸞全身，正如血脈相通，我想應該就是青鸞腹中的道路了。」

破解過傅靈焰四、五個陣法，兩人對她的行事風格已十分熟悉。毫不猶豫地，他們從懷中掏出墨家的手套和腳套，穿戴好後順著鳳羽向上攀爬。

爬上冰川他們才發現，原來鳳羽上的花紋，是一條條深不可見底的裂痕，那裡面，彷彿隨時會有可怖的東西鑽出來，將他們攀爬的手腳緊緊抓住。

所幸他們的懷中揣著錫壺，手腳不至於僵木。而木樹膠在越光滑的地方吸得越牢固，每每在危險至極之時，將他們的身體托住，免於墜落。

但即使如此，兩人也不敢大意，攀爬之時都要以日月或流光先勾住上方的裂隙，再向上爬去，免得萬一墜落，不堪設想。

不多時，他們已爬上鸞鳳尾羽，接近腹部。

日頭已近中午，直射下方青藍色的堅冰，令青鸞更為晶瑩剔透，金色的日光在冰中反覆折射，如同堆疊了無數熠熠生輝的金剛石，神聖而莊嚴。

阿南與朱聿恆都不由得停了一停，為這個絕美的場景而起了敬畏之心。

「不知道那個刺客，如今是否還躲藏在暗處。」阿南低聲與朱聿恆商討，摸了摸懷中的錫壺，見它已經微冷，便又拉開了一格。「得速戰速決才行，不然的話，我們可能撐不到出去。」

朱聿恆點頭，寒冷格外消耗體力，他們都感覺到疲憊，靠在一條大裂隙中休息了一會兒，喘了幾口氣。

阿南在袖口中摸到了兩顆松子糖，拿出來和朱聿恆一人一顆，放入口中，緩一緩疲憊。

松子糖香甜，混合了果仁油脂與麥芽糖，雖只小小一顆，卻也令他們精神略為恢復。

「上山之時咱們歸置行李，我看見楚元知偷偷藏了一把糖，於是我也順手摸了兩顆過來。」阿南說著，舔了舔自己的手指，兀自還有些不捨。「哎呀，早知道我應該從他那兒多偷幾顆過來。」

朱聿恆不由笑了：「等出去了，我們把楚元知的糖都搶過來。」

阿南斜他一眼：「堂堂皇太孫殿下，怎麼可以做這些偷雞摸狗的事情？」

「沒辦法，近朱者赤，近墨者黑。」

「罪過罪過，原來阿琰被我這個女匪拐入歧途了。」

面前是極險境地，等待他們的定是血雨腥風，兩人說著笑，卻始終緊盯著前方，不敢鬆懈。

最下方的大冰洞已呈現在眼前，隱約可以看見裡面有些影影綽綽的東西，應該便是當年被封在裡面的病人用品。

「戴上。」阿南將帶來的蒙面布繫上，又遞了一個給朱聿恆。

朱聿恆見它縫得十分厚實，捏了捏又覺得夾層裡面有些東西在沙沙作響，便問：「是什麼？」

「是煆果核炭，我師父當年冶煉金銀時用的。我太師父就是汞齊熏多了，頭痛了半輩子，口鼻都爛了，而我師父用了這個後，一輩子平平安安。你戴嚴實點，畢竟這裡邊有六十年前的病氣呢。」

說著，阿南示意他繫緊口鼻，然後抬手敲向冰壁。

當年燒融後倉促凍結的冰壁，自然有厚薄不均之處，等尋到了薄弱處，她雙手按在朱聿恆肩上，飛身抬腳狠狠踹向冰壁。

嘩啦一聲，冰壁薄弱處被踹個正著，冰面頓時崩裂，出現了一個口子。

兩人連踢帶踹，在冰壁上開出一個容人進入的洞口。

洞中不但寒冷，而且空氣稀薄，再加上他們還蒙著口鼻，劇烈活動後一時呼吸艱難，都有些脫力。

阿南靠著冰壁喘息之際，卻見冰裂之中隱約有個人影閃過。

她向著朱聿恆使了個眼色，朱聿恆自然會意，凝神一看，黑影無聲無息翻飛而下，隱藏進了距離他們不遠的一條冰裂之類。

兩人一時倒不急著進洞內尋找藥渣了，免得被堵截於洞內，到時必定艱難被動。

阿南打了個手勢，示意朱聿恆盯著黑影，自己則指著洞壁上閃耀的痕跡，扯起了無關話題：「阿琰你看這些冰裂，應該是先在冰面上將巨大的青鸞描出來的，再順著描畫線條鑿開縫隙，以熱膠凍灌入其中。膠凍滲入冰中，吸冰川融化的水而逐漸膨脹，直至深入冰塊裡面，將其擠壓開裂。年深日久，冰裂越來越大，而裡面的膠則被雨雪融化帶走，只留下了這些深窄的冰裂，就像天造地設的繪畫一般，硬生生塑造出了一隻巨大的冰川青鸞。」

朱聿恆感嘆道：「想來傅靈焰真是曠世奇才，當時韓宋國力並不太強，但她總能以最小的力量，藉助山川河流自然地貌，建造出蔚為壯觀的奇景。」

「若她當年不曾為情所困，怕是如今天下究竟如何，尚未可知。」阿南瞟著外面的黑影，道：「可惜啊可惜，若她選擇的不是韓凌兒，而是其他人，或許，她自己和很多人，都能活得更好些。」

阿南話音未落，那藏身於夾縫間的黑影果然忍耐不住，一聲冷笑，怒斥道：「哼，好大的口氣，敢如此品評當年龍鳳帝與姬貴妃！」

話音中夾雜風聲，數道冰稜已向他們激射而來。

他對這洞中地勢，自然比他們要熟悉許多，一擊之後便改換身形隱沒在了冰洞中。冰雪隱約透明，重疊破碎的冰壁使得光線散亂折射，別說尋找他的影蹤，連他發來的冰稜也是難以捕捉。

在這不可視的情況下，阿南只能聽聲辨位，看到似有人影在冰壁後方一閃，當機立斷，流光疾射而出。

清脆的撞擊聲傳來，流光撞上了對面的冰面，隱約可見冰屑飛濺，而黑影則閃到了另一邊。

看來，她因為冰面的反射而辨錯了方向，只攻擊到了他的影子。

鬱悶地一甩手，她向朱聿恆使了個眼色，示意他去阻截對方，自己翻身躍進了被打開的冰洞內。

第十章　冰雪鸞冠

冰洞裡面一片狼藉焦黑，無數雜物焚燒後凍在冰中，在昏暗光線下奇形怪狀，透著詭異古怪。

他們從尾羽爬上來，這邊是青鸞軀體尾部，正是藏汙納垢之處。

阿南知道這裡是當年染了疫病的人生活過的地方，因此口鼻雖已蒙上，依舊不敢大口呼吸，屏息打開火摺子，照亮面前的東西。

冰面火光散亂，冰下各種黑沉沉亂糟糟無法分辨的東西散亂堆積，倉促間哪裡找得到藥渣這種不起眼的東西。

她心下正在急躁之時，耳聽得洞外日月清空聲音響起，轉頭看去，朱聿恆已將那人逼出了藏身之處。

日月的天蠶絲本來只能直來直去，但朱聿恆以應聲作為驅動，六十四道弧光互相回應、相互借力，以彼此呼嘯的風聲改變後方薄刃飛行角度，轉瞬間便有十數點光芒倏地轉進了冰壁後方，一觸即收。

隨即，後方傳來低低一聲哀叫，日月飛速收回他的手中，上面一兩點血色墜落於地，摔成了破碎的血色冰珠。

冰壁後的黑影，顯然已經受了傷。

阿南讚賞地朝朱聿恆一點頭，抓緊時間回頭搜查洞內的一切，盡快在冰面下的一片狼藉中尋找到需要的東西。

朱聿恆追擊黑影的聲音逐漸遠去，而阿南的手在冰壁上劃過，艱難地辨認下面的破布條、碎陶片、爛魚骨……

冰面凹凸不平，光線晦暗不明，下面的東西，全是一團混亂。

眼看氣息已經憋不住，她狠狠按住自己的面罩，煩躁地一拳砸向眼前的冰壁，準備不顧一切，先將面罩掀掉，先狠狠呼吸幾口空氣再說。

但，就在她的拳砸向冰面的那一刻，她接觸的地方，忽有微光閃爍，如同一連串的明亮指引，向著地下延伸而去。

她立即向下看去，冰壁凍結的狹窄角落中，亮光閃了幾下，最終消失於淺坑中。

阿南的目光瞟向外面，卻只看到空空如也的冰洞，一片寂靜。

洞口傳來腳步聲，朱聿恆身影閃動，踏了進來，朝她搖了搖頭，意思是洞中路線太過複雜，無法擒拿到對方。

這也是阿南預料中的事情。她指了指冰壁之上，讓朱聿恆看上面的痕跡。

朱聿恆貼近冰壁看去，只看到一連串小小的白點，比針孔還要細小，也不知如何能在堅硬的冰面上留下痕跡。

他的腦中，立即浮現出那日工部庫房中，庫吏虎口處的血珠。

朱聿恆的目光轉向阿南，而她口脣微啟，做了個「萬象」的口型。

可，當時的他已經引著韓廣霆往後而去，這指引她發現目標的萬象，又是誰在操控？

阿南沒說話，毫不遲疑地砸開自己的錫壺，將裡面的石灰連水一起潑於萬象最後消失的地方。

石灰遇水沸騰，堅硬的冰塊雖然無法徹底融化，但燎去了一層冰面之後，在暫時未能凍結的瞬間，清楚透出了下方的情形——

被丟棄的垃圾之中，有幾堆黑棕混雜的東西，就在淺坑的斜後方。

她立即伸手朝向朱聿恆：「刀。」

朱聿恆將鳳翥拋給她，自己則緊盯著面前的冰壁靠近，關注躲在後面的人。

凹凸破裂的冰面上人影閃動，冰壁折射出無數破碎的身影，火光之下，遠遠近近，大大小小，眼花繚亂。

影跡恍惚之中，朱聿恆卻準確地穿透破碎跡象，捕捉到了最為確切的痕跡，手中日月倏地來去，轉瞬間對方又是一聲悶哼。

日月帶著血跡飛回，朱聿恆也不去追擊，只守在阿南身邊。

冰塊挖掘艱難，但鳳翥畢竟鋒利無比，將凍在冰中的藥渣整塊挖了出來。

阿南將這坨冰塊裝入布包，緊緊紮好。

兩人立即出洞，憋著的氣息終於可以如常吐納。

他們喘息著，一起向上看去。

他們已在青鸞的腹中，仰頭只見冰晶凍結，剔透無比，閃耀的華光中一線青藍左盤右旋隱沒在冰洞中，根本無法追尋。

阿南道：「看來，上面通行的道路，應當是按心臟脾胃腎布置？」

「對。青鸞乘風一朝起，鳳羽翠冠日光裡。」朱聿恆斟酌道：「雖不知日光指的是什麼，但看這批註的意思，只要位於山峰最高處的鳳羽翠冠被引動，那團黑氣邪靈——也就是疫病，就會降臨人間。」

而，他們已經走到這裡，破開了當年染疫人群居住過的山洞。

誰也不知道，那恐怖的疫病是否已經侵染了他們。

「不怕，我們已經抓住了希望。」阿南將身負的藥渣再繫緊一些，道：「事不宜遲，我們走吧。」

大大小小的冰洞與冰川擠在一起，上面蔓延而下的藍線已分岔為無數條微藍的道路，盤旋糾結在青鸞體內，如一條條青筋縱橫交錯。

兩人既然已經確定了要前往羽冠處，自然便是選擇了向上的道路。

道路狹窄而漫長地盤旋向上，岔道與冰橋錯落在冰洞裂隙之中，看來處處都差不多，又處處都是險境。

他們只能從堅冰縫隙中向上艱難跋涉，借用木樹膠的手腳套，向上攀爬。越是往上，視力越是受限。開闊的腹部收束成細長脖子，冰洞開始變成狹窄的豎井，瀰漫著密密的雪霧煙嵐，眼前能看到的不過兩三尺距離。

在堅冰上爬了許久，又難以視物，阿南疲憊的手腳兀的一滑。

幸好朱聿恆眼疾手快，將她一把抓住，拉著她抵在旁邊的冰洞縫隙中，歇了一會兒。

朱聿恆將懷中的錫壺取出，塞進她的懷中，又將她背負的藥渣解下來，繫在了自己腰間。

阿南抱著他的錫壺，問：「還有幾次？」

「只有兩次了。」

阿南將它貼在掌心與心口間，身體感覺到溫暖後，神經才如解凍般有了知覺，感覺到手腳的舊傷在冰寒中隱隱抽痛。

她喃喃道：「這趟回去之後啊，我要吃熱熱的鍋子，喝熱熱的甜湯，連湯帶水我都要喝下去！」

朱聿恆抬手輕撫她結霜的鬢髮，說：「好，還要再去楚元知那兒偷一百斤糖。」

聽他居然開玩笑，阿南不由朝他莞爾一笑，振作精神揮拳道：「走！按照我們爬行的速度與距離，離青鸞頭冠應該不遠了，我們一鼓作氣，爬上去！」

縱橫的冰洞互相穿搭，在瀰漫的雪霧之中，他們向上爬行，可是越爬越覺得，這道路不對勁。

喘息間，無數白氣瀰漫在阿南臉頰邊，讓她看上方更為模糊：「我們一直在向上爬，沒錯吧？」

朱聿恆看了看上方霧嵐，肯定道：「我們就在冰川之中，只要我們一直向上，就不可能會爬到別的地方去，只會到達最高處。」

雖然說得肯定，但朱聿恆越向上，心中越是升起不祥的預感。

望著上下雪霧瀰漫的冰洞，他的腦海中，忽然呈現出當日在榆木川，數萬大軍在唯一的道路上轉來轉去無法走出的那條道路；還有彝寨之外的黑暗山林中，他一回頭便變化的路徑。

究竟為什麼，他，和數萬大軍，會迷失在唯一的那條、絕不可能迷路的道路上？

相同的點是什麼？是雨雪，是黑夜，只要視野受限——和這裡的一樣，就會發生不妙的事情，迷失前方，天雷無妄……

傅准的聲音又恍惚在他的耳邊響起——天雷無妄，消失的陣法。你所追尋的，你前面的道路，你身上的山河社稷圖……

可是，這裡是橫斷山脈，並不是那個天雷無妄之陣，為何也會出現這樣的情況？

正在他思索之際，阿南已經停了下來，神情頗有些難看，聲音也有些遲疑：「阿琰，你看。」

朱聿恆抬頭望去，不覺錯愕不已。

原來，他們面前是一大塊堅冰，深藍色，亙古便已存在般冰冷。

「這是……」他記憶力如此之好，自然不可能不認出來，這便是阿南剛剛差點滑下的那塊大冰壁。

明明他們已經翻越過去的冰塊，居然重新出現在了他們面前，明明他們一直在向上攀爬，為什麼、什麼時候、怎麼會回到適才已經過的下方？

兩人對望一眼，阿南抬起手，彈出臂環中的小鉤子，手腕懸提轉折，在冰壁上勾畫出一條小魚，線條古怪，橫扁豎細。

鉤子回縮之際，她在小魚頭上一觸即收，替它點上了眼睛，斜斜一條，如同笑咪咪的娃娃。

她取出懷中錫壺，再度拉下一次發熱機會：「走，咱們再上去瞧瞧。」

身體因為嚴寒而變得僵硬，他們這一次的攀爬，比上次要遲緩許多。

甚至有幾次，阿南因為手腳不聽使喚，差點滑下冰頸，幸好朱聿恆一直在身後關注著她，立即伸手將她拉住，才使她免於墜落風雪之中。
世界沉在一片雪霧裡，唯有身旁一起在冰洞中攀爬的人，是唯一可以依靠的、溫暖的軀體。
兩人一路未再交流，只暗暗注意著路徑，確定自己一直在向上而行。
順著冰川、冰洞與冰橋，他們一直向上。偶爾會因為道路的分岔與弧度，不得不向下走一段，但可以確定的是，大致一直是向上而行的。
但就在他們估算著，應該已經爬完青鸞細長的脖子之際，眼前忽然又出現了一大塊藍冰。
冰壁之上，赫然刻著一條活潑古怪的小魚。
魚身線條橫扁豎細，魚眼睛斜斜點在頭上，像是愜意地瞇著眼在水中游曳。
阿南錯愕抬起手，在這塊冰上摸了摸，彷彿怕是自己的幻覺。
觸手冰冷且堅硬，這鉤子的線條、這她特有的筆觸，根本無法仿製。
「唯一的可能，就是對方將那塊冰面削下，趕在我們之前來到了這裡，將冰面貼在了這裡來迷惑我們……」
雖然這樣說，可冰面毫無黏貼痕跡，而且這般迷惑他們一時，根本毫無意義。
阿南轉頭見朱聿恆的臉色難看，遲疑片刻，問：「咱們是堅持向上，還是先休息一下，將這個奇怪線索思路理一下？」

「怕是耽擱不起了，妳身上的錫壺，還有熱氣嗎？」
「還有一格。」阿南捏著錫壺，萬般不捨地釋放了最後一份熱量。
朱聿恆望著周身瀰漫雪霧，問：「妳說這個局面，與我在榆木川、山道中迷路時的情形，是否有相似之處？當時面臨的也是唯一一條道路，可最終不可能出錯的道路與方向，卻將我們引入了不歸路……」
「我倒覺得不一樣，因為這裡沒有多出來的陷阱。而我們之前在那些消失的陣法之中，都出現了額外設置的殺招。」阿南思索片刻，道：「而若沒有置換手段，那麼要將人困住，最簡便也最可行的手法，應當便是誤導。畢竟，設置龐大的機關很難，但要欺騙眼睛，則要簡單多了。」
朱聿恆沉吟問：「妳的意思是，我們的眼睛和感覺被誤導了，所以才會感覺自己是在向上走，而實際卻是在向下走？」
阿南點頭，撕下一條帶子，說道：「這樣吧，我蒙住眼睛，咱們再爬一次。」
朱聿恆將她手中的帶子接過來，說道：「我來吧，妳手腳舊傷怕冷，蒙著眼在這樣的冰壁上爬行太危險了。」
阿南朝他一笑，想說，我這個女匪怕危險，難道你這個皇太孫不會更怕危險嗎？
但，想到他的反應確實比自己要敏銳，而且她手腳本就有傷，到時候萬一有意外，更難自救，她便也不多言，抬手給他蒙上眼睛。

他緊閉著眼睛，睫毛微微顫抖。

這個男人，心性如此堅定倔強，可不知為什麼，眼睫毛卻像孩子般濃長烏黑，輕顫之際彷彿撩在了她的心口之上，讓她的心癢癢的，酥酥的。

她忍不住難以自抑，俯頭在他的眼睛上親了一下。

柔軟的感覺擦過他的眼皮，朱聿恆正在一怔之際，她已經將帶子遮上了他的眼睛，然後將他的眼睛蒙住，在腦後結結實實打了個結。

她抬起他的手，說道：「那，咱們走吧。」

朱聿恆握緊她的手，低低道：「阿南，代替我視物，我們一起尋到正確的路。」

「你也要把握好心中的舵，擺正我們的方向哦。」阿南拉起他的手掌，帶他貼在冰壁上，朱聿恆毫不猶豫，一個縱身已經向上爬去。

他身體核心力量極強，即使在這般寒冷的天氣中，又跋涉了如此之久，已是疲憊交加，卻依然保持著穩定。

而阿南屏氣凝神，緊隨著爬到他的身旁，出聲指引：「右手邊有凸起的冰壁。」

話音未落，卻見朱聿恆早已經繞過了那塊石頭。阿南也不詫異，畢竟朱聿恆之前已經爬過兩次了，他肯定記得。

兩人一起向上爬去，只在比較危險的地方，阿南會出聲提示他一下，以免他萬一記岔。

雪霧之中，兩人堅持向上攀爬著。

阿南懷中的錫壺已經失去了最後的溫熱，變成了冰冷而沉重的負擔。她將它從懷中掏出，丟棄在了身旁冰洞之中。

這一趟風雪迷航，他們已經沒有退路，也沒有其餘任何倚仗。這一次若再尋不到正確路徑，他們都將凍斃於青鸞腹內，更遑論衝破這冰川，到達他們必須要到達的地方。

兩人一路向上，阿南抬頭看去，上方已是一條大冰裂的旁邊。

阿南本以為這麼明顯的裂隙他會記得的，因此並未提醒，誰知朱聿恆卻彷彿根本不知道這裡就是一條大裂口，手向上探去後，沒有摸到可以搭手的地方，詫異地低低「咦」了一聲。

阿南趕緊爬到他的身旁，問：「怎麼了？」

朱聿恆頓了頓，問：「這裡是空洞嗎？」

阿南肯定了他的回答，並且拉起他的手，往空中摸了摸：「是條大冰裂。」

「我們之前經過的時候，這裡應該是一條斜向上的裂口。」朱聿恆說著，抬手順著那條大裂摸過去，肯定道：「怎麼這裡變成了以微小幅度向下的一條大裂隙了？」

阿南詫異地打量那條裂口，說：「不對呀，這就是斜向上的一條裂隙。」

朱聿恆肯定道：「不可能，一定是向下。雖然幅度很小，但我的手和感覺不會騙我。」

阿南心口微震，抬眼看向面前這條裂口，在周圍狹窄收緊的冰裂紋包圍下，它確實在眾多下垂的冰晶中呈現出向上的模樣，但……他們身處雪霧之中，除了這些冰裂紋之外，沒有其他可以拿來對照的東西了。

可，傅靈焰既然能製造這些冰裂，會不會也能用手段調整下垂的冰晶，來反襯這條斜向下的冰裂縫，將它營造出一種虛假的、斜斜向上的模樣呢？

而他們倒懸於冰壁之上，周身又是雪霧，視線與感覺都在麻木受限中。縱然感覺自己一直在向上攀爬，可事實上在攀登過程中，傅靈焰利用了收緊旋轉的細長脖頸部，以冰裂紋為誘導，用雪霧為遮掩，讓他們一直因為冰川紋路而側著身子繞遠路，並且由於冰裂的襯托對比，不知不覺根據假象，便在冰壁上兜起了圈子，從頭至尾都在斜斜地轉圈爬行。

謎團解開，阿南一巴掌拍在冰壁上，因為自己被困了這麼久而氣惱：「阿琰，帶我直上峰頂，咱們去踏平鳳羽鸞冠！」

朱聿恆雖然蒙著眼睛，但面前的雪霧似乎已被穿透，再無阻礙。他也輕鬆下來：「真沒想到，司南居然要一個閉著眼睛的人指引道路。」

「誰讓我名叫司南，卻是個滿心雜念的凡人呢？」阿南與他說笑著，心下卻毫不鬆懈，謹慎地跟著他一起向上爬去。

既然干擾已突破，兩人很快脫出了鸞頸，爬上峰頂，翻上了尖尖的雪頂。

青鸞頂上，是形如羽冠的一個小小冰平臺。

阿南貼著冰面站定，將朱聿恆拉上來。

朱聿恆扯下蒙眼的布帶，兩人都輕舒了一口氣，一起站在青鸞的羽冠之上，縱目遙望群山。

霧嵐已被他們衝破，蒼茫大地與雲海盡在他們腳下。

「這世界，好像盡在我們腳下啊！」阿南抬起雙臂，彷彿在擁抱這個天地般，大口呼吸。

一路的艱難跋涉彷彿全都在瞬間退散殆盡，朱聿恆下意識地抬手抱了一抱她。

日光在雲層上鍍了一層金光，周身盡是輝光燦爛。

他們在世界之巔、雲海之上緊緊相擁，彷彿全天下只剩得他們兩人。

使命在身，他們只相擁片刻，便放開了彼此，立即去查看頂上的機關設置。

面前便是雪峰最頂端，被雕刻成晶瑩剔透的冰雪羽冠。

羽尖最高處，赫然是一條拇指粗的黑色細線，在冰川之中若隱若現，一直延伸入不可見的冰下。

阿南跪下來，小心地查看這條細線，發現它綿延扎入冰中，不知是何物質構成。

她在冰面上呵了幾口氣，微融後的冰面更顯透明，讓她清楚看到了細線的盡頭，是一根光華瑩潤的玉刺。

她的心口微微一跳，立即查看玉刺的周邊。

玉刺被裝在一個灰色石塊機括之上，因為凍在冰中，所以黑線與灰石未曾相接。

但，阿南一下便認出了，那灰石便是當初在唐月娘家中見過的噴火石。

這石頭見火則燃，遇水則沸，一旦周圍的冰融化成水，它便會在雪中激發引燃。

只是，冰面透明度有限，再下方的布置，已難以分辨。

阿南抬手聞了聞自己剛剛摸過細線的指尖，發現有硫磺異味，頓時脫口而出：「是引線……這座冰川就如蠟燭，下面應當是可以引燃的東西，甚至這地下可能就有黑水，一旦有了火星，這青鸞雪峰怕是會迅速融化，然後……」

被封印於雪峰之中的疫病，將隨著化掉的雪水汩汩流向四面八方，經由地上、地下和活物，將疫情擴散到全天下，只要有人的地方，便無可避免。

阿南的脊背上，冒出了細密的冷汗，摸了摸包中凍成冰坨的藥渣，才稍感安心。

「看來，要消弭此次災禍，必須做到兩條，一是阻止這座冰川融化，二是截斷雪山與外面河流的關聯。」朱聿恆自然也知道，這雪峰中封印的邪祟無孔不入，隨時可能將任何人變成寨民慘死的模樣。「事不宜遲，咱們先把陣法解除了吧。」

阿南點頭，指著那條黑線道：「黑線引燃，啟動玉刺之際，恐怕就是青鸞燃燒之時。到時冰川融化，一切便都來不及了。當務之急，我們得盡快解決掉這源頭……」

「解決？你們以為自己能解決得了嗎？」猛然間後方有怪笑聲傳來，兩人一聽便知道，韓廣霆陰魂不散，果然還埋伏在暗處中。

他從下方縱身而上，厚重的黑巾蒙面，顯然是在阻隔此間疫病。衣服上雖然被朱聿恆割開了幾個大口子，並且沾染了幾處鮮血，卻因為沒有傷到要害，他身姿依舊自如，攀上雪峰之際，直接便向著正中間的黑線撲去，似要啟動這個陣法。

阿南手中的流光與朱聿恆的日月同時射出，企圖阻攔住他的身形。

誰知這只是個聲東擊西的動作，他看似向著黑線而去，卻在他們阻攔之際，手中的日月猛然回擊，向著朱聿恆的任脈而去。

朱聿恆立即回防，心下洞明，原來對方是要以他身上的山河社稷圖來驅動玉刺，啟動這個陣法。

多次交手，朱聿恆早已了然如何反控對方的日月，迅速化解了他的攻勢，將他的身形逼了回去。

對方急速後退，身形轉向了羽冠，躲避於冰塊後對抗他的攻勢。就在朱聿恆的日月籠罩住羽冠之際，對方的日月驟然一扯，引動了無數光點盡數纏住冰冠，打得冰屑亂飛。

眼見日月攻勢被擋，朱聿恆自然操控它後撤。耳邊只聽得喀喀聲響起，那羽冠居然是活動的，在他往回拉扯之際，日光下它緩緩轉動，竟如青鸞回頭般，鳥喙轉了過來。

冰雪羽冠在日光之下燦爛無比，匯聚了金色的日光，在冰川上投下斑駁的光彩，光點縱橫。

阿南被這些刺目的光線迷了眼睛，正在瞇眼側頭之際，忽然心中一閃念，脫口而出：「不好！」

朱聿恆顯然也想到了，他的動作立即停了下來。

但已經來不及了，日光被冰冠匯聚，灼熱光斑直直射向了隱在冰中的那根黑線。

阿南立即飛身撲上，手中流光閃動，射向冰面，要將那條黑線截斷。然而她的流光再快，又怎麼快得過日光照射，只聽得嗤一聲輕響，那根黑線也不知是何等易燃之物所製，已經燃燒了起來。

韓廣霆手中日月旋轉收回，戴著皮面具的臉僵硬未動，唯有嘿然冷笑的聲音響起：「一甲子前，這條火線便已經設在了冰川中。六十年來冰面侵蝕變化，它逐漸從冰川中冒出，呈現在天日之下。原本陣法會在下月初啟動，那一日的陽光會穿透羽冠，正好照射在這個陣眼之上，然後將其點燃。如今——是你親手開啟了這個陣法，也引動了你自己身上的山河社稷圖，一啄一飲，莫非天定，你們想必也能甘心承受！」

說罷，他袍袖一拂，清瘦頎長的身軀飛縱向下，顯然要趕在陣法發動之前，盡快離開。

阿南手中流光疾揮，正要堵截對方去路，卻忽然瞥到身旁朱聿恆的身軀倒了下來。

她心下大驚，手中的流光還未來得及觸到對方，便只覺得天靈蓋上一點灼熱驟然炸開，隨即，劇痛引發了全身舊傷，抽搐牽動，讓她整個人倒了下去。

韓廣霆落在下方，冷冷瞥了他們一眼，一聲冷笑，身影迅速消失於冰峰之下。

眼前日光陡暗，阿南抱著尖銳刺痛的腦袋，想起了那一日在玉門關，傅准曾經對她說過的話——

「一個在心，一個在腦……而妳身上六極雷總控的陣眼，在我的萬象之中。

「妳千萬不要妄動，更不要嘗試去解除，畢竟，我可捨不得看到一個瞬間慘死的妳……」

只是她一向豁達，自小便在刀尖上行走，即使知道傅准在自己身上種下了六極雷，但因為他失蹤後無法再控制自己身上的毒刺，因此也將其拋諸腦後，只等傅准再度出現之際，再行解決。

誰知，在這冰川絕巔之上，陣法發動之時，她所料竟然出錯，身上的六極雷與朱聿恆的山河社稷圖回應，而爆發之處，又是如此關鍵的要害之處。

難道，這就是自己的盡頭了？

她腦海之中，驟然閃過下方山洞中指引她的萬象，不由得心下狠狠罵了一聲「王八蛋」。

手上傳來微顫的握力，是朱聿恆茫然痛楚地摸索著，緊緊握住了她的手。

她頸椎僵直，臉頰艱難地一點一點挪移，終於側向了他。

自他的脖頸延伸向下，縱貫胸口的任脈正在爆出青筋，如一條夭矯的詭異青龍就要衝體而出。

面前的冰層之下，黑線已經燃燒，火線蔓延入冰層，即將灼燒至玉刺。

凍在冰層中的玉刺，逐漸受熱融化周圍冰雪，玉刺在冰層中鬆動，向下方機括墜去，眼看便要啟動下方點火裝置。

阿南看見朱聿恆抬起抽搐的手，竭力抬手抓向了自己的心口。

在那裡，血脈中湧動的毒癭，正劇烈抽搐。

阿南強忍頭痛，將他的手一把抓住，喘息急促：「別動，我……把冰層下毒刺挖出來，絕不能讓它碎在陣法裡，引動你身上的毒刺！」

「不……」朱聿恆卻抬手緊抓住她的手腕，將她向前推去。「現在，立刻……擊碎它，讓黑線斷下來，絕不可……讓陣法啟動！」

阿南頭痛欲裂，只覺得自己頭頂百會穴劇痛鑽心。

她眼圈通紅，神智紊亂，可心中還有最後一點清明，讓她知曉這是阿琰生死存亡的時刻：「可……這是你唯一的、最後的希望了！」

畢竟，他身上的山河社稷圖，已經一條條爆裂。

就連一直無法追尋的督脈，也已經在他的身上顯了形，烙刻在了他的脊背之上。

這是最後一個陣法，最後的希望。

若再被毀的話，阿琰的性命，怕是要就此徹底湮滅。

他們一路追索至此，艱難跋涉，怎可功虧一簣，全盤皆輸！

「阿南，妳……聽我說……」朱聿恆呼吸艱難，劇痛讓他神志承受不住，已經瀕臨昏迷，但他抓著她的手如此堅定強硬，與他的話語一般撕心裂肺而堅定。

「阿南，絕不可……妳一定要讓火線停下，我……」

血脈在呼嘯湧動，他顫抖窒息，已經說不下去。

阿南知道，自己挖出他的毒瘻，可能稍緩他的痛苦。但那又有什麼用呢？在挖出的一刻，經脈早已受損，潛毒已散布到了他的奇經八脈之中，所以她之前剜取他的毒瘻，從未能成功阻止山河社稷圖的出現。

而如今，她一定得保住他的任脈，縱然他全身經脈受損，但畢竟還留著最後的希望，讓他不至於在這般大好年華永訣人世。

悲憤怨怒直衝頭頂，沸騰的血液讓阿南一時竟連頭部劇痛都忘卻了。

她不顧一切，嘶吼出來：「可阿琰，你已經錯過了所有機會……在敦煌的時候，你為了西北已經放棄了一次生存的機會。那次，咱們是身處危境確實無計可施，可這一次，我相信會有辦法的！」

就算雪峰坍塌融化，就算致命的病毒會融化在河流中流出，只要……只要及時封鎖下方，將一切好好控制住，只要她能將藥渣帶出去，那麼，未必不能掌控住疫情。

畢竟，那都是以後的事情了，可如今，阿琰就要死了，就要死在她的面前了！

不等朱聿恆再說什麼，阿南已經一把抽出他身邊的鳳翥，向著那條黑線衝了過去。

朱聿恆在瀕臨昏迷的痛苦中，看到她決絕的側面，一瞬間知道了她要幹什麼。

她跪在冰層之上，將鳳翥狠狠扎入冰層，要將黑線中的玉刺挑出來，將它完整地取出，保住他身上最後的一脈希望。

可，她和朱聿恆都看到，灼燒入冰層的火線引燃了噴火石，融化的冰水助長它沸騰燃燒，滾燙的玉刺順著它燒出的通道緩慢下沉，馬上便要啟動下方的點火機括。

來不及了。

她手中只有一柄鳳翥，如何能劈開這千萬年的堅冰，搶救出阿琰最後一點殘存的生機，緊握於手？

「阿南……」朱聿恆望著她的背影，喉口乾澀哽咽。

意識已經逐漸模糊，他望著她瘋狂地跪地挖掘冰層的背影，在這最後的時刻，內心卻升起異樣的平和幸福。

初次見面時，差點置他於死地的女海匪，如今與他一路走到這裡，為了挽救他而不顧一切。

水流千里，終歸浩瀚。

他來到這世間二十餘年，成為了祖父奪位的傳世之孫，成為了東宮的頂梁之柱，成為了朝野人人稱頌的他日太平天子……

可他的心裡，屬於自己的人生起點，卻是在那一日，得知自己只剩下一年壽命的時候，紫禁城邊、護城河畔，他看見她衣衫鮮明，鬢邊一只幽光藍紫的蜻蜓。

那是他既定的、至高無上的人生終結的一刻。

也是他全新的、從未設想過的人生開始的一刻。

「阿南……」

他喉口早已發不出聲音，最後殘存的意識，只夠他清醒地凝望她最後一瞬。

或許，這也算圓滿。

傅靈焰留下的陣法，已經基本破除。

阿南身上的六極雷，似乎並未危及她的性命。

這冰川，這疫病，這下游的、南方的、天下的生靈……只要阿南帶著藥逃出去，便都有了希望。

阿南，她一定不會讓所有人失望……

阿南的手握緊鳳翥，向著下方的黑線狠狠挖去。

冰層堅硬無比，鳳翥的刀尖啪的一聲折斷於萬年堅冰之上。

她淚流滿面地無聲哀號著，用斷刃的鳳翥狠狠插入冰中，即使會壓迫機關，即使下面的烈火開關啟動，會立即萬焰升騰，將她連同整座冰川從內至外燃燒殆盡，她也在所不惜。

噴火石已經燃燒殆盡，但也替玉刺燒出了完整的一條通往點火裝置的路徑。

她喘息急促，濃烈的水氣圍繞在她的臉頰，隨即被嚴寒凍在她的睫毛上、鬢髮上，形成一層雪白冰霜。

而她不管不顧，瘋狂地砸開表面冰層，順著冰雪融化的蹤跡，竭力俯身，指尖碰到了噴火石灼燒的末端。

在刺骨的冰寒中，她碰到了最後一點還在沸騰的石頭。

穿越灼燙與冰涼，她的指尖，抓向了雪水中的玉刺。

可，還沒等她碰觸到浮懸下沉的玉刺，它的尖端，已經碰觸到了下方的裝置。

細小的玉刺在冰水中下落很慢，但她只能眼睜睜看著，絕望地將臉貼在冰面上，意識到一切已經來不及了。

驟然間，貼在冰面的臉微微一震。

冰下傳來嗡的一聲，讓她瞪大眼睛。隨即，便看到玉刺瞬間停頓在冰水之中，然後，輕微地啪一聲響，碎裂在了黑線之中。

阿南怔了一怔，巨大的悲慟湧上心頭。

她轉頭，看向後方的朱聿恆。

朱聿恆的手中，是日月薄而鋒利的刃口。

阿南看見了他心口淋漓的傷口，血脈中，粉色的毒瘿已經被他自己擊碎。

他以她親手打造的武器，用盡最後一絲意識，割開了心口最為疼痛之處，將裡面那一枚生死攸關的毒刺，捏為齏粉。

她的阿琰，為了保住這座冰川，為了守護這天下，斷絕了自己最後一線生機。

玉刺崩散，空空的點火裝置在雪水之中靜靜等待。但，不過些許時間，雪山嚴寒讓它周圍剛融化的水緩緩凍結，將它再度封印於透明堅冰之中。

只是引線已經燃盡，玉刺已經崩裂，它如同沒有了燈芯的油盞，再也不可能有引燃雪山的一天。

阿南撲到朱聿恆身邊，眼中的淚水不斷湧出，呆呆地看著癱在冰雪之中的他。

最後的意識也已模糊，他無法再抬起手觸碰面前的她。

他只用那雙逐漸渙散的眼望著她，艱難地，無聲地，雙唇翕動。

疼痛已經讓他發不出任何聲音，阿南只看到他顫抖的雙唇，依稀說的是：

「阿南，來世……」

但，他已經說不出後面的話。

那雙動人的、絕世的手，再也沒有任何力氣，垂落於冰面之上，在晶瑩燦爛的雪色天光之中，沒有了動彈跡象。

阿南絕望哀慟，緊抱住朱聿恆的身軀，抬起顫抖的手，在他鼻下探了探。

他的氣息已經極為微弱，所幸她扣住他的脖頸，摸到下方還有在緩慢流動的血脈。

冰川絕巔之上，阿南以顫抖的手扯開他的衣服，查看剛爆裂的任脈。

與其他血脈一般，無可挽回的崩裂殘脈。

之前被她割開後吸去過瘀血的，或是被她剜掉了毒瘻的那兩條血脈，如今亦是猩紅刺眼，怵目驚心。

唯有被石灰沾染時曾短暫出現過的督脈，如今依舊隱伏於他的脊背之上，維持著淡青顏色。

奇經八脈，已經轉為七紅一青，八條血脈全部異變。

她狠狠抹乾眼淚，強迫自己大口喘息著，竭力冷靜下來。

天雷無妄，尋不到的第八個陣法，在所有地方發現都模糊一片的地圖……

八條血脈中，唯獨一條青色的督脈……

梁壘臨死前說，那陣法早已發動，你們還要如何尋找？

神祕失蹤的傅准，他說隨身而現、隨時而化，但一旦追尋，便會迷失其中的陣法……

幼年韓廣霆身上的八條青龍……

極度悲慟卻又極力阻止他探索真相的親人們……

她身上發動又消失，如今安然無恙的六極雷……

如同六月旱地裡猛的一個霹靂殛擊，一切謎團在她的心口如火花交織，終於串聯成一片燦爛火海，將她面前所有一切照徹洞明。

「原來……原來如此！」

她的手，重重地捶打在鋒利冰面上，鮮血迸射，她卻彷彿沒有任何感覺。

她抱緊了懷中朱聿恆，臂環中小刀彈出，對準了自己的心口。

「傅准，你不是在我的身上埋下了六極雷嗎？既然我腦中的那個雷，奪不走我的性命，那就讓我心口的這一極，送我和阿琰一起走了吧！」

她狀若瘋狂，在空空的雪山之巔怒吼。

周圍空無一人，她的聲音被呼嘯的寒風迅速捲走，消失於廣袤的雲海之中。

「我會與皇太孫死在一處，會在身邊留下你們拙巧閣的印記。等朝廷的人上來，必能從我們的身上查到拙巧閣，屆時，你們定被夷為平地！」

周圍依舊一片安靜，只有她的話如同囈語，飄散在空中。

「阿琰……你等我，手中的刀扎下去，你我共赴黃泉，我們……都不會再孤單了！」

阿南抱緊懷中的朱聿恆，而懷中的他，早已沒有任何意識，一動不動。

她一把咬破手指，在冰上重重寫下幾個字，然後抓起小刀，送入了自己胸口。

只是瞬間，她與朱聿恆相擁著倒在了冰峰之上，再無聲息。

凜冽的風捲起冰屑雪末，覆蓋在他們的身上。

而冰崖之下，終於傳來了一聲虛弱咳嗽聲。

傅准清瘦的身影從崖下翻了上來。

他的動作並不快，但在這滑溜嚴寒的冰川上卻顯得十分穩定。只是面容在雪風之中更顯蒼白，身上的狐腋裘也裹得緊緊的，像是生怕有一絲風漏進來，讓他孱弱的身軀更加不堪重負。

他慢慢走到阿南的身邊，低頭看去。

冰雪之中，正是阿南臨終時留下的幾個血字——

凶手拙巧閣傅准

「嘶……」傅准倒吸一口冷氣，目光轉到阿南的身上，喃喃嘆息：「真看不出來，南姑娘妳居然這麼狠。妳自己殉情，為什麼要扯上我們無辜的人？」

說著，他抬腳趕緊要將冰上的血跡擦去。

可嚴寒之中，血跡早已凍在了冰面之上，他擦了幾下沒有動靜，皺眉嘆了口氣，目光又轉到了阿南與朱聿恆的屍身上。

他知道朱聿恆如今病情發作，定然是好不了了；而阿南，居然會選擇伴隨朱聿恆而去，倒是讓他想不到。

如今，靜靜偎依在冰雪中的這兩人，都是容顏如生，尤其阿南，臉頰和雙唇甚至還帶著往日瑩潤鮮豔的模樣，顯得比尋常人更有生氣。

「南姑娘啊南姑娘，妳終究，也是個普通女人麼……」他喃喃低語著，蹲下來，下意識地抬手在她的鼻下探了探。

呼嘯寒風中，他尚未探到鼻息，便已察覺到阿南的身軀依舊是溫熱的，肌膚溫暖。

他心下一動，又猛然省悟，正要起身逃脫之際，卻覺得手腕一緊，同時指尖一疼，他的手指已經被阿南咬住。

傅准立即縮手，指尖萬象微光一閃間，卻阻不住鮮血已經滴落，在冰面上顯得尤為刺目。

阿南冷哼一聲，霍然坐起身，抬手擦去唇上血跡。

傅准握住自己的手指，不敢置信地盯著她：「南姑娘，妳是瘋狗嗎，怎麼亂咬人？」

「哼，我比瘋狗可怕多了。」阿南雙眼紅腫，凶狠地瞪著他。「今天你不把阿琰救回來，拙巧閣便完了！」

傅准捏著自己的手指，一臉苦笑：「南姑娘，妳別開玩笑了，能救我早就救了，何至於到現在的局面？妳以為聖上沒有以拙巧閣要脅過我嗎？」

說著，他的目光落在朱聿恆的身上。

冰雪已經在他的身上凝結，他的體溫顯然正在一點一點失去，變得冰冷。

「沒辦法，就是沒辦法……」

「是嗎？」阿南冷笑著抬手，向他攤開自己的掌心。「可是傅閣主，不瞞你說，我剛剛在下面的冰洞中，翻了很多被凍在冰中的、以前染疫寨民的東西。」

傅准看著她手上咬破寫血字的傷痕，再看看自己指尖的傷口，臉色頓時黑了下來：「妳……染疫了？妳明知自己手上有病氣，妳還咬破自己手指，故意染上？」

「對啊，不然怎麼把疫病過給你啊，傅閣主？」阿南冷冷問，完全不在乎自己身上染疫的可能性比他更大。

傅准盯著手上她的齒印沉默了片刻，又將目光轉向她：「妳什麼時候發現，我也進入雪峰的？」

「就在我去冰洞挖取藥渣的時候。畢竟，如果沒有你的幫助，我怎麼可能那麼迅速地破冰而入，尋找到當年的東西呢？」阿南說著，拎起自己手中的藥渣向他示意。「配置解藥的法子在這裡，如果你想要活命的話，就把阿琰救活！」

第十一章　生生不息

阿南撿起來時的繩索，將朱聿恆綁在自己的背上。

朱聿恆身材偉岸，而她雖然比尋常人要高一些，但要背負他下山，何況還是在這樣的冰壁中爬行，實在是險之又險。

但阿南咬著牙，將身上的繩子狠狠打了一個死結，然後背負著他，向下爬去。

木樹膠雖然可以承受得住她一個人的力量，但背上多了一個人，顯然就要艱難許多。

眼前風雪瀰漫，她手腳僵硬，踉踉蹌蹌，半走半爬間無數次滑落，重重摔跌於下方冰洞中，又無數次爬起。

身上摔傷的地方疼痛難忍，可她卻彷彿毫無感覺。

只有朱聿恆的臉貼在她的脖頸邊，給她唯一一點熱氣。

他的氣息已經越來越微弱，偶爾他的臉頰擦過她的耳旁，她心口便會湧上一陣害怕——

他的身體，在冰川中已經越來越冷了。

因為害怕他的離去，她不斷抬手試探他的鼻息，同時也拚命加快了腳步。

爬下青鸞身軀，拐入山腰山洞，她竭盡全力，背著朱聿恆趔趄奔向前方。

黑暗的對面傳來喝問聲：「什麼人？」

阿南聽出對方的聲音，強抑自己大放悲聲的衝動，嘶啞道：「素亭，快來！」

廖素亭聽到阿南的聲音，撒丫子向前奔來，將她攙住。

阿南帶著朱聿恆倒在他們的攙扶中，喘息急促道：「立即封鎖雪峰，截斷下游所有河流，別讓……一滴水、一隻蟲子離開這座雪峰！」

諸葛嘉一聽便知與疫情有極大關聯，只倉促查看了朱聿恆一眼，便立即率人急行而去，領命行事。

阿南解下朱聿恆，將自己的手臉蒙好。

一群人抬著昏迷的皇太孫，拚命加快腳步穿過山洞回到冰瀑布。

瀑布已經全部坍塌，而下方雪中，朝廷的軍隊正在搭建梯架，以便接應他們。

阿南沒有詢問海客們的動向，事實擺在面前，已經無須她多問。

她脫力地從架子上爬下，跌坐在他們剛剛搭建好的營帳中。

見她神情枯槁，面如死灰，全身手腳都凍僵了，眾人忙給她送上熱茶和乾糧點心，讓她趕緊恢復過來。

可是在這樣的情況下，她依舊將朱聿恆扛了下來，眾人望著她那模樣，無不心口驚駭，一時也不敢問冰川之上究竟發生了什麼。

「別靠近我，殿下你們也要小心救護。」阿南將身上的藥渣解下來交給廖素亭，啞聲道：「交給魏先生，讓他快點把藥方配出來。」

廖素亭接過，下意識地看向她的手上傷口。

傷口不知是被凍傷了還是因為染疫，顯出一種可怖的青紫色來。

他一驚之下，連聲音都不穩了：「南姑娘，妳這是……」

「沒事，只要魏先生能將藥方研製出來，我們便都無虞。」阿南睏倦脫力，披上氈毯，抱緊了手中熱茶。「讓諸葛嘉一定要盡快，也要所有士卒小心，這裡的冰川帶著疫病。一定要等藥方出來後，將裡面東西徹底清理完畢才能恢復河道。」

「是！」

阿南略略休息了一會兒。火爐烘烤，熱茶送食物下肚，熱氣內外一起湧入體內，身體彷彿逐漸化凍，溫熱的血液開始在體內行走。

雪山之上危機四伏，雖然韓廣霆因為陣法即將發作而離開了，海客們也已被殺退，但深埋的疫病與機關並未清除。

稍微有了點精力，她便與眾人立即啟程下山。

山腳下休養腿傷的魏樂安已經拿到了藥渣。他醫術精湛，翻檢著藥渣，推敲藥性搭配，再填補幾味解毒良藥進去，一時已經有了七分雛形。

阿南示意他跟自己到朱聿恆的帳房中去，她因身上疫情，只站在帳外，請魏樂安查看他的傷勢。

一看到朱聿恆身上縱橫交錯的山河社稷圖，魏樂安立即便想起了年幼時見過的傅靈焰孩子，神情大變：「南姑娘，這……」

「之前，我向魏先生詢問過關於朋友身上的山河社稷圖，那個人，就是皇太孫殿下。」

魏樂安看著他身上破損的奇經八脈，沉吟皺眉。

「魏先生，這一年來，我與他一起奔波於各地，希望藉著破解陣法的機會，挽救他的生命，可如今看來，卻是功虧一簣了……」阿南望著昏迷的朱聿恆，一貫堅定的她，此時聲音也不由得微顫：「如今，我拿到了一個法子，或許可以救助他，只是，需要魏先生援手相助。」

魏樂安看著昏迷的朱聿恆，有些為難道：「南姑娘，妳看，我是海客，而他是朝廷皇太孫……他查抄了咱們永泰行，還與公子生死相爭，兄弟們若知道我救助了他，必定會不開心的……」

阿南自然知道這個道理，她默然跪了下來，在帳外深深叩拜魏樂安。

魏樂安嚇了一跳，忙阻止道：「南姑娘，妳向來與我不是這般客氣的，怎麼……」

「魏先生，您知道阿琰為什麼會變成這樣嗎？原本……他是可以自己活下去的。」

阿南將冰川上發生的事情原原本本與他說了一遍，淚水忍不住簌簌而下，打溼了蒙面的布巾：「阿琰是為了我們、為了這橫斷山的所有人，為了天下百姓，才變成這樣的。魏先生，我知道咱們各有立場，可是，您能否看到我們往昔情分上，救阿琰一次呢？哪怕……哪怕將我的命抵給你，我也毫無怨言！」

「南姑娘，折煞我了！」魏樂安嘆了口氣，走到門邊想去扶她，見她避開了手，便道：「這樣吧，雖然我不能忤逆公子的命令，也不敢背叛我的陣營，可南姑娘，當年妳曾經在滾滾波濤中救過我，這次又將我從懸崖下拉回來，我欠妳兩條命了，那……老頭子當盡力而為，還妳的恩情！」

「多謝魏先生！」阿南鄭重謝了他，聽他又說道：「不過事先說好了，當年我和師父都對這怪病束手無策，如今我究竟能否救活他，亦是未知。」

「我這邊有一個方子，可以清理他身上的殘餘瘀血，讓他能暫時恢復。」阿南說著，抓起旁邊的筆，在紙上寫下了藥方。

她的手已經奇癢難耐，顫抖不已，即使竭力控制，筆畫也歪歪斜斜，只能勉強辨認。

看。

她強忍著不去抓撓，等寫完後，將那枝筆投入火爐之中，抬起自己的手看了咬破的手指上，已經出現了淡淡的黑色潰爛痕跡。

她一咬牙，將自己的雙手套進袖管中，強迫自己緊捏著手肘，以疼痛來壓制那種麻癢。

即使已經蒙了面，她還是迅速退出了帳房，遠離他們。

魏樂安隨身藥箱雖已丟失，但隨行的軍醫送來了各種藥物，銀針小刀也是應有盡有。他給阿南匆匆配了一包藥粉，讓她先塗在手上稍微止癢，又仔細淨了手，脫去朱聿恆身上的衣服，查看他一條條破損的經脈，一邊看一邊搖頭嘆息。

直到七條看完，他才問站在營帳外的阿南：「這麼說，他身上已經爆裂了七條血脈？只要能剩下一條，是否還有機會？」

阿南示意魏樂安將朱聿恆的身體翻轉過來，指向了朱聿恆的後背脊椎處：「魏先生，您看他的督脈。」

魏樂安仔細查看那淡青的痕跡，沉吟片刻，取出銀針在其中試探，臉上露出震驚之色：「南姑娘，這條血脈雖然外表看起來與其他血脈截然不同，並無瘀血情況，但我以銀針試探，發現受損情況與其他七條一般無二。而且，這是陳年舊傷了，怕是他年幼之時便已遭毒手。只是妳看，這裡已被人暗埋下活血化瘀的虎狼之藥——藥性成分，好像就是妳寫給我的這個藥方！」

阿南點了點頭：「是，這應該便是他第一條發作的血脈，只是早早被隱藏了起來。」

「此藥可長期緩慢釋放，強行驅散瘀血痕跡，使其不在脈中凝結，顯露出其他七條般的可怖情形，但……」他抽出銀針，看了看後搖頭道：「治標不治本，只能稍延時間而已。」

阿南遠遠問：「這藥，能看出是何時埋進去的嗎？」

「具體的看不出來，但老夫可以肯定，必定是在他十分年幼之時。所以埋藥時的傷口疤痕已隨著他身體的成長，徹底消失了。」

阿南心下也是了然，那時候阿琰怕還是未解世事的幼兒，不然的話，血脈發作時慘痛無比，即使在後背，他也不至於未曾察覺。

她在外面等待著，魏樂安已經著手幫朱聿恆清理破損經脈。

他用空心銀針細緻地吸去血脈中的瘀血餘毒，又將調配好的藥物一一灌注入他那七條奇經八脈。

他年近古稀，雖然耳聰目明，下手穩定又快捷，但一個多時辰這般細緻辛勞下來，額頭全是汗珠，整個人也站立不住，坐在椅中直喘粗氣。

灌了兩大缸茶下去，他起身再度查看靜靜躺在床上的朱聿恆，才朝阿南點了點頭，說：「行了，若藥真的有效，他應該能醒來。」

阿南長出了一口氣，望著昏迷中的朱聿恆，久久說不出話來。

「不過，就算這個藥可以清瘀血、解毒瘻，但他全身的奇經八脈畢竟受損嚴重，毒性早已滲入全身，就算醒來了，我看他經脈殘破，至多能延三、五個月至半年的壽命！」魏樂安老實不客氣道：「離真正要活下去，還遠著呢。」

「我知道……」阿南啞聲應著。「可如今，我們只能盡力做到如此了……」

魏樂安哼了一聲，但看著床上如此年少卓絕的青年人，也不由一聲嘆息。

他洗了手，坐下來繼續研究疫病的藥渣，說道：「把人移走吧，我得盡快將這藥給研製出來。」

侍衛們抬了縛輦進去，阿南不敢近身，只踮著腳尖越過圍著他的人，看向朱聿恆。

他身上那紅紫駭人的山河社稷圖，已經轉成了淡青色，正如土司夫人轉述所說，就如年深日久褪了色的青龍紋身，縱橫於他的周身。雖然略覺怪異，但總算，不再像之前那麼駭人可怖了。

眾人輕手輕腳地替殿下蓋好厚被，遮好簾子，將他抬出營帳。

阿南沒有跟去，依舊站在外面問魏樂安：「魏先生，這些埋在阿琰體內的藥，會有變化嗎？」

魏樂安不明白她的意思，問：「妳指的是？」

「比如說，若他的身體遇上石灰，會不會重新變為殷紅？」

魏樂安沉吟片刻，說道：「此藥中間有添加地衣用以消炎清熱，老夫知道地衣汁液偏紫色，遇上石灰水會變成藍色，但這東西畢竟藏在血脈之中，石灰水隔著肌膚，如何能讓其變色？

「有沒有可能，生石灰會造成皮膚發熱，太過灼熱的話，會導致藥物失效，使得原先的傷痕顯現？」

「世間萬物之理博大精深，或有可能吧。」魏樂安沒空與她探討此理，揮手打發她。「這很簡單，妳找點石灰，在他身上撒一下試試看不就行了。」

阿南苦笑，見他翻著藥渣，已經埋頭在推敲疫病方子，便不再打擾，閉上了嘴。

皇太孫昏迷不醒，周圍寨子的情況堪憂。諸葛嘉心急如焚，恨不得立刻離開雪山，踏上歸途。

可雪峰上海客來襲時，嚮導們非死即傷，如今只剩了一個，還不能如常走路，更何況天色已晚，哪有辦法立即回程。

最終，他們只能在雪山不遠的荒原上宿了下來，等待第二日回程。

阿南身上疫病已顯現，即使用了止癢粉，還是忍不住抓撓的衝動，只能睡前將自己的手用布緊緊纏住，以免睡著後下意識抓破潰爛處。

她的帳房，也遠遠設在了雪山之下，在距離朱聿恆的中心營帳最遠處。

這一路奔波，再加上今日疲憊脫力，阿南一沾到枕頭，便立即陷入了沉睡。

只是夢中群魔亂舞，夢境混亂不堪。

時而她夢見自己全身潰爛，與寨子裡發病的人一樣全身抽搐慘死於密林；時而夢見阿琰身上青龍又變成殷紅血線，緊緊箍住他的身軀，縱使她拚命撕打也無濟於事；時而她又夢見雪山崩塌，震天動地中黑色邪靈從天而降，以雪峰為中心迅速擴散，大地轉眼間盡成灰黑色。而她抬頭一看，就連湛藍的大海也難以倖免，正被染成烏黑……

她從噩夢中猛然驚醒，感覺到周身隱隱震動，彷彿噩夢已真實降臨。

側耳一聽，隆隆聲似從後面雪峰而來。

她立即解開縛手的布條，跳下床向外奔去。

明月之下，皎潔的雪峰上正有瀰漫的白氣向下奔騰，如萬千怒濤傾瀉，要將他們吞沒。

「雪崩了！」值夜的士兵們敲擊竹柝銅鑼，迅速示警。

阿南心下一凜，想到冰川中封存的疫病。

昨日阿琰已捨命將引線截斷，她也確保當時的點火裝置已重新封凍於雪峰之上，怎麼一夜之間，它竟再度震動了？

難道是韓廣霆不肯放棄，突破軍隊守衛，上去發動了陣法？

阿南立即拔腿向周圍河道奔去，路上見諸葛嘉正向營帳而來，立即掩上面容，問：「諸葛提督，河道那邊如何了？」

諸葛嘉倉促答：「我們連夜在趕工，但河流湍急，尚未截斷，如今雪浪又奔湧而來，這……」

「把楚元知喊上，帶上所有炸藥，去下游開闊河谷之前——就是當日青蓮宗伏擊咱們的那個咽喉處，把兩邊山崖炸掉堵住，一定要把所有雪水一滴不漏地擋住！」

諸葛嘉看向大帳，略一遲疑：「那殿下……」

「有我在，你怕什麼！」

諸葛嘉立即向眾人示意，一群人奔赴往下游。

阿南轉過身，扯過面罩遮住自己的臉，向朱聿恆的營帳奔去。

營帳外燈火通明，東宮護衛謹慎巡防。阿南朝裡面一望，廖素亭率人圍在朱聿恆床榻之前，持刀向外，正嚴陣以待。

見這邊安然無恙，阿南略鬆了口氣，暗道難道是自己想多了，雪崩只是湊巧，並非人為？

但，忽然之間，她腦中一個閃念劃過，頓時背後盡是冷汗。

她立即轉身，朝著魏樂安的帳房狂奔而去。

魏樂安研究藥方，如今尚未安歇，營帳內一燈如豆，映出他的影子。

外邊紛擾叫喊，但他不是朝廷中人，根本不為所動，觀察了下雪崩不會影響到自己營帳，便依舊回來埋頭推敲方子。

阿南輕出了口氣，因為不敢接近而停下了腳步，站在外面想著要不要去詢問一下進度。

就在此時，她看到了一條身影欺身接近了魏先生的帳房。

那身影的騰躍極為飄忽，俐落翻越障礙之際，又從容避開穿插來往的巡邏士兵，閃進了魏先生的帳房之中。

這身法，讓阿南遲疑了一刻，才慢慢走近營帳。

燈光映照在營帳的布幔上，阿南可以隱約看到，魏先生看見有人潛入帳中，驚得立時站起了身，抓過鎮紙壓在了桌面上，擺開防衛姿勢。

但隨即，他看清了來人模樣，又鬆懈了下來，甚至與他拱手見禮。

阿南哪還不知來人是誰。

她將耳朵貼在帳上，聽到竺星河壓低的聲音：「魏先生，時疫的方子可研製出來了？」

魏樂安攤開桌上的方子，從容笑道：「公子放心，老朽殫精竭慮，已推敲出了最完美的方子。此方有疫驅疫、無疫預防，癒後不留痕跡，定能消災解難，拯救天下萬千百姓。」

竺星河來得倉促，也無暇多說，扯過桌上的方子，便示意他跟自己離開。

魏樂安卻趕緊攔住他，將藥方抽回，又壓在了桌上，說：「公子恕罪，這藥方我得留給朝廷。下游及西南如此多的百姓，還要靠這個續命的。」

竺星河沒想到他居然如此說，嗓音沉了下來：「魏先生，朝廷無法救百姓，只有我們才能救，這或許是咱們最後的、也是最好的機會了。」

「雖然如此，但公子你想，這疫病如此猛烈，我雖有完美之方，可咱們畢竟人少，就算日夜賑濟，又能救得多少人？難道真的眼睜睜看著無數人因此慘死？而朝廷要發藥救濟，一夜之間便能廣布天下，才是挽救萬民、免得生靈塗炭的大勢啊！」

阿南聽著魏先生蒼老誠摯的話，心下卻只湧過一陣悲涼，心道，魏先生，你這一番心意，怕是要被辜負了。

差點焚毀整座順天的地火，還有之前開封水災……幕後推波助瀾的人，全都是他面前的公子。

生靈塗炭，天下大亂，正是他的目的，不然，他如何有機會翻覆政權，報當年血海深仇？

果然，竺星河冷冷道：「魏先生，你這是助紂為虐，也和阿南一樣，與兄弟們作對了！」

「不會不會，等回去後公子就知道老朽一片心了。」魏樂安說著，將藥方在桌上安放妥當，起身表示這就跟他回去。「更何況，南姑娘如今也染了疫病，公子難道忍心讓她疫病發作，慘死於此嗎？」

竺星河毫不遲疑，道：「既然如此，她想要活下去，就得回來找我，重新做我麾下人。」

「唉，這怕是……」魏樂安親眼目睹那兩人生死相依的樣子，搖頭嘆了口氣，說：「南姑娘是不會再回來了。公子，咱們走吧。」

竺星河回頭看那張藥方，尚在沉默，魏樂安又忽然想起一事，道：「公子稍等，老朽想最後再去看一看皇太孫的病情。」

竺星河聲音冰冷，問：「他不是已經八脈全毀了麼，怎麼還沒死？」

魏樂安抬手去拿桌上的藥箱，道：「快了，但是南姑娘弄了個法子來，求老朽替他續著命呢，如今他還在瀕死昏迷中，我看活轉過來的機率微乎其微……」

正在他提起藥箱之際，身後忽然傳來輕微的風聲，寒光在他身後猛然閃動。血光驟然迸射，手中的藥箱猛然墜地。

魏樂安的手緊緊捂住了腹部，倒在了桌案之上。

他艱難轉頭，看向後方的竺星河，盯著他手中滴血的春風，不敢置信地擠出兩個字：「公子……」

竺星河緩緩垂手，任由春風的血滴在地上：「魏先生，你是當年隨我父皇出海的老人，你明知我與朝廷的血仇，也知道我此生最恨的人就是朱聿恆！你為何要背叛我，為何要去救朱聿恆，為何要替篡位謀逆的這家人施恩德，把你的藥方送出去收攏天下人心？」

魏樂安按著自己腹部的傷，疼痛讓他再也說不出任何話，只呼哧呼哧地拚命喘息著，趴倒在了桌上。

阿南倒吸一口冷氣，顧不上自己的疫病，一把扯開營帳門簾，撲了進去。

竺星河正扳住魏先生的肩，將他從桌子上一把推開。

撲通一聲，魏先生重傷的身軀倒在地上，血流了一地。

他卻看也不看，只抬手抓向桌上染血的藥方。

就在他的手堪堪觸到藥方之際，阿南的流光早已射出，勾住他的手腕拚命一拉，將他的手掌停在了半空。

他揮手卸掉她的拉扯之力，旋身回頭，看見她的剎那愣了一下，隨即左手抓起桌上鎮紙，一旋一轉間早已纏住流光的精鋼絲，反手一拉。

有鎮紙擋著，流光縱然再鋒利也無法割人，反而阿南力氣不如他，被他扯得往前趔趄一步，差點失去平衡。

她立即鬆脫流光，白瓷鎮紙被甩在地上，啪的一聲摔個粉碎。

巡邏防衛的士兵注意到這邊動靜，立即有人用長矛挑起帳門，查看裡面情況。

「別進來，我染了疫病。」阿南緊盯著面前的竺星河，道。

士卒們一聽她的話，立即放下了門簾，並且退得遠遠的。

竺星河的目光在她身上頓了頓，抬手抓起桌上藥方，轉身便要走。

阿南厲聲叫：「公子，別再執迷不悟了，迷途知返吧！」

「哼，執迷不悟的人是妳！」竺星河沉聲喝斥，將藥方塞入懷中，冷冷道：「如今朱聿恆將死，妳也身染疫病，該死心了！想活命的話，就乖乖跟我回去吧。」

阿南悲憤欲絕，彷彿未聽到他的話，流光縱橫翻飛，封住了他的去路。

竺星河身影晃動，憑著自己靈動無比的身姿，在她的流光中騰挪閃避，毫髮無損。

而阿南見他只是避讓，手下一變，流光豎劈橫切，攻勢頓時凌厲無比。

「為什麼只閃避？為什麼不用你的春風反擊？你說啊！為什麼不用我給你做的武器，將我殺掉，替你掃清一切障礙？」

怒火焚燒了阿南的理智，她泣不成聲，只知道瘋狂進擊。

下手無比狠厲，可她口中的聲音卻從淒厲漸轉為喑啞，臉上滾落的淚珠讓她哽咽到崩潰。

「你為了遮掩韓廣霆的行蹤，放任他殺害司鷲，甚至幫他將罪名推到阿琰身上……你為了復仇篡位，不惜引動傅靈焰留下的各方死陣，置萬千人性命於不顧……你為了不讓朝廷拿到藥方，偷潛進來殺害魏先生，奪取藥方！你……你是不是還要拿著這張藥方去救濟百姓，為你贏得天下民心？竺星河，你……我為什麼要認識你，你當年為什麼要救我！」

她瘋一般的攻勢與崩潰的叱問，如同暴風驟雨，直襲面前的竺星河。

流光颯遝，只聽到擦擦聲響，他身上的黑緞錦衣轉眼便多了兩道口子。

他身形迅捷，激憤中的阿南雖然割破了他的衣服，卻並未能傷到他的身體。

但，她一眼便看到了，他衣服底下初顯青紫腫脹的傷口。

她一瞬間明白了過來，目眥欲裂，不敢置信：「你……你上了神女山，剛染的疫病？這麼說，重啟我們封閉的雪山機關的人是你！炸崩雪山的人也是你！你喪心病狂，為了復仇，你要擴散疫病毀了整個天下！」

而他的眼神終於開始冰冷，見她瘋狂的攻擊並未有半點停息的意思，那一直後退的身軀抵上了營帳厚硬的帆布，在上面一撞反彈後，迅速前衝，穿透她密密匝匝的攻擊，「嚓」的一聲輕微響聲中，他手中的春風終於現身。

「阿南，妳剛死裡逃生，氣力不繼，還是好好休養吧。」春風驟急，他穿破流光密網，冷冷地自她身旁擦過。「別擋在我面前，我不會為任何人留手。」

彷彿為了驗證他的話，阿南的右臂上，六瓣血花粲然綻放，在燈光下殷紅透亮，如散落的鴿血寶石，刺目驚心。

鴿血寶石……

那年她十六歲，與公子行船於錫蘭，看到當地的少女身披重重刺繡的彩衣，額間綴滿鴿血寶石，嫁給自己心上的少年郎。

那之後有一段時間，她存了許多鴿血寶石，也試著做一串串鮮紅的鍊子掛在額間胸前，幻想某一日能拿來映襯豔紅的歡喜。

甚至，連公子說她穿紅衣好看，她也歡歡喜喜記在心裡，一直固執地喜歡豔紅的顏色。

然而，她卻忽略了，那般豔麗奪目的紅，同樣也是鮮血的顏色。

「想活命的話，來找我拿解藥吧。」

阿南的身軀倒了下去，而竺星河頭也不回丟下最後一句話，揣好那張藥方，越過她的身畔，在衝入帳內士兵們的刀尖與槍頭上縱身而起，鬼魅般消失不見。

阿南的右臂劇痛無比，但她也知道，能讓她清楚感知到傷痛的，就並非要害。

她不讓人接近自己，咬牙自行坐起，爬到藥箱邊抓了一梱繃帶，竭盡全身的力氣給自己右臂綁上，然後去查看魏樂安的情況。

他躺在地上，身下是大灘刺目血液，兀自睜著眼睛。

望著死不瞑目的魏先生，她悲愴不已，抬起顫抖的手，默然闔上他的眼。

然而，她的手碰觸到了魏先生顫抖不已的面頰，聽到了微不可聞的呵呵低聲。

阿南俯下身，聽到魏樂安無比艱難地從嗓子裡擠出幾個字：「南……南姑娘，藥方在……在我懷……懷……」

阿南抬手一摸，果然，在他的懷中，是折得整整齊齊的一張藥方，已經被血水浸透。

她緊捏著這張染血藥方，顫聲問：「那，公子搶走的是……」

「那張方子，我換了……換了兩味藥物……可延命……阻傳染……但代價是全身潰爛奇癢，一輩……」

「子」字尚未出口，魏樂安的身體一陣抽搐，已經嚥下了最後一口氣。

阿南將這張血水洇透的藥方打開來，看著上面整整齊齊的字跡，忽然明白了一切，眼淚又忍不住湧了出來。

公子搶走的，是魏樂安想留給朝廷的藥方。可以救人，但全身遍布那般潰爛又奇癢難耐的傷口過一生，一世痛苦，無法見人。

而這份完美的藥方，魏樂安暗藏在了身邊，想要帶回去給公子，收服疫情侵害之地的民心，或拿來與朝廷交換，為他的大業助一臂之力。

可誰知道，他一心為公子謀算，公子卻認為他已背叛自己。為了搶奪這份藥方，更為了災疫傳播、天下大亂，毫不留情便殺害了他。

阿南手捧著染血的藥方，從軍帳中走出，將它交給軍醫，讓他們立即抄備配藥。

眼望著神女山上滔滔滾落的雪浪，她又想起竺星河被她割破的衣服下，那青紫膿腫的傷口。

如此迫不及待搶奪走的藥方，他拿回去後必定立刻用來救自己。

若真的如此的話……

這世間陰差陽錯，一啄一飲莫非天定。

若他不是一意想釋放雪峰疫病，要禍亂百姓令天下大亂；若他沒有遮掩行蹤來搶奪藥方；若他肯放過魏樂安……

想著遍體鱗傷瀕臨死亡的司鷲，想著一心為公子謀劃卻死於非命的魏樂安，想著碧海之上白衣如雪渾然脫俗的竺星河，阿南不由悲從中來，站立在颯颯雪風中，眼淚又是奪眶而出。

魏樂安從傅靈焰的藥渣中研製出的方子，果然有奇效。

阿南遵照劑量，外敷內服，第二日手上潰爛處便不再發黑淌膿，開始結痂。

她也遵照自己在雪峰頂上對傅准的承諾，將一份藥放在營帳外，任由他取走。

他們沿著密林回程，白天在林中跋涉，夜晚在山間安營，竭力快速往回趕路，希望能盡快清除下游的疫病。

諸葛嘉等人已經成功堵住了水道咽喉，只等徵召工匠趕到，就近開採石灰礦，投入被圍堵於堤壩中的雪水。帶著疫病的雪水經多次沸騰消殺後，再徹底填埋，應該便能無虞。

江水暫時斷流，他們直接從乾涸河道上越過，回程中少繞了很多彎路。

只是朱聿恆，始終沒有醒來。

阿南身上疫病驅除，身體恢復之後，不顧被春風所傷的手臂，重新擔負起了照顧朱聿恆的責任。

畢竟，她是對他身體瞭解最多的人。

夜色漸暗，守著朱聿恆的阿南在昏黃的燈光下打了個盹。

迷迷糊糊間，她看到燈光漸漸淡去，外面的天色已經亮了。

耳畔有人在低聲輕喚：「阿南，阿南……」

是朱聿恆的聲音，一如既往低沉而動人心弦。

阿南在迷濛中抬起頭，看到朱聿恆不知何時已經下了床，站在了她的面前，正俯身含笑看著她。

阿南又驚又喜，抬手攀住他的脖頸，將他在燈下拉得更近一些，讓她將他仔仔細細地看清楚。

「阿琰，你……你沒事了？」

朱聿恆微笑著點頭，他的面容蒙在燭光中，恬淡而溫柔，鍍著一層輝光，依然是當初那矜貴脫俗的模樣。

但她還是不信，抬起顫抖的手扯開他的衣襟，查看他身上的情況。

那原本如條條毒蛇糾纏他全身的山河社稷圖，真的已經退卻了，只剩了淡淡的幾條青色痕跡。

她將臉貼在他的心口，伏在他溫熱的身軀之上，聽著他低沉而有節奏的心跳聲，終於放心而笑。

她笑著從睡夢中醒來，面前是依舊沉睡的朱聿恆，在燈火之下安靜地躺著，一動不動。

她心下忽然覺得害怕極了，抬手輕輕貼在他的鼻下。

他氣息輕微，但總算還平穩，甚至好像有了逐漸強起來的感覺。

她心下一動，扯開他的衣襟一看，心口不由得怦怦跳起來。

和夢中一樣，他身上的山河社稷圖，已經只是淡淡青痕。就連吸瘀血和埋藥時的傷口，也已經癒合結痂了。

她緩緩出了一口氣，輕輕地將他衣襟掩好，正準備起身之時，卻覺得手腕一動，被人拉住了。

她垂眼看去，正是阿琰。

燈光下，他拉著她的手尚且虛軟，望著她的目光尚且朦朧，從昏迷中醒來，他還是混沌而迷惘的。

但他執著的，一動不動地望著她，耐心地等她的面容漸漸清晰呈現在他的眼中。

她與往日迥異的疲倦面容，她目光中的惶惑與喜悅、茫然與失措，都是他未曾見過的，在這一刻，清清楚楚為他呈現。

他的臉上，露出了艱難而無比欣慰的笑容：「阿南……我還活著，妳……還在我身邊……」

「是，我們都好好的，現在，以後，一直，永遠……」

她歡喜落淚，抬手輕撫他的面頰，恍如摩挲失而復得的珍寶。

他昏迷太久不進食水，雙脣微有乾裂，不復親吻她時那柔軟模樣。

阿南幫他墊好軟枕，端過旁邊的湯藥，坐在他的身旁，餵他慢慢地喝下去。

他靠在枕上望著她，掩不住臉上艱難但歡愉的笑意：「妳終於……把我救回來了。」

她搖了搖頭，捏著杓子的手微微顫抖：「情勢危急，我也只能拚死一試，沒想到居然成功了。我想，可能是上天也捨不得你走，所以對你發了慈悲吧……」

「不，我知道的……若沒有妳，我已不在這人間了。」

阿南一邊慢慢地餵他喝湯，一邊輕聲說：「不過，魏先生認為，這個法子雖可暫時讓你度過難關，可與我當初吸走你的瘀血一樣，終究只是治標不治本的方法。因此，傅靈焰肯定還有其他的手法，才能讓韓廣霆如常人般一直活到現在，而且身手矯健過於常人……」

雖然，他們還得繼續探尋。但至少，如今他已經甦醒，一切希望便都還握在手中。

「怎麼……救回我的？」

阿南將手中的碗放在几上，想起當時的情形，臉上猶帶鬱悶：「是傅准，他在冰川中露了行跡，被我抓住了。我要脅他以命換命，他只能答應了。」

朱聿恆一動不動望著她：「他？」

「嗯，那時候在冰洞中他用萬象指引我們找到藥渣，我就知道他也跟來了。所以在峰頂上，我賭了一把，賭傅准的失蹤是迫不得已，賭他也想從韓廣霆和玄霜的控制下脫離，賭他不願讓拙巧閣覆滅……總之，幸好我賭對了。」

不然，此時她與朱聿恆，已是青鸞羽冠上兩具覆雪的屍體。

「他在多年前，曾見過韓廣霆配置藥物疏通經脈，可以清除掉山河社稷圖造成的瘀血，並且用藥性迫使經脈繼續運轉。」阿南將爐子撥亮一點，讓火光更暖和一些，抬手解開朱聿恆的衣襟查看山河社稷圖的殘跡。「我便想到了土司夫人故事裡，韓廣霆身上的青龍。我想，那會不會就是傅靈焰想出替兒子續命的法子，於是便死馬當成活馬醫，帶你回來試了試。」

貼在他胸前的指尖微顫，她的臂上，春風之傷未癒，而手上，又增添了疫病帶來的新傷痕。

朱聿恆艱難抬手，握住她傷痕累累的手掌，在脣邊輕輕貼了貼。

兩人如今也沒有心力去關心別人，便也不再多說什麼。

暖融融的暈黃燈光照在他們的周身，他籠罩於她的光影之中，感到溫暖而舒緩。

所以，即使全身無力，所有骨骼彷彿都在隱隱抽痛，他親著她的手，望著近在咫尺的她，還是微微笑了出來。

「好像啊……」

阿南幫他擦拭唇角，回應他喃喃的囈語：「什麼好像？」

「現在，好像順天地下，我靠在妳身上，聽妳唱那首曲子……」他的聲音，低得幾乎聽不見。

阿南不由笑了，輕聲道：「那時候咱們兩人都髒兮兮的，可難看了。」

他望著她搖曳燈火下明暗不定的面容，心想，但，我就是從那一刻開始，知道了傾心迷戀一個人，是什麼滋味。

神志朦朧，可心口沸熱，他纏住她的手指，聲音模糊低喑：「阿南，我還想聽……」

阿南俯下身，緊緊將他擁抱住，與他一起靠在枕上。

守了他這麼久，她輕唱的聲音微顯乾澀，甚至帶著一絲哽咽。但，在他耳邊輕輕響起的聲音，卻比以往每一次，都更為纏綿悱惻。

「我事事村，你般般醜。醜則醜，村則村，意相投……」

這一刻，世間再無任何東西比對方更為重要。

即使，他們都知道回去之後，便要面臨這世間最激烈的風雨，等待他們的，會是最為詭譎可怖的局面。

但，他們偎依在一起的身軀無比溫熱，握在一起的手無比牢固。無論面對何種境況，他們再也不會放開彼此的手。

一路回程，疫病比他們設想的更為可怕。短短數日，因為茶花寨中逃脫的那個病人，疫情已經在下游擴散。

一行人沿路救治，分發藥物，教導郎中，將疫病逐漸平息下來。被召集的眾多工匠也已緊急趕往神女山下，開鑿石灰礦，消弭疫病，一切都有條不紊開展。

告別了那棵臨水盛開的百年茶花樹，他們踏上回京之路。

重新回到應天，已是二月末，理應該是春回大地之時了，可今年時令古怪，不知為何，天氣依舊陰沉寒冷。

隨同朱聿恆前往橫斷山脈的隊伍剛下了船，距離應天城尚有十數里之遙，太子與太子妃親率的隊伍已經迎了上來。

看見安然無恙歸來的兒子，饒是兩人在朝廷中打滾多年，都是心堅如鐵之人，此時也是淚流滿面，情不自禁地緊緊抱住了兒子。

等初見的激動過去，太子詢問起橫斷山脈這個陣法，得知疫病已徹底控制後，才放心點頭，欣慰不已。

而太子妃見兒子神情如常，雖然面容略顯蒼白瘦削，但還是自己那個出類拔萃無人可比的孩子，不由得目光轉向旁邊的阿南。

阿南笑吟吟地站在一旁，拈著手中馬鞭，見太子妃回頭看自己，便向她點頭為禮。

太子妃走到她跟前，執起她的手道：「好孩子，這一路上，辛苦妳照料皇太孫了。」

阿南微笑道：「殿下也照顧我了。不然，我們此次是否能順利解開陣法、逃出生天，還是未知數。」

她雖神情輕鬆，但太子妃自然知道必定有著自己難以想像的艱辛。只是人多眼雜，她也沒有多問，只緊緊又握了握阿南的手。

後方眾人紛紛上前，都是笑逐顏開，滿口恭賀之詞。

阿南哪裡受得了這些，一路疲憊跋涉，還要站在人群中滿臉堆笑，簡直是要了她的命。

她對朱聿恆飛了個眼神，正準備逃之夭夭；只可惜一雙手伸來，將她留住了。

她無奈地在太子妃示意下上了馬車，跟著他們一路往城內而去。

馬車抵達應天皇城，皇帝親自等待在宮內，屏退了所有人，只留他們五人在殿內說話。

皇帝三月前在榆木川遇刺，大傷元氣，但見到孫兒安然無恙回來，他難得顯出神采奕奕的模樣，招手讓朱聿恆過來，親自查看他身上的痕跡。

見他身上又添新傷痕，皇帝心疼之餘，又欣慰於他身上山河社稷圖的淡去。

他示意阿南近前，親自詢問她：「司南姑娘，朕對此事尚有不解之處，不知聿兒身上的山河社稷圖，這下可算是解開了麼？」

皇帝之前十分不喜她的海客身分，甚至多次對她動過殺心，但此時因為歡喜於孫兒的病情好轉，對她著實和顏悅色。

阿南便詳細將魏樂安的結論說了一遍，當知道朱聿恆的經脈受損太過嚴重，只能再維持數月至半年後，殿內氣氛又再度沉重起來。

太子妃含淚問：「可，當年傅靈焰不是也救治好了她兒子麼？」

「是，但傅靈焰已逝世多年，我們已無從得知她用的是何法子。」阿南終於將自己一路上反覆思量的事情提出來，說道：「幸好我們如今終於有了韓廣霆的下落。既然他能順利活下來，那麼只要追蹤到他，相信阿琰也定能安然度過劫難，獲得新生。」

「哦？韓廣霆出現了？」聽到這個訊息，大家都是精神一振。

朱聿恆將橫斷山脈發生之事一五一十說了一遍，皇帝與太子沉吟點頭，認可她的看法。

太子妃則問：「此人既已蹤跡全無，我們又該如何尋找？」

「他既然回到了陸上，那便不可能幾十年藏頭露尾，一直避世而居。朝廷可詳加追查這些年來回歸的海客，尤其是——二十年前曾接近過薊承明與劉氏等人、後來或許也與青蓮宗等有交往的人。」

殿內的人都是久歷世事之人，立即便理解了他們的意思。

「妳的意思是，二十年前，應該就是韓廣霆在皇太孫的身上種下了山河社稷圖？」

「是，而且當時阿琰身上的血脈便已經發動了一條。」

朱聿恆默然拉下自己的後領，讓他們看了看從腰脊而起、經脊背隱入髮間的那條青痕，說道：「這條督脈，其實便是我身上第一條發作的。只是因為它一直呈不易察覺的淡青色，而且在我後背，因此未曾引起過注意。」

太子與太子妃對望一眼，黯然神傷。

皇帝問：「你們是聿兒父母，小時候他一直在你們身邊，這條痕跡是何時出現的，你們可有印象？」

太子嘆道：「應當是聿兒兩、三歲時。兒臣夫妻兩人晝夜守城不曾回府，聿兒交由乳娘劉氏看護，因此被人趁虛而入，釀成災禍。」

「那戰事結束，朕登基之後，你們就不曾好生審視過自己的孩子？這可是你們的親生兒子、朕的長孫！」皇帝恨恨一拍書案，怒吼出聲之後，又想起登基之後，太子鎮守南京，而他帶著朱聿恆長住順天，他們夫妻與孩子相處的時日也是少之又少，哪有機會審視淡如青筋又毫無異樣的一條背後痕跡？

怒火無從發洩，他唯有又遷怒他人：「伺候聿兒的那群太監嬤嬤宮女，有一個算一個，大都可殺！怎麼從來無人注意過太孫身上的血痕！」

龍顏震怒，太子率先深深垂頭，知道已無法再商討下去了。

皇帝的咆哮宣洩，最終在朱聿恆的勸解中結束。

他龍體尚虛，朱聿恆攙扶著他入殿安歇。而阿南與太子、太子妃心事重重地在外面等了許久，才等到他出來。

四人往外走去，太子低聲問朱聿恆：「聖上對你可有什麼囑咐？」

朱聿恆道：「沒什麼，聖上說宮中忙於籌備順陵大祭，過兩日設個小宴替我慶功，讓我這兩天好生休息，多陪陪父王母妃。」

見他雲淡風輕，太子太子妃也便放下了心，一家三口難得重逢，將一切艱難先拋諸腦後，一起回了東宮。

東宮不遠處，朱聿恆替阿南準備的小院早已清掃得乾乾淨淨，裡面的僕婦也都收拾得妥妥當當，迎接她的歸來。

這一路奔波，終於回到了安心的居所，阿南稍微吃了點東西，倒下便睡了個昏天黑地。

醒來外面已是大亮，鳥雀在梅花上蹦跳，高聲鳴叫。

她草草刷牙洗臉，打著呵欠轉到前廳，喝過了溫熱的米粥，吃了兩個米糕，一時竟不知該幹什麼。

韓廣霆的下落尚未查到，本朝建立六十年，回歸的海客數不勝數，就算再焦急，也不是一時半刻可以調檔查閱的。

「呼，有點冷，好想回西洋晒太陽啊。」阿南搓著手，給自己又裹了一件襖子，坐在熹微日光下保養自己臂環，調試完機括後，將它又戴回腕上。

金屬冰涼的感覺讓她忍不住「嘶」地吸了一口冷氣。

越蜷縮越冷，阿南索性便起身抓過馬鞭，騎馬出門活動去了。

到了東宮一問，朱聿恆這個工作狂，一早便去三大營處理這段時間堆積的事務了。

阿南琢磨著，提督大人親臨，諸葛嘉、楚元知和廖素亭他們肯定也得過去點卯應差，不可能有人陪她遊逛了。

寒風蕭瑟，行人稀少，她想起傅准交給自己的那顆白玉菩提子，便買了根釣竿，打馬向著燕子磯而去。

第十二章　昔時兵戈

長風蕩蕩，波光浩渺，凜冽寒風讓長江邊人跡罕見。魚兒躲在江底石洞，漁夫們也懶得出船。

唯有燕子磯旁大青石上，有個老頭披著厚厚的玄狐披風，戴著皮帽子，圍著毛領子，端坐在石頭上釣魚。

阿南瞥了他一眼，心下不由樂了。這個人她認得啊，這不就是當年背棄竺星河的父皇、被海客們唾罵了二十年的李景龍嘛！

真是踏破鐵鞋無覓處，得來全不費工夫。

她不動聲色，找了個離他不遠不近的距離坐下，丟點酒糟米打了個窩，魚鉤一甩架設好，就撿了幾抱樹枝過來，一邊烤火一邊注意浮標動靜。

她當年在海上有個凶名叫水族浩劫，絕非浪得虛名。差不多的餌料、同樣的地點，李景龍那邊毫無動靜，而她一邊烘手一邊隨便拉拉魚竿，大魚小魚就忙忙上鉤，被她拿草莖串了嘴養在岸邊水坑，一時間眾魚撲騰，熱鬧非凡。

李景龍雖然釣魚技藝不差，但這寒天凍水中哪有收穫，老半天上了一根手指長的麥穗兒，氣得他鬍子亂顫，解下來狠狠丟回水裡。

實在忍耐不住，他棄了魚竿，背著手站在阿南身後看著，腆著老臉搭話：「姑娘，妳這收穫可不少啊。」

阿南仰頭朝他一笑：「還行，就是個頭不如以往。」

李景龍眼見她又上了一條尺把長的鱅魚，眼饞得不行：「這個頭還嫌棄，以往都釣什麼大魚？」

阿南抬手一指旁邊那塊大石頭：「你看，最長那條就是我幾個月前釣的。」

李景龍回頭一看，當即跳了起來：「什麼？紅漆畫的那條，是妳釣的？」

「是呀，我和神機營一群人來這邊釣魚，結果一不小心，釣了條四尺多長的青魚。」阿南伸臂比劃了一下，笑咪咪道：「所以李太師當年刻在石頭上的那條金漆刻痕，被我壓下去啦。」

「那可是四尺的大魚！妳這小胳膊小腿的女娃兒，怎麼沒被四尺的大青魚拉水裡去？」李景龍不敢置信，吹鬍子瞪眼中瞥到紅漆刻痕邊押的那個「南」字，又察覺到了一件事。「咦？這麼說，妳就是那個司南？這回與皇太孫殿下一起去西南立下大功的那個那個……女海客？」

「是呀，見過李太師。」阿南也不隱瞞，笑吟吟朝他一拱手。「再說四尺長的魚也不算什麼，我當年在海上，比人還長的魚也釣過，能吞舟的鯨鯢也捕過，都是小事一樁。」

李景龍上下端詳著她，嘖嘖稱奇。

阿南隨意甩鉤，往火邊湊了湊，搓著手抱怨：「江南冬天也太冷了，這天氣，我手都僵了。」

「來，喝點酒暖暖。」李景龍大方地示意身旁老僕送酒上來，就著火堆溫了酒。阿南也給他分了餌料和窩料，指點他換了個窩點。

一老一少在江邊喝著熱酒，釣著魚，談笑風生。

朱聿恆過來時，看見這副熱絡模樣，不由得搖頭而笑，上來在他們中間坐下，問：「寒江釣孤風，能飲一杯無？」

「什麼釣孤風，我釣了幾十條大魚了。」阿南笑嘻嘻地給他倒酒，指著自己的戰績讓他開眼。

她的雙頰在寒風中凍得紅撲撲的，呼吸間噴出的白氣縈繞在笑靨之上，如同一朵豔麗無匹的芍藥籠於煙霧之中，令他怦然心動。

他忍不住抬手撫了撫她的鬢邊，幫她拍去水氣，才接過她遞來的酒杯。

啜著溫酒，朱聿恆與李景龍打過招呼，目光落在對面的草鞋洲上，若有所思：「老太師喜歡這個地方？」

李景龍道：「此處江風浩蕩，氣勢非凡，景致絕佳，魚也挺多。」

「但這邊突出江面，水流湍急，對釣魚來說，可不算個好位置。」阿南這個釣魚老手，一下便戳穿了他。

李景龍在她揶揄的目光下，也只能訕笑道：「在意不在魚，老夫只是常往這邊坐一坐，感懷一下當年往事。」

阿南瞧著浩蕩江面，笑道：「這倒是，後人哪會記得李太師釣過幾條大魚小魚、釣技高不高超，只會爭相評說您在靖難時的功過，是吧？」

一句話就戳心窩子，李景龍瞪了她一眼，臉上頓顯憋屈之色：「老夫倒寧願後人記得我釣過大魚，畢竟這輩子老夫也沒打過幾場露臉的仗，唔！」

朱聿恆安慰道：「老太師何出此言，天下人皆知曉你當年是心憂百姓，審時度勢之舉。」

「唉，老夫惶恐！聖上才是真命天子，殿下您才是天定的社稷之主啊！」李景龍遙望遠遠沙洲，神情沉痛道：「太子殿下當年於大戰之前來營中找我相商，以天命示警於我。可惜我執迷不悟，直到慘敗後痛定思痛，再回顧當日一切，才知曉真龍出世，天命難違！」

阿南不耐煩聽他們這文謅謅的對話，單刀直入道：「老太師，我生得太晚了，對於當年那場大戰一無所知，要不，您給我講一講？特別是戰事最要緊的時刻，聽說當今聖上得上天相助，風斷帥旗？」

李景龍抬眼打量朱聿恆，見他只對阿南微微而笑，一臉縱容的模樣，心下明白這兩人分明就是一夥的，她問的就是他所想的。

「殿下若有所詢，老夫自當知無不言，言無不盡。不過風折帥旗之事已寫入實錄，此事人盡皆知，何須老頭多言？」

朱聿恆道：「紙上得來終覺淺，哪有身臨其境的詳細。太師便為我們講上一講吧。」

既然皇太孫殿下親自過來詢問，李景龍倒也乾脆，轉頭命老僕去烤魚，溫了酒拿到旁邊亭子中。

三人在亭中石桌邊坐下，李景龍倒了點茶水，在桌上以茶水繪出長江、草鞋洲與燕子磯，替代行軍戰圖。

「說到旗子，當年我率五十萬大軍沿江駐紮，軍中發號施令，全靠各路旗幟。我記得大戰之時，陣中有我的中軍司命旗，旗高一丈九尺，旗長三尺寬一尺，綴有五五二十五條尾帶，用以指揮我麾下五方旗進退來去；中軍以下部署有金鼓旗、五行旗、六丁六甲旗、星宿旗、角旗、八卦旗；手下各營將、把總、哨官、旗總又各有自己的認旗，旗高多在一丈八到一丈五之間，五十萬人各受旗幟所率，列陣排兵整整齊齊，想起當日情形，真叫旌旗蔽日，投鞭斷流……」

阿南心下暗暗叫苦，心想不就扯了一句風折帥旗嗎？這老頭是不是寂寞太久了，逮著人就碎碎念一大堆，渾不管別人只想聽帥旗折斷的事是真是假，對調兵遣將和排兵布陣並無任何興趣。

正在興味索然之際，聽得李景龍抬手指著亭外江面，道：「可就在那日那刻，這燕子磯畔，忽有赤龍現世！聖上挾匝地巨風，率兵馬登陸來襲，一瞬間地動山搖。我當時手持三軍機令旗，還妄圖負隅頑抗，誰知耳畔傳來數十萬士兵的驚呼，連長江的波濤都被壓過了！我抬頭一看，只見麾下如林旗杆於一瞬間全部折斷，大小長短無一倖免。當時我尚未回過神，手中腰旗已斷，眼前又忽然一黑，頭頂那杆三軍司命旗向著我撲頭蓋臉倒下。我站立不穩，被砸倒在地之際，耳畔已經只有廝殺與慘叫聲……」

阿南沒料到當時竟是這樣的場景，頓時張大了嘴，望著李景龍的眼睛都亮了。

朱聿恆也專注地盯著李景龍，等待他的下文。

而李景龍早已沉浸在往日的記憶中，手蘸茶水定在桌上，死死盯著對岸沙洲，聲音也有些恍惚起來。

「我一把掀開蓋在臉上的旗子，心道只要召集我這五十萬大軍，便是碾壓之勢，何懼對面區區數萬之眾？可等我要發號施令之時，才發現大小旗杆已折，將士進退失據，別說發號施令了，周圍全是喊殺聲和驚呼聲。我拚命喊叫副將營官，想要重整佇列，可喊破了喉嚨也只召集了十餘人，在這山崩海嘯般的數十萬大軍潰亂中，又有何用？」

就如老農眼睜睜看著暴風雨侵襲初春麥浪，那巨大的力量由遠及近奔襲而來，最前列的士兵迅速被一波洶湧來勢碾壓，在鐵蹄下化為肉泥。

前排士兵驚慌失措，可如今所有指揮號令都已失效，一貫認旗為號的他們只能如無頭蒼蠅般亂舞兵器，根本無法組織起有效的抵抗，隨即便潰不成軍。

再後方的士兵則回過神來，丟盔卸甲轉身便跑。還未等敵軍近身，已經有大半的人在互相推搡踐踏中倒下。

「我當時大喊，擂鼓！結陣！前衝！可金鼓旗已經折了，五方旗已經斷了，連我的三軍司命旗也被亂軍踩踏進了泥地。五十萬大軍哪，兵敗如山倒，兵士越多，這山一旦垮塌就越發可怕啊！」

時隔二十年，講起那一幕，他聲音顫抖，目光驚懼茫然，彷彿眼前又出現了那一日的場景。

燕子磯旁碧草樹木早已被夷平，天底下只見黑壓壓的人影和紅通通的血，像海浪般一波波向後洶湧退散。

所有人都是驚恐失措，腦中除了逃跑之外，其餘一片空白。

就連三軍主帥李景龍，也在嘶吼無效後，絕望地在十數個忠心護主的將士保護下，慌亂往後撤退。

然而後方敗軍堵住了道路，而敵方刀槍箭矢已到眼前。他無路可逃也不願再逃，絕望中舉起佩刀，就要自刎。

正在此時，前將軍袁岫一把拉住了他，吼道：「將軍，事已至此，這是天命，咱們不若倒戈相向，順應天意吧！」

李景龍怔怔看著前方襲來的靖難軍，喃喃問：「天命？」

「若不是天命，怎麼會突然如此？而且將軍沒看到燕王反攻時的異象嗎？」

「你也……看到了？」李景龍緊抓住他的手。這不是幻覺，站在他身旁的袁岫，也看到了神風中赤龍騰空的幻象。

「是！將軍，咱們降了吧！」

簡文帝御封的征虜大將軍，與他身邊的十餘位部將在亂軍中丟下了武器，束手就擒。

他們被帶到了靖難軍中。起兵三年戎馬倥傯的逆賊燕王，在一舉擊潰朝廷最強屏障後，終於露出了志得意滿的神情，在營帳內接見降虜之時，也顯得十分隨意。

他的懷中抱著一個粉妝玉琢的可愛孩子，左手邊坐著莊重沉穩的世子，右手邊則是正在擦拭劍鋒血跡的次子。

燕王抱著孩子逗弄，這一刻彷彿只是個慈愛的祖父，與他們笑語家常：「景龍，阿岫，咱三人的爹當年一起打天下，咱也是在軍中一起長大的，自有兄弟之誼。如今你們棄暗投明，願意站在本王這邊，本王真是喜不自勝！」

兩人趕緊跪伏於地，重重叩頭，回答：「王爺天命所歸，我兩人願效犬馬之勞！」

靖難中這至關重要的一役，二十年來被傳為神跡，朝野無不津津樂道，因此朱聿恆早已熟悉其中經過。

而阿南身在海外，竺星河及身邊老人都對當年之事諱莫如深，因此是初次聽說。

她連手中茶都忘記喝了，緊盯著李景龍，問：「當時被抱著的那個孩子……是？」

李景龍沒回答，只將目光看向朱聿恆。

朱聿恆道：「我自幼得聖上疼愛，哪怕戰事頻繁，也總會遣人北上問詢探望。燕子磯之戰前夕，聖上晚晚夢見我，憂心牽掛，因此連續三日寫信詢問。父王見信後擔心影響戰局，便親自攜我押送輜重南下，以慰聖上心懷。」

「是，聖上對殿下的拳拳之心，朝野人盡皆知。」李景龍附和：「我還記得陪聖上第一次查看國庫時，其餘東西聖上都沒在意，單從裡面拿了一對金娃娃，親手帶給了殿下。」

有如此優秀的孫兒，誰不會悉心愛護培養呢。阿南瞄著朱聿恆，心道這天底下比得上阿琰的人，畢竟也很少了。

她又追問：「那，太師剛剛所說戰場上出現的赤龍，又是什麼？」

「就是赤龍啊！在聖上率眾渡江的那一刻，我清清楚楚地看到了火紅巨龍乍現於江面！赤紅的火龍，足有百十丈長，騰起於長江之上！不單單我，袁岫和我左右的人也都看到了，它光芒四射，在來襲的敵軍頭頂空中一閃即逝，隨即就是狂風大作地動山搖！我老頭記了一輩子，怎麼可能出錯！」

聽著驚心動魄的描述，阿南看向朱聿恆。而朱聿恆也正向她望來，兩人在彼此目光中都看到了若有所思的神情。

回轉過目光，阿南笑嘻嘻地托著下巴，對李景龍道：「李太師，這事太過古怪詭異，我看……該不會是當時戰局太過緊張混亂，你眼睛看花或記錯了吧？」

李景龍頓時急了，道：「此事千真萬確，當時我任征……那個大將軍，滎國公袁岫是前將軍，他當時就在我前方不遠。事後我們兩人商討此事，都看得也記得清清楚楚，絕不會出錯的！」

朱聿恆知道他當時是簡文帝親封的「征虜大將軍」，現在自然不敢提這個名了。而阿南則注意到另一事，問：「這個前將軍，就是袁才人的父親滎國公？」

李景龍道：「正是啊！袁岫與我穿一條褲子長大的，當年在戰場上見機比我快，看見天降異象，當時就拉我倒戈投誠了！後來他老婆還給他生了兩個如花似玉的丫頭，一個入了東宮，一個是郕王妃，正經的皇親國戚了！」

朱聿恆道：「當日大戰實錄本王亦見過，天降異象、風折帥旗的紀錄確實在列，只是不知寥寥數筆，背後居然是如此驚心動魄局面。」

「嗐，他們眼神不行！釣魚的人耳聰目明反應快，再說當時我們站在燕子磯最高處、最尖端，能完整俯瞰全域的人，唯有我們幾人。」李景龍一揮手道：「後來我曾問過左右翼的人馬，他們都說只看到江面上似有火光，但一閃即逝，根本都看不清，什麼眼力勁兒！」

身後的老僕送了烤好的魚過來，聽著他滔滔不絕的話，忍了忍沒忍住，嘆了一口氣，埋頭把魚放在盤中。

李景龍一眼看到他，立即便指著他道：「你看，這個老魯，從小跟著我長大的，無論上陣入朝，除了他成親那幾日，就沒有不在我身邊的！你說說看，那日決戰，你是不是也看見那番異象了？」

「回老爺話，看到了。」老僕忙應道：「我當日隨太師出征，就站在帥旗底下，記得江上狂風驟起，那柄帥旗向太師砸下去的時候，我趕緊把旗杆頂住推往旁邊，結果……」

「結果那斷杆力量太大，他手骨被壓斷，骨茬子都穿出來了。」李景龍說著，把他袖子往上一捋，讓他們看上面的疤痕。

果然，他的右臂有一道怵目驚心的大疤，經縫合後依舊猙獰扭曲，顯然當初受傷極重。

「後來骨頭雖然接好，但別說當兵了，十斤重的東西也提不起來，也就能陪我釣釣魚。」李景龍拍拍老僕，道：「說說，你當日在戰場上的熊樣兒！」

老僕揉著鼻子，回望燕子磯苦笑道：「老奴當時嚇得魂不附體，一邊哭喊一邊掙扎著爬起來，還以為自己要死在這兒了。那時身邊全是鬼哭狼號，大家都被震得站立不穩，踩踏之中死傷無數，因此老奴的哭叫淹沒在其中，也並不顯眼……不過老奴當時確有看見江面上驟然一紅，一團紅雲閃過，然後所有旗杆齊齊折斷，燕子磯這邊潰不成軍之際，那邊江上波濤大作，聖上就如神靈降世，率人殺過來了……」

李景龍拍拍他的肩，笑道：「聖上奉天靖難，神風相助，天下皆知，咱這也不算丟臉。」

朱聿恆則沿著燕子磯望向前方沙洲，問老僕：「你當時看到的紅雲，是什麼形狀？」

老僕仔細想了半天，才遲疑道：「有點弓著背的，長長的……」

「我就說吧，這不像龍像什麼？」李景龍恨鐵不成鋼地指著他道：「可他居然跟我說，像隻貓兒翹著尾巴！」

「老奴瞧著……確實沒有龍那麼細。」老僕心虛地看著他，吞吞吐吐道：「大將軍見龍見虎，咱們小兵卒，可不就看個貓兒狗兒的……」

「老小子又油又滑！」李景龍笑罵他，一陣江風襲來，他剛脫了衣服散酒，不由打了好幾個噴嚏。

「起風了，老爺小心。」老僕忙給他攏好衣服，說道：「要不，老爺先回去吧？」

「走吧走吧，你家太師頤養天年，傷了風可不好。」阿南笑著，見今天釣的魚太多，挑了幾條大的帶走。

幾人騎馬從燕子磯折返，經過一道山坡時，阿南抬頭看見村落中一座荒廢的屋宇，想起什麼，問：「對了太師，聽說您之前常跟道衍法師釣魚喝酒，不知道那酒肆在哪裡？」

李景龍抬手一指那荒廢的屋子，道：「就是那兒了。唉，那邊也是法師圓寂之處，到現在主人跑了，我也再未去過了。」

「我去看看，聽說有個很大的酒窖對嗎？」阿南最是好事，當即撥馬就向那邊行去。

見殿下毫不猶豫便隨她過去了，李景龍只能也跟了過去。

當年酒肆出事，主人逃跑後，如今店內桌椅櫃子等能用的家具早已被附近村民搬光了，連窗戶都被拆走，遑論地窖裡那些美酒了。

經李景龍引路，他們穿過酒肆，便看到在後方山坡開挖的酒窖。

與他們設想的差不多，酒肆通往酒窖的那條斜坡也就兩三丈長、五六尺高，只是黃土鋪在酒窖的臺階之上然後夯實，便利獨輪車把東西運上去而已。

三人去酒窖內走了走，果然與李景龍說的一樣，酒窖牆壁厚實，只在最高處有幾個風眼，根本不可能有人進出。

窖內大大小小酒罈排列的痕跡還在，但如今只剩幾個打破的空罈子，完好的全都已被搬走，只剩發霉的牆腳上，還有一層白色的東西塗在上面。

阿南蹲下去抹了一把，看了看指尖，說道：「熟石灰。大概是因為酒窖內溼霉，所以之前在這裡放了生石灰吸溼，如今兩三年過去，早已吸飽水變成熟石灰了。」

見其餘一無所見，三人便又出了酒窖，向外查看。

斜坡平緩，上面還有車輪壓出的痕跡。

前來搜刮偷竊的地痞流氓把東西洗劫一空，卻不可能幫助主人收拾，斜坡之下，還有破陶片堆著，無人收拾。

李景龍走到碎陶片旁，指著它嘆道：「這就是當日法師推下來的酒罈，我就醉倒在此處打瞌睡，差點被罈子壓住。」

說著，他又走到斜坡側面，指著最高處道：「法師便是從此處失足跌下，摔到了要害。」

阿南從酒窖內撿了個大致完好的空酒罈，將其翻倒，順著斜坡滾了下去。

不過三個呼吸的時間，酒罈便滾到了斜坡最下方，被碎片卡住後才不動了。

阿南拍拍手上的灰塵，若有所思。

朱聿恆看著那個斜坡及酒罈，眼前忽然出現了工部庫房內順著窗板滾過來的那個卷軸。

在這瞬息之間，有人消失，有人殞命。這小小機輪滾動，卻如萬乘巨駕輾來，無人能螳臂當車。

阿南走下斜坡，將空酒罈子拎起，思忖道：「按照太師所說，當日的酒罈內還盛滿了美酒，只是後來被打碎了。而按照常理來說，罈子越重的話，只會滾得越快……」

「是，就這麼一瞬間的工夫，法師便去了。」李景龍撫著心口，嘆息道：「唉，老夫至今想來，依舊心裡難受……」

阿南蹲下身去，查看罈子下的碎片，似是察覺到不對勁，撿起來在眼前看著。

朱聿恆走到她身邊，問：「怎麼？」

阿南沒回答他，只抬頭看向李景龍，問：「太師，你看這個罈子，是當初滾下來那個嗎？」

「當時斜坡這邊乾乾淨淨的，如今也就這一個破罈子，法師圓寂後老闆便跑了，誰還來收拾呢？」李景龍說著，過來又看了破缸沿一眼，肯定道：「是這個沒錯，大口圓肚缸，封口挺嚴實的。」

阿南將碎片翻了翻，向朱聿恆使了個眼神。

朱聿恆與她眼神交會，心領神會。

三人出了酒肆，上馬剛走兩步，阿南忽然道：「哎呀，我釣魚時把香盒忘在河邊了，我得去拿回去。」

「我陪妳。」朱聿恆便與李景龍告了別，打馬追上阿南。

兩人心照不宣地縱馬朝河邊馳去，朱聿恆貼近她，低聲問：「那酒罈的碎片，不是出於同一個？」

「對，那些酒罈子的碎片弧度完全不同，明顯來自兩個酒罈。所以，從斜坡上滾下來的不是一個酒罈子，而是兩個。一個大，一個小。」

「而且，我看有些小酒罈的碎片，還被壓在大酒罈碎片的下方。既然呈現這種包圍的結構，它們絕對是一起摔破的。」朱聿恆道：「另外，從案發的情況來看，道衍法師之死，與傅准的神祕失蹤，頗有些共同之處。」

阿南抬手做了個滾動的手勢：「嗯，兩人都是在別人的注視下，瞬間便消失或者死亡……而關鍵的是，又都有一個翻滾的重要東西。」

「而且，所有的變化都發生在一瞬間。李景龍眼看著酒罈子從斜坡上滾下來，就算他喝醉了酒意識模糊，可一條斜坡不過兩三丈長，一個酒罈子滾下來只是幾彈指的時間。而工部庫房那窗板我曾試過，需要的時間更短。」

阿南想了想，問：「對了，當時在工部庫房，傅准滾過來的那個卷軸，有什麼異常嗎？」

朱聿恆搖頭道：「沒有，當時我父王拿到了卷軸，是我拆開來看的。裡面只有一卷普通的西南地圖，就是咱們一起去橫斷山脈時，經常拿出來看的那卷，妳有發現什麼不對嗎？」

阿南沉吟片刻，道：「沒有。」

「此外，我還有一點想不通。若說傅准的失蹤，是挾持他的青衣人下的手，那法師呢？那酒窖是開挖在山崖中的，當時那個凶手是如何潛入下手，又是如何不動聲色殺完人離開的？」

兩人討論一番，毫無頭緒，阿南吁了一口氣，道：「不想了，只要找到傅准，一切便可迎刃而解。現在咱們還是先回去看看草鞋洲吧。」

正值午後，江面煙霧一空。冬日照在大地上，對面的沙洲清清楚楚呈現於眼前。

阿南將白玉菩提子放在眼前，對著面前的沙洲照了照。

橢圓的沙洲正好被遮住，只隱約透出裡面鏤空的線條。

而朱聿恆則拿出二十年前的地圖，對照面前這座沙洲。

「怎麼樣，變化大嗎？」

阿南湊過去，仔細看舊地圖上橢圓的草鞋洲。

朱聿恆將地圖往她這邊挪了挪：「妳看，當時的沙洲，大致還是草鞋的模樣，看來，二十年前那場大戰，那條赤龍對這江流的影響很大啊。」

「說不準，也許是赤貓呢？」阿南開著玩笑，走到燕子磯最前端，抬手指向對面。「你皇爺爺當年，是在哪裡設陣來著？」

「就在燕子磯正對面，沙洲之後。」朱聿恆與她並肩而立，在浩蕩江風中望向面前。

阿南舉起手指，測量面前的方位：「咱們來測算一下。首當其衝在燕子磯最前端的李景龍，說當時江面上出現赤龍，隨即，龍氣捲起巨風，將所有旗杆全部折斷。這說明，他這個角度看到的異象，十分細長，長得像一條龍。但當時在中軍旗杆下的老魯看來——」

她回頭看朱聿恆，問：「最大的旗杆多高來著？」

朱聿恆不假思索道：「如果是三軍司命旗的話，一丈九尺高。」

「所以，不到二丈開外的人看來，那異象便已經因為傾斜而拉扁，顯得不那麼細長了。」阿南將舊地圖鋪開，對著面前已經不復當年模樣的沙洲，轉頭看他：「所以，異象出現的那個點，能算出來嗎？」

「試試看吧。」朱聿恆走到燕子磯最突出的地方，見最前沿還有塊突出的石頭，便站了上去看向對面，在心中計算著。

阿南見他略微皺眉，似乎是覺得不對，便提醒：「阿琰，你比李太師要高半個頭呢。」

朱聿恆便將身子壓得矮了些，看向沙洲那邊。

果然，正是沙洲正中心。

沙洲上全是密密匝匝的蘆葦，此時蒹葭未生，只見一片灰黃。

他抬手，張開拇指與食指，以虎口粗測距離。而廖素亭早已取出算籌，身後更有人將工部的資料送來。

二十年來，長江在燕子磯一帶的流速與深度、每年的山洪、各河道匯聚的水流、河堤測量的資料……一時齊備。

測算出當年沙洲的面積與水文後，根據當年燕子磯上駐兵的資料，再對照江水流速與沙洲每年的淤積情況，從面前這個已經漸漸顯得圓潤的沙洲，確定當年出現異象那一點。

江心風大，日頭漸高。

阿南見朱聿恆一直在埋頭計算，便將他的資料取過來，將他計算出來的資料給驗算了一遍。

如此龐大的計算，如此精妙的演算法，只要一步出錯，便會全盤坍塌。

而她驗算也趕不上他的速度，眼看著一疊紙用完，朱聿恆抬手又抓過一疊，不假思索，迅速寫就。

等阿南終於將他的計算理順之後，他才將筆和算籌放下，輕舒了一口氣，抬眼看向她。

阿南取過尚且墨跡淋漓的最後一張紙，見上面因為寫得太過簡略潦草而只能看清東二百一十八丈、南一百七十二丈幾個資料。

她略一沉吟，看向沙洲正中心，問：「確定嗎？」

朱聿恆朝她點了一下頭，這才感覺有些疲憊：「其實與妳當初讓我計算的西湖放生池差不多，同樣都是禁受四面水波的衝擊，算過一次之後，我對沙洲波泓也算熟悉了，應該不會出錯。」

他是棋九步，數算天資獨步天下，哪有出錯的道理。

回到城內，戶部工部臨時調集了幾個資深帳房聯合計算，但因為眾人都看不懂他的運算邏輯，最終只能幫他驗算了資料，其餘的計算方法與最終結論，都不敢有任何疑議。

阿南將朱聿恆確定的方位記在心中，道：「是與不是，我去實地看看便知。」

朱聿恆卻對這個自己親手算出來的結果不確定了，他的手按在最後的數字上，對她道：「之前，我也懷疑過天雷無妄之陣在草鞋洲。而聖上雖不許我接近，但曾經多次遣人搜索沙洲，但至今未見任何異常。」

「那些兵卒又不熟悉陣法，再說沙洲灘塗查起來絕非易事，他們一時半會兒能查出個什麼來？」阿南用金環將頭髮緊束，說道：「給我調艘尖底小船，拿一份沙洲地圖，趁天色還早，我吃過飯就去。我倒要看看，這明明已經消失的陣法，二十年後還糾纏著你的緣由是什麼！」

一頓飯時間，調集的船隻便划到了江邊。

阿南跳上船，朝著朱聿恆揮揮手：「我走啦，待會兒就回來。」

「我和妳一起去。」朱聿恆抓起竹篙，說道：「我算出來的地方，到時候若有調整，自己過去會更有把握些。」

「你是答應過祖父的人，怎麼能食言？還是做你該做的事情去吧。」阿南示意他把竹篙丟給自己，然後用竹篙敲了敲船沿，笑道：「別為難小船啦，它哪載得動咱們兩個人？」

朱聿恆站在岸上望著她，抿唇許久，才點了一下頭，揮手示意她多加小心。

沿長江橫渡，她沒入了枯黃的蘆葦蕩，按照之前探索的路線，向著草鞋洲而去。

沙洲周邊全是河沙，中心部分卻大都是河泥淤積，蘆葦盤根錯節，只有幾條蜿蜒水道可供小船勉強通行。

等稍近中心，便發現沙洲中心一片平坦，多年來水草與蘆葦腐爛其中，水浸日晒，形成了一個巨大的青黑沼澤。

她的小船雖然尖底靈活，可在這樣的沼澤之上，也只有擱淺的份，而中心一片沼澤，人又無法在上面行走。

幸好之前探路的士兵們已提過中心沼澤，因此阿南早已帶好水上板。

她將水上板取下，丟向沼澤，輕身躍立其上。

所謂水上板，便是當初江白漣用以在水上弄潮的木板，在水上和沼澤淤泥之上都能提供托舉之力，使得上面的人不至於沉沒。

抓起竹枝，她輕點沼澤借力，向前滑去。

木板帶著阿南在沼澤上緩緩向前移動，便如一艘簡易的小船般，駛向朱聿恆計算的地方。

然而，尚未滑出多遠，她便發現了不妥之處。

遠未到當初出現赤龍之處，沼澤上赫然便出現了無數氣泡。水波層層蕩漾，交錯分岔，在沼澤上互相干擾，形成了一道道交叉的圓弧形，彷彿同時綻開了成千上萬朵黑沉沉的青蓮。

那是沼澤中冒出的瘴癘之氣推動水波構成的，想來是被她的動靜所驚擾，一朵朵青蓮水波又大又急。

水上板在它們的推動下，根本無法維持平衡，而青蓮又彷彿在抗拒外人進入，就算阿南盡力點著竹枝向著中間划去，可因為青蓮推斥的力量太大，進一步退兩步，始終被遮罩在沼澤的外層範圍，進入不了中心。

明明面前一片平緩水面，似乎毫無障礙，可就是渡不過去，難怪進入這裡的軍隊回去後都只說一無所見。

阿南憑著自己的精妙身法，在繁亂青蓮中勉強穩住平衡，但也在青蓮波紋的推移下，一直在周邊打轉。

眼看離朱聿恆算出的赤龍之地越來越遠，離自己擱淺的船反倒越來越近，阿南一時氣惱，狠狠一划水上板，就要壓過那些青蓮，向著目的地強行衝過去。

誰知剛進入幾步之地，只見眼前光芒閃動，耀眼刺目，原來是波紋亂跳，衝擊著她的水上板左旋右轉，迷亂無序，朵朵青蓮又反射著日光，在她的周圍閃爍不定，亂旋之間，萬千朵蓮花迷了她的眼睛，竟完全分不清前後左右。

而她腳下的木板又被冒出的氣泡帶動，不斷偏離她想要的方向，一時之間，她竟在這片沼澤之上轉暈了頭，整個人眼前發花，昏沉欲嘔，差點跌下沼澤去。

心知不妙，她立即迷途知返，回頭向著自己的小船急速射出流光。勾住船頭，她的竹篙在水面急點，迅速逃離這片可怖水面。

等候在沙洲外的人，眼見她從蘆葦叢中倉促撤出，都趕緊圍上來。

日頭西斜，阿南渾身泥漿，將竹篙丟給他們，勉強躍上大船甲板後，便疲憊地靠坐在了船艙。

看情形不對，廖素亭忙幫她送上熱茶，打量她的模樣，問：「南姑娘，裡面情形如何？」

「不行，這邊的水波迷人眼目，無論如何追尋都會偏離路線，到不了目的地。」阿南身上又溼又冷，灌了兩口熱茶又吃了幾個點心，抬頭一看周圍，問：「殿下呢？」

「妳進去不久，聖上便遣人過來了，殿下如今去宮中了。」

阿南點頭沉默，無論如何，希望阿琰能進展順利吧，也希望……他的際遇能好一些，不至於如他們曾設想的那般，人生慘淡。

朱聿恆正在宮中，將皇帝布置的一眾事宜處理妥當。

皇帝自榆木川受傷後，一直在宮中安歇，以候太祖順陵大祭。只是今年天氣太過苦寒，他又上了年紀，是以恢復緩慢，至今才有起色。政務也多交由太子、太孫來主持，只有機要大事才親自決斷。

等朱聿恆記下聖裁，要退下之時，皇帝又招手讓他近前，問：「朕怎麼聽說，你今日去找李景龍釣魚了？」

「是，孫兒與阿南去查看沙洲地勢，正遇到了李太師。他談及當年燕子磯一戰，說陛下進軍之時，有赤龍異象。」

天下事都在皇帝的眼皮子底下，朱聿恆也不隱瞞，將今日發生的事情略略說了說。

皇帝若有所思端詳他，問：「怎麼，對當年事情好奇？」

朱聿恆笑道：「陛下得神風之助，一戰定乾坤之舉，孫兒自小便聽人人稱頌，只是不曾知道當年大戰中還有赤龍現世，自然驚詫。」

「李景龍那小子，不是當日輸得太慘發了幻覺，就是當日五十萬大軍一敗塗地，只能扯這點神神怪怪的東西遮羞。」皇帝卻不以為意，抬手示意旁邊椅子，道：「既然你想知道，那麼當日燕子磯一戰，朕這個當事人，便與你詳細說一說吧。」

朱聿恆依言在他面前坐下，皇帝屏退了所有人，卻思忖了許久，似不知從何說起。

「便從你出生之日說起吧。那一夜，朕夢見太祖賜下大圭，說，傳世之孫，永世其昌。等朕一睜眼，便是你誕世之時。可那一年啊，是朕這輩子最憋屈窩囊、最慘痛驚懼的一年。」

朱聿恆不料祖父竟會從那麼久遠的事情開始，不由得肅然挺直脊背，靜聽他講述當年舊事。

提到二十年前之事，皇帝眉宇間盡染凌厲肅殺之氣：「那年簡文小兒繼位，太祖皇帝屍骨未寒，他便迫不及待削藩，屠戮至親，一口一句仁孝，一刀一個親叔！朕五弟、十八弟被流放，七弟、十三弟被廢為庶人，十二弟更是被逼舉家投火而死。朕當時將所有兒子送到應天為質，又交出三衛，裝瘋賣傻以求自保，卻沒想到依舊躲不開朝廷誅戮！」

祖父當年起兵清君側之事，朱聿恆所知甚多，卻是第一次聽他講起當年困境，不覺隨著他的講述，心口揪緊。

而皇帝一把抓住了他的手，說道：「聿兒，朝廷圍困燕王府之時，朕萬分絕望，心下想過是否要和十二弟一般，帶著全家赴死。可這時，你祖母抱著你、帶著兒子們站在我面前，我當時也是如此刻般緊緊抓著你的手，想起你出世那一刻，我作的那個夢……傳世之孫，永世其昌！」

當了二十年皇帝，他在這一刻卻忘了自稱為「朕」，而朱聿恆也彷彿未曾發覺。

「那一刻，我便下定決心，縱然古往今來罕聞王爺起兵能成功的，縱然我手上只有八百人馬，那又如何？不反抗，便是死；反抗了，才有可能活下去！」皇帝霍然起身，揮袖道：「我二十歲就藩北平，沐雨櫛風守疆衛土，我兒子、孫子、重孫子，就要世世代代在這塊土地上活下去！敢削我的藩，把我逼上絕路，我就敢捨一身剮，把他從龍椅上踹下去！」

朱聿恆與祖父一起北伐，素知他暴烈之性，但也從未見他如此激憤過。

他默然起身，挽住祖父的手示意他安坐。

皇帝反握住他的手掌，那上面被韁繩磨出的粗礪繭子堅硬地印在他的掌心，他聽到祖父磐石般堅定的聲音：「聿兒，祖父當年於萬死之中，掌握住了天命，老天爺是站在咱們爺孫這邊的！我除了八百侍衛一無所有，可我硬生生憑著八百步兵降獲八千騎兵，又率八千騎兵俘了耿炳文九萬人，把人馬拉了起來。扛著簡文的大軍打了四年，我只據有北平、保定、永平三地，三府對舉國，長久消磨下去必死無疑，我唯有孤軍南下殺出一條路，不顧後路直抵應天，因為我沒能力再耗下去！燕子磯一戰，是皇爺爺我生死存亡之戰，勝，則天下我有；輸，則咱們全家和我手下所有將士，全部死無葬身之地！」

臨江一決，不復返顧。二十年前這一場豪賭，至今想來仍令他心悸。數萬人對數十萬，這場仗怎麼打，他幾日無法入睡。閉上眼則夢見太祖賜的玉圭摔於地上，等他慌忙去撿拾時，才發現是自己的孫兒摔在地上哇哇大哭，令他心疼不已。

一連三日，他日日寫信去北平，詢問阿琰是否康健，沒想到身體素來孱弱的長子痛下決心，藉著運送糧草之機，攜幼孫跋山涉水，越刀山箭雨而來，與他共謀這生死存亡的最後一戰。

年幼的朱聿恆尚是懵懂孩童，而道衍法師一見他們到來，便大喜道：「天降赤龍相助，此戰必勝！」

再次聽到赤龍二字，居然應在自己的身上，朱聿恆不覺愕然，下意識衝口而出：「赤龍？」

「對，當時法師說，你身上龍氣氤氳，正可助朕一舉奪得天下。當時，朕亦不知赤龍是何用意，直等朕上陣決戰之時，忽起怪風，地動山搖之際對面所有旗幟全部折斷時，朕才想，難道真的是我聿兒助我成大事了？」皇帝的情緒終於漸漸和緩了下來，他抬手搭著朱聿恆的肩膀，緊緊按住他如今已經寬厚的肩膀。「對方陣腳大亂，潰兵互踐，我方趁機一舉殲滅簡文大部力量，攻入應天，一舉定鼎。聿兒，赤者，朱也，你是我朱家龍子，你便是朕奪取天下的赤龍！」

朱聿恆沒料到，皇帝居然會認為當年力定乾坤的那條赤龍就是他，一時望著祖父，說不出話來。

而皇帝重重拍著朱聿恆的肩，道：「法師說朕天命所歸，必有上天庇佑，你看，這便是天定之命！」

「孫兒惶恐。」朱聿恆見聖上這般說，只能恭謹應道：「可孫兒對當年之事……已毫無記憶了。」

「你當時尚且年幼，如何記得？但神風地動助朕登基，天下人俱知曉，這便是天命所歸，無可辯駁！」皇帝斬釘截鐵道：「聿兒，朕是天定帝王，而你是皇太孫，未來天子，將來繼承朕的大統之人，天命所歸！」

朱聿恆肅立垂首，應道：「是。」

第十三章　風雨如晦

辭別了皇帝，處置完一應政務，朱聿恆騎馬出了宮城。

在城門口，東宮侍衛們正在等待著他，一群人縱馬向著東宮而去。

在整肅儀仗簇擁中，朱聿恆一馬當先向東宮而去，目光望著繁華街衢，熙攘萬民，臉上的神情依舊端嚴沉靜。

只有他自己知道，那堵塞於胸口的茫然無措。

抬頭仰望，最後一縷餘暉返照應天，日光鍍上的地方一片燦爛耀眼，令低處越顯灰濛，陰翳壓在城牆之上。

籠罩這座六朝古都的天空高不可攀，藍得令人望而生畏。

天命。

究竟上天給他安排了什麼樣的命運，究竟他的人生會斷在何處？

隱藏在迷霧後的一切漸漸呈現，如霜雪如利刃，已堆疊於他的周身，即將徹底掩埋他。

無人可以窺見生機。

他忽然急切地想見阿南，想要握一握她的手，抱一抱她溫熱的身軀，親一親她柔軟的雙唇。

因為，這太過冰冷猙獰的世界中，唯有阿南，才能讓他知道自己活在這世上的意義，才知道自己該如何踏出下一步，何去何從。

阿南這段時間持續疲累，洗去沼澤中滾了一身的泥漿後，天色剛暗下來便已蜷縮在床上呼呼而睡，香甜入夢。

朱聿恆進來時，她察覺到了，微微睜開眼，朦朧間看見是他，呢喃一聲「你來了啊」，便又闔上眼，沉沉睡去。

朱聿恆也感覺自己疲憊極了。他走到床邊，望著她迷濛的睡顏，倚靠著床頭，在她身邊偎依了一會兒。

阿南有些不太清醒，轉頭貼著他，低低問：「怎麼了？」

他默然俯下身擁住了她。

他沒有解開衣服，只默然隔著被子抱緊她，像是在汲取溫暖，又像是依戀這世間最安穩的夢境，靜靜地擁抱著她。

阿南感覺到他的面容埋在自己的肩頸之上，氣息微微地噴在她的耳畔，一種怪異的酥麻感讓她心跳都急促了起來。

她睜著惺忪的睡眼，靜靜地瞧了他一會兒，他好久沒有動彈，聽氣息勻稱，應該是已經睡去了。

「怪怪的……」阿南嘟囔著，有心將被子拉一角蓋住他，免得他著涼，可是再想想兩人同床共枕本來就不太好了，再加上大被同眠，那肯定完蛋。

她輕輕伸手，從旁邊拉了條毯子給他，與他一起躺下。

阿琰的擁抱如此溫暖有力，偎依在她身旁的姿勢又是如此放鬆。天地間一片靜寂，讓他們隔著一床被子相擁著，一起沉沉睡去。

他們這一覺睡到窗外微亮，在鳥雀的啁啾聲中醒來。

阿南睜眼先看到窗外搖曳的花枝，那是一樹不畏嚴寒正在盛綻的白梅，高潔端莊，映襯在墨藍的晨曦之中，有一種驚心動魄的凌厲孤美。

阿南望著這花朵，心下忽然想，它和阿琰好像啊，明明如此高貴美好，可在這寒天中又固執孤獨，也不知道何時會殘損墜落。

臉頰處被溫溫熱熱的氣息縈繞，她略略挪了挪臉，垂眼看到依偎在自己肩窩中的朱聿恆。

像是察覺到了她的動靜，朱聿恆已經醒來了，濃長的睫毛微顫，睜開來看向她，正與她四目相對。

他們貼得這麼近，彼此呼吸相纏，只要穿越薄薄一層障礙，就能穿破一切世俗，徹底結合。

阿南在迷濛中湊近了他，側過臉頰，在他的額上輕輕貼著。

剛從夢中醒來，她帶著些尚未清醒的恍惚，聲音也宛如囈語：「阿琰，冷嗎？」

朱聿恆低低「唔」了一聲，卻並未鑽進她的被窩中。

即使，他感覺到身體的異樣反應，即使在夢裡他已經千遍萬遍地屏棄一切障礙，與她緊緊相擁。

可真到了這一步，他依舊還是畏怯了。

因為，他不知道自己什麼時候會離開她，會永遠地告別這個人世。

「阿南，我若不在了……妳會永遠記得我嗎？」

阿南怔了怔，沒想到在這般溫柔醒來的清晨，他問她的，竟會是這樣的話。

「不會。」他聽到阿南顫抖的聲音，堅定地回答。

他的心沉入冰冷的茫然，尚未來得及反應，卻聽到阿南又道：「我會找個好男人，開開心心快快活活地過日子，生一大堆孩子，活到很老很老。我會忘記你，愛上別的男人……」

她緊緊地抱著他，死死環著他的脖子，彷彿要將他緊擁入懷，哪怕死亡也無法將他從她的懷中奪走。

「所以阿琰，你一定不要離開我，你一定要好好活下去……我也不要死，因為我死了，這世上就再也沒有人像我一樣，一往無前、拚盡全力地挽救你我了……」

「好……」他哽咽著，竭盡全力，答應她。

「阿南，我一定會活下去，活在這個有妳的世上，活著……我們都，好好地活下去。」

他們互相緊擁著，氣息急促地靠在瀰漫的花香中，偎依了許久。

許久，阿南才問：「怎麼了，你祖父那邊發生了什麼？」

朱聿恆默然，直起半身靠在床頭，將祖父所說的話慢慢對著她複述了一遍。

阿南默然地聽著，將其中的話語推敲了一遍，毫不留情道：「阿琰，你身上的山河社稷圖，果然是你祖父奪取天下的關鍵。」

朱聿恆沉默許久，低低「嗯」了一聲。

「咱們來捋一捋啊，看看如今擺在面前的局勢。」阿南拉過枕頭與他一起靠著，豎起一根手指：「首先，是二十年前，你全家生死存亡之際，赤龍現世一舉扭轉戰局，你的祖父奪取了天下。而他說，你就是他的赤龍。」

朱聿恆點了一下頭：「那時我剛滿三歲，身上的山河社稷圖，約莫也是在當時出現。」

「而山河社稷圖相關的第一個死陣，也就是傅靈焰設在草鞋洲的陣法，便是於當時剛好發動，讓你祖父得異象天助，以數萬人馬戰勝了對面五十萬大軍。」

阿南思忖道：「不過，你皇爺爺一直對你很好，十三歲便立你為太孫，你父王也是因此上位。我看，在去年之前，他未必知道你身上山河社稷圖的存在。」

「是，他畢竟是一國之君。雖然向來疼惜我，但若早知內情，絕不會將自己辛苦拚來的江山，託付於我這樣一個天不假年之人。」

阿南抬手輕撫他的面頰，聲音艱澀：「而當時還有一個異常，那便是你的父親。在那般一觸即發的緊張局勢下，居然帶著年幼的你跋涉千里，親臨前線。雖然說，是因為你的祖父連寫三封書信，太過牽掛，但他身為鎮守後方的世子，又一向沉穩持重，如此行為，未免不夠謹慎。」

朱聿恆沉默收緊了擁著她的臂膀，阿南輕嘆了口氣，將自己的頭靠在他的肩上，說：「我昨天去探了草鞋洲，沒轍。別說他們阻止你接近了，我也進不去。」

她將當時情況從頭至尾說了一遍，鬱悶地噘起嘴：「不過，好歹我這趟過去，知道當日陣前的赤龍，究竟是什麼了。」

朱聿恆想著她在沙洲中的遭遇，問：「設在沼澤中的陣法，借的是瘴癘之氣？」

他和阿南第一次共赴危機，便是在楚元知家中，被逼入地窖之時面對的瘴癘之氣。

僅只是楚元知一家積存的瘴癘之氣，便能將他家後院炸成廢墟，其恐怖程度可見一斑。

「對，那沙洲周邊被蘆葦包圍，中心部分卻全是河泥淤積的沼澤，千百年來水草與蘆葦腐爛其中，被水浸日晒，最為容易滋生瘴癘之氣，甚至因為太充盈而自行冒泡。」阿南娓娓解釋：「因此，李景龍看到的赤龍，應該就是沙洲中的機關啟動，引燃了瘴癘之氣。從燕子磯正中角度看去，一片通紅的火光猛然爆裂，橫空騰起，豈不正如一條赤龍夭矯升騰？」

朱聿恆頷首：「那巨量的爆炸氣浪，自然可以將沿江的所有旗杆摧折，無人能平穩站立，甚至引發地動，使得五十萬大軍潰不成軍。」

「而……」阿南望著朱聿恆沉靜得幾乎凝固的面容，輕聲道：「陣法能引發你身上的山河社稷圖，你身上那條年深日久的督脈，應該便是由此而來。」

梁壘說，那陣法早已消失……你們爭權奪利，為了權勢無所不用其極……而那消失的陣法，正是風雲巨變、權柄轉移的關鍵。

傳准說，世間種種力量，必得先存在，而後才能擊破。

可，那陣法早已不存在了，是以，這世上已沒有任何人能力挽既倒，他的家人們也都早已放棄希望。

道衍法師說，只是世人往往早已身處其中，卻不可自知而已。

這曾圍繞著他發生的一切，都是真真切切的。只是當時，他身在迷霧，全然不知。

朱聿恆閉上眼，緩緩道：「原來所謂的天雷無妄，是傅准與竺星河聯合搞的鬼，利用五行決的能力，將二十年前的彌天大謊補上。」

「而如此龐大的設局，在背後控制的人，只有兩個可能。」阿南豎起兩根手指頭，冷靜得近乎不留情。「第一，韓廣霆，他與這兩人都有關聯，足可謀劃安排這個計畫。」

而第二個人，她望著朱聿恆不說話，朱聿恆卻已緩緩開了口：「還有聖上，我的皇祖父。」

阿南知道他此時終於窺見自己一生命運，心中必定悲哀至極，因此也不再說什麼，只握著他的手掌，讓他慢慢平復心中激蕩。

「還好，傅准那個混蛋雖受制於人，無法吐露真相，但好歹給我們留下了那顆菩提子，不然咱們還真的很難找對方向。」

朱聿恆緩緩調勻氣息，從袖中取出那顆菩提子撚在手中，沉吟道：「道衍法師，菩提子……」

「咱們來捋一捋啊，二十年前，燕子磯這邊異象發動之時，應該就是你身上第一次出現山河社稷圖、也就是背後督脈破損時。而那個時候，道衍法師一見到你，便提到了赤龍，驗證後來陣法發動天助成事，也驗證了你背後崩裂的第一條血脈。」阿南掰著手指頭點數道：「咱們這一番追尋下來，從他的年歲、神祕失蹤的手法、種種蛛絲馬跡，基本上，可以確定這位道衍法師的底細了吧？」

朱聿恆肯定道：「嗯，只是，還差一些可以讓我們確定的佐證。」

「沒有佐證，那咱們就創造機會去佐證呀。」阿南臉上露出狡黠的笑容。「剛好，今晚就是你的賀宴，到時候你想做點什麼，還不是手到擒來？」

天色漸暗，朝廷重臣與誥命夫人等紛紛前往宮中。

自遷都後，應天已少有這番熱鬧了。皇帝、太子、太孫三代同堂，在宮中設宴歡慶，共賀西南大患解除。

盛宴上，人人都是舉杯慶賀，笑逐顏開，一時殿內氣氛熱絡非凡。

阿南是女子，與女眷們一起在後殿入席。

而朱聿恆則是前殿喧鬧的最中心，皇帝威嚴難犯，太子身體不佳，人人都是競相湧向皇太孫。

盛情難卻，朱聿恆也是杯到酒乾，殿內一時氣氛融洽，十分和睦。

在一殿歡笑中，忽然有個不和諧的聲音傳來。

原來是太子太師李景龍舉杯向他敬酒致謝之時，一時沒注意腳下臺階，竟被絆倒了，撲在了皇太孫身上，酒灑了他一身。

朱聿恆趕緊抬手扶起他，而李景龍則訕笑道：「真是老眼昏花，太久沒來，忘記殿內這邊有個臺階了。」

李景龍當年也是朝中紅人，多在宮內行走，直到當今皇帝登基，他還曾受封曹國公，一時風頭無兩。

只是後來被褫奪了爵位，太子太師的位號雖依舊還在，但畢竟已不是天子近臣了。

朱聿恆見旁邊人瞧著李景龍的目光有異，似在挖掘他話內受冷落的怨氣，便笑道：「陛下久在順天府，此間宮闕常年閉鎖，確實連本王都忘記這邊臺階了。」

李景龍感懷點頭，趕緊抬手去撣朱聿恆身上的酒水。旁邊伺候的太監遞來帕子，替朱聿恆擦拭，又低聲問殿下是否要更衣。

今日朱聿恆穿的是交領朱衣，領口被拉扯之際，露出了脖頸下淡青色的任脈。

殿內燈火輝煌，將那血脈映照清晰。李景龍一見那青色脈絡，頓時失聲叫了出來：「怎麼殿下也有這……」

話音未落，他又面露恍惚遲疑之色，顯然自己也不敢確定是真是假。

朱聿恆見他這般神情，心下確定，但臉上神色不變，只對李景龍說了聲：「太師是否有空，可以陪本王去換件衣服？」

其實皇太孫更衣，哪有別人陪伴的道理，但李景龍知道他肯定是有什麼話要問自己，不方便在這大庭廣眾之下說出，因此才叫自己陪同前去。

他不敢推辭，跟著朱聿恆來到側殿。

皇太孫儀仗齊備，出行自然會帶備用衣物。殿內地龍溫暖，侍從給他們奉上茶水便退下了。而朱聿恆進了屏風後，逕自換衣服。

李景龍一邊喝茶，一邊心下疑惑，為什麼皇太孫殿下更衣，卻不要任何人伺候，獨自一人更換？

正在沉吟間，卻見朱聿恆已從屏風後轉了出來，身上只著素紗中衣，領口亦未曾掩好，隱約可見胸前的幾條淡青血痕，似是青筋微露。

「殿下……」李景龍忙放下手中茶杯，向著他低頭行禮，不敢多看。

朱聿恆卻十分自然地示意他繼續喝茶，並取過桌上茶壺自斟了一杯喝著，問：「太師為何驚訝？」

李景龍知道他明知故問，只能硬著頭皮，說道：「雖有地龍，但畢竟天氣嚴寒，老臣還望殿下保重聖體，多添衣物。」

朱聿恆笑了笑，抓過屏風上搭的外衣穿上，道：「多謝太師關心。不過剛剛本王聽太師說，『殿下也有』之句，是不是指另外還有誰的身上，也出現過這樣的情況？」

見他直指詢問，李景龍也無法再隱瞞，嘆了一口氣道：「前次與殿下說過，千日之期已滿，道衍法師即將開金身了。也不知在缸中這麼久了，法師身上的青龍是否還在。」

朱聿恆面露錯愕：「難道說，道衍法師的身上，與我有相似痕跡？」

「是，法師當年與我釣魚時，有次僧袍打溼，露出了八條青痕，正合奇經八脈之位。當時法師對我說，他是年輕時在奇經八脈上紋了八部天龍護體，五十年來刺青顏色褪去，只剩了青色痕跡。怎麼殿下也在身上紋了這樣的青龍……」

朱聿恆笑了笑，掩好胸口，取過李景龍的茶杯給他續上了茶水，說道：「關於法師當年事蹟，本王亦是心馳神往，只是可惜年少且又常在順天，與法師碰面機會不多。今日趁此機會，就勞煩太師給我詳細說說吧。」

阿南坐在後殿，與那些誥命夫人坐在一起根本無話可談，只是看在阿琰的面子上維持著僵硬的笑容。

抬頭看太子妃從宴會開始到結束，一直都是微笑得體、端莊持禮的模樣，再看席上所有人在絲竹弦管中沉肩挺胸一兩個時辰的定力，她心下不由浮起淡淡的絕望。

若一切劫難可安穩度過，她以後和阿琰在一起，是不是就要過這樣的日子了？

可她好想現在就滑倒在椅中，蜷起腿弓起背，像隻貓一樣團在圈椅中，找到自己最舒適的姿勢啊……

正在如坐針氈間，旁邊有怯生生的聲音傳來，輕聲喚她：「南姑娘……」

阿南回頭一看，小小一張臉龐上大大一雙眼睛，正是之前在行宮見過的那個吳眉月姑娘。

「承蒙南姑娘先前在行宮施以援手，再造之恩常存心中不敢或忘。今日終於在此重晤芳顏，特以水酒借花獻佛，當面致謝。」

阿南訕笑著與她碰杯，心道小姑娘聲音真好聽，就是說話拗口有點聽不慣，看著有些太子妃那調調。

要是阿琰的人生不出波折，要是他沒有與她邂逅相知出生入死，他的人生中，出現的應該是這樣的姑娘吧……

阿南一口乾了杯中酒，朝著吳眉月一亮杯底：「別客氣，再說我也是順手，哪值得記掛心上？」

吳眉月才小啜一口酒，看她杯中已乾了，頓時嗆到了，捂著嘴巴咳嗽不已。

阿南正拍著她的背幫忙順氣，轉頭看見前殿賓客已散了，後殿太子妃也率眾舉酒為皇帝上壽。

這場酒宴終於熬到結束，阿南如釋重負，趕緊和眾人一起抄起杯子，附和太子妃。

夜闌人散，宮廷宴終。

阿南出了宮門口，站在夜風中等待朱聿恆。

寒意颯颯間，朱聿恆從宮中出來，看到站在風中等他的阿南，立即加快了腳步，抬手取過送來的羽緞斗篷，親手給她繫上。

阿南攏住斗篷，抬頭望著他而笑。

朱聿恆喝了不少酒，但他酒量從小便練出來了，此時面色如常。而阿南則是越喝酒眼睛越亮的人，兩人湊到一起，在一群大醉扶歸的人中分明迥異。

「糟糕，晚上可能會睡不著。」阿南輕拍著自己臉頰，酒意讓她雙頰飛出一片緋紅桃花色，顯得格外嬌豔動人。「你身體剛剛有點起色，也不少喝點？」

朱聿恆卻只盯著她看，微笑著湊近她的耳朵，輕聲呢喃：「如此月色如此風，又剛好有點酒意，不做點適合酒後的事情，不是太虧了嗎？」

阿南斜了他一眼，問：「什麼事適合拿發酒瘋當藉口？」

「比如說……」他將她拉到宮城門洞中，讓陰影遮住了他們兩人。

他口中噴出的溫熱氣息，在她的耳畔輕微麻癢。寒風料峭中，他熱燙的唇在她臉頰上輕輕一觸。

她詫異地一轉頭之際，他已準確地攫住了她的雙唇，就如她是有意偏頭湊上來一般，被他吻了個結結實實。

許是因為帶了醉意，他失卻了往日的端嚴自持，肆無忌憚地入侵她溫暖柔軟的唇舌，翻攪汲取自己渴求的芬芳。

酒意翻湧上阿南的心口與腦門，在這般肆意的衝擊下，她也抬臂狠狠箍住了他，抵著身後的宮牆踮起腳尖，狠狠還擊回去。

許久，他們才終於放開彼此的唇，雙手卻依舊緊抱著，面容也捨不得挪開。

他垂下眼望著她，與她湊得這般近，額頭與她相抵，彷彿只有肌膚的相觸才能讓他有真實的觸感，感覺到阿南是屬於自己的。

他口中的熱熱氣息一直噴在她的面頰上，似要將她整個人籠罩在自己的包圍之中：「阿南……再待一會兒，讓我再多抱妳一會兒……」

他的口氣依戀又似撒嬌，阿南默然地抱緊他，不願意讓他失落。

許久，她才將他推開一點，輕聲道：「不早了，該去做正事了。」

朱聿恆微微側頭看著她，詫異問：「還有什麼正事？」

阿南好笑地噘起嘴：「廢話，難道你喝酒裝瘋，只為了親一親我？」

「有何不可？」

她嘟起的紅豔雙唇，剛剛被他蹂躪過後顯得更為嬌豔，在門洞外隱約照進來的燈光下，如初綻的玫瑰。

朱聿恆不覺側了側頭，又想要低頭親吻住這魂牽夢縈、夢寐以求的唇瓣。

阿南卻比他快多了，抬手將他的面容抵住，說道：「走吧，不早了，幹壞事總得速戰速決吧！」

朱聿恆抓住她的手，拉到唇邊親了親，然後才朝她一笑：「南姑娘說得是，那，咱們走吧。」

酒後不便騎馬，朱聿恆與阿南同乘馬車，出了宮門。

御道兩邊，是正散往城中各宅的官員們。

朱聿恆一眼看到了李景龍，招呼他道：「太師，本王正要找你，來，跟上，帶你去看一場熱鬧！」

眾人見他言行舉止與往日迥異，都暗自交換了一個「殿下看來醉得不輕」的眼神。

李景龍疑惑地撥轉了馬頭，跟著他們向城外而去。

在車上，朱聿恆對阿南將李景龍所說複述了一遍。

「道衍法師也有青龍痕跡？」阿南聽到此處，頓時激動地一擊掌，脫口而出。「果然，我們所料不差！」

朱聿恆笑著，壓低聲音道：「如果一切如我們所料的話，今晚應該便能找到一切的答案了……」

馬車徐徐停下。朱聿恆要借酒裝瘋的地方，正是佛門淨地，大報恩寺。

高大的琉璃塔矗立於夜空之下，層層燈火照得塔身光華通明，如蒙著一層明淨聖光，令人注目難移，魂為之奪。

阿南與朱聿恆站在塔前，向著它合十行禮後，率人推開了塔院大門。

李景龍遲疑地跟著他們進來，依舊不知道他們要幹啥。

守塔的和尚聽到動靜，披衣起來查看，發現是皇太孫半夜喝醉了要過來祭塔，頓時錯愕不已，但是迫於權勢又無可奈何，只能拿著鑰匙開了門，請皇太孫進內。

誰知口口聲聲要祭塔的皇太孫，在琉璃塔前拐了個彎，並未進塔，反而幾步便轉到了寺廟後方的塔林之中。

這裡是高僧大德圓寂後埋骨的地方，見他要祭的是這種塔，僧人們連同李景龍，都是目瞪口呆。

此時大報恩寺雖已建了十年，但能在這邊擁有瘞骨之塔的高僧卻為數不多，因此在蒼松翠柏之間，只有寥寥幾座小塔。

小塔之中，唯有一座最為高大，而且尚未徹底封閉塔門。

皇太孫殿下顯然醉得不輕，一進塔林便抽出了隨身的麟趾。

天下三大名器，龍吟毀於順天地礦，鳳翥斷於神女雪峰，如今他帶在身邊的，是最後一柄麟趾。

身旁阿南提著風燈高照，他的刀尖直插入塔門，將那以泥灰粗粗塗抹封存的塔門一把撬開。

雲石雕成的門扇轟然倒地，在這黑夜中聲響顯得格外沉重。

眾僧嚇得目瞪口呆，幾個反應快的一湧而上，慌忙攔阻：「殿下，不可、不可啊！千日之期未到，坐缸未成，萬一損了道衍法師的功德，金身不成，那該如何是好？」

李景龍也擋在塔門前，急道：「殿下，這可是……道衍法師的金身啊！」

阿南示意他起身讓開：「太師別擔心，都到這時候了，金身成不成早已確定，還在乎這一時半刻的？」

「可、可金身起缸，都要香花供燭、誦經開光……」

朱聿恆拍胸脯，一臉醉意道：「一切由本王擔著！難道本王親自迎接法師金身出塔，還不夠隆重嗎？」

說著，這對滿不講理的雌雄雙煞便攘開了李景龍，舉起手中燈火，照進了塔內。

燈光之下，只見小小塔內繪著莊嚴佛龕及散花飛天，四壁之內供奉的鮮花香燭早已枯槁腐爛，唯有一個半丈許高的大瓷缸置於塔內，顏色黑沉。

阿南與朱聿恆對望一眼，朱聿恆示意身後的侍衛將瓷缸抬了出來，放在了青松翠柏之下。

周圍的僧眾正在頓足捶胸，寺中主持已聞訊趕來。

他能統管這大報恩寺，比其他僧眾自然圓滑許多，雙手合十道：「阿彌陀佛，萬事萬物皆有緣法，既然塔門已開，想必前緣早已註定，法師金身，註定該是今夜現世了。」

聽他這般說，僧人們唯有個個面帶苦澀，依次盤坐於青磚之上，念起了彌陀經。

高燒燈燭下，佛偈聲聲中，主持找了寺中四個和尚焚香淨手，將瓷缸開蓋。

缸內滿填的石灰木炭被一把把捧出，最後，中間只剩下一團漆黑的骨殖，盤腿坐於缸中，尚有乾瘦皮肉附在骨架之上。
顯然道衍法師遺體防腐不錯，金身已經成了。
在木魚聲聲中，誦經聲越發響亮。金身被緩緩起出，迎進旁邊空置的小屋，暫時安放在木桌之上。
朱聿恆抬手示意僧眾全部退出，只剩下他們三人守於室內。
李景龍向著金身合十為禮，正在低頭默念佛偈之際，一個不留神，阿南這個女煞星已抓過朱聿恆手中麟趾，向著金身上包裹的麻布狠狠劈下。
利刃在那團腐爛的布匹上劃過，一挑一抹，便將這團漆黑乾布給剝了下來。
李景龍一見她居然在金身上動刀，頓時驚慟不已，不顧一切撲了上來，攔在遺體之前，哀求朱聿恆道：「殿下，求您看在聖上面子上，將法師的金身保住吧！當年法師在靖難之中，可是立下不世大功……」
「怕什麼，貼金的時候，不反正要剝掉這層麻布的嗎？」阿南反問。
李景龍啞口無言之際，朱聿恆面色凝重地盯著那具骨殖，對李景龍微抬下巴：「太師，你仔細看看，法師這具屍身，可對麼？」
李景龍見他神情不似酒醉，遲疑著回頭看向了後面的屍身。
被剝除了麻衣的屍身，肉身已變得漆黑，肌肉因為失去了水分而萎縮乾枯，下面的骨頭與經絡更為明顯。
李景龍落在金身上的目光頓了許久，臉上終於露出驚詫錯愕之色。

朱聿恆見情況與自己所料不差，便又問：「如何，太師與法師最為交好，對他身上的情況，應當略知一二吧？依你看來，這屍身有什麼不對勁？」

李景龍看著這具屍身，艱難地道：「確實不對……法師當年與我一起釣魚時，夏日衣衫單薄，偶爾會因為釣到大魚而弄溼了衣衫，我記得他身形矯健如松柏，要精瘦許多……」

他看著如今已經變成乾屍的道衍法師，脫水乾癟的身軀上卻可以看到小腹上下垂的一層肚腩，似是一層小口袋罩在身上。

朱聿恆又問：「另外，太師不是說法師身上有青色的痕跡麼？本王身上的青色痕跡與法師身上的應是一樣的，在遇到石灰之時會顯出紅色，但這具身軀埋藏在石灰混合的防腐物中，如何會毫無痕跡？」

畢竟，那是埋在體內的藥物，並不會隨著死亡而消失。

「原來，那青龍遇到石灰，還會有這般變化？」李景龍倒吸一口冷氣，遲疑道：「這麼說……難道這具軀體……這具……」

朱聿恆肯定道：「依本王看，很有可能被掉包了。」

阿南挑亮燈火，仔細查看，確定皮下絕無任何藥物痕跡後，才在乾枯遺體的面容上仔細尋找。

李景龍正努力回憶著當日情形，心亂如麻之際，卻見阿南已經勝利地一笑，臂環中小刀彈出，在遺體的耳廓之前輕挑。

隨著她手下極輕細微小的挑刮動作，耳廓之前，有一張薄得幾乎一吹即破的皮，被她揭了出來。

只可惜，東西在千日炭灰中埋藏，雖然保存住了，卻也脆乾無比，即使她下手再輕，也只揭出了比指甲略大的一小塊，便破損了。

阿南將它展示給面前兩人看，又指了指屍身依舊完好的面部皮膚：「很顯然，入缸時這具屍體的臉上，罩著一層人皮面具。」

李景龍震撼不已，待在原地久久無法反應。

而朱聿恆與阿南將麻布重新草草敷回乾屍之上，示意李景龍與他們離開。

等候在外的僧人們趕緊搶進去，將遺體陳設好，商議請匠人來修金身的大事。

畢竟，皇太孫殿下酒後胡作非為，他們誰敢說什麼，只求朝廷多撥點金銀下來貼金身才是正事。

出了大報恩寺，李景龍依舊沉浸在震驚中。

送他回府時，朱聿恆下了馬車，問：「天寒地凍，太師可方便我們去你家中，喝一盞茶暖暖身子？」

李景龍哪敢拒絕，趕緊請他們入府。

阿南蜷在椅中，一邊剝著橘子，一邊問神思還有些恍惚的李景龍：「太師，在大報恩寺的那具屍身，定然不是法師無疑了。那依你看來，法師的金身，什麼時候有可能被調換？」

李景龍喃喃道：「不可能啊。我親眼看見法師進入酒窖，也親眼看到他上一刻讓我嘗嘗美酒，下一刻便失足墜亡，更親手把他搬上馬車，一直跟著馬車不曾停下，直到確定法師斷氣……」

說到這裡，他一拍桌子，怒道：「這麼說，法師定是在去世之後，遺體被人調換了？這可是聖上降的旨，要金身永存以供香火的，誰敢如此大膽，居然調換法師遺體？」

朱聿恆安慰道：「太師放心，我看其中可能有內幕，定會讓人好生調查。」

李景龍點頭稱是，灌了半壺茶卻消不掉他的火氣。

阿南又問：「太師，你說道衍法師身上有青龍，那，當日在酒窖出事的法師，身上可有這痕跡？」

李景龍肯定道：「那自然有啊！而且那日我們因為喝酒而全身發熱，法師還將衣襟扯開了，我記得清清楚楚！」

說到這裡，他遲疑了片刻，然後又道：「不過……那日他的青龍紋身上，有些怪異之處，至今想來令我詫異。」

阿南眉頭微挑：「哦？」

「就是……當日在出事之時，我與法師不是一起去酒窖中尋找美酒嗎？那時我因為酒醉摔倒，所以只坐在外面，直到他滾酒罈喊我注意時，我在朦朧間，好像看見了……法師因為酒後發熱而扯開的衣襟內，皮膚上那淡淡的青龍顯出了些許赤紅色，就像幾條赤龍纏繞在他的身上一般……」

又是赤龍。

阿南與朱聿恆對望一眼，問：「也就是說，他身上那幾條原本淡青色的痕跡，忽然變紅了？」

「對，這豈不是很詭異麼……是以剛剛我聽殿下說那青龍遇到石灰會變色，心頭也是震驚不已。」李景龍敲著頭道：「當時我還以為是自己喝多了酒，迷糊之間看錯了。因為後來法師從斜坡上摔下時，我趕過去扶起他時，倉促間沒注意到什麼痕跡……」

他雖然這樣說，但阿南卻不這樣想，她向著朱聿恆看了一眼，在他耳邊張口低低地說道：「當時酒窖內，有除溼的生石灰。」

朱聿恆顯然也想到了這一點，向她一點頭。

兩人心有靈犀，自然不會當著李景龍的面細說，只問：「太師，關於道衍法師之事，可還有其他線索麼？或是他素日有何怪異舉動，或許可助我們破解法師遺體疑雲。」

「這……」李景龍皺起眉，絞盡腦汁。

他被削爵之後，雖依舊掛著太師的名號，但在朝中一直可有可無。如今好不容易，皇太孫因為當年法師之事而多次折節拜訪，心下覺得自己或許起復有望，不必再天天釣魚消磨了，自然搜腸刮肚，想再弄些重要的東西出來。

「唉，法師待我，真是一片赤忱真心。當年我被彈劾削爵後，陛下一則為撫慰老臣，二則為平息悠悠眾口，曾讓我鎮守行宮，聊充閒職。當時朝中眾人無不避我而走，唯有法師常帶酒前來，與我一醉方休。」說到這兒，他又想起自己職責所在，忙找補道：「但行宮寂落無人，再者護衛眾多，我們也是偶爾、偶爾。」

「行宮……」阿南未免想起了這是當年傅靈焰準備給韓凌兒頤養天年的地方，與朱聿恆對望一眼。

朱聿恆貌似隨意地問：「行宮建築瑰麗，法師一個出家人，可喜歡那地方？」

「這點倒出人意料，法師常在瀑布前與我對酌，我每每醉倒，醒來時便能看見他盤桓於殿前，那神情……」他有些遲疑，似是找不到準確的詞來形容。「好像有些落寞，又好像在懷念什麼……」

阿南倒是很清楚他在懷念什麼，因此只笑了笑，問：「這麼說，太師每次醉倒後，便只留法師一個人寂寞無聊了……不知道他會在行宮裡面想什麼、做什麼呢？」

李景龍毫未察覺她的言外之意，感懷道：「唉，年紀大了，本來這些事都模糊了，我也許久不曾回想。但前些時日接到一封信，裡面向我問詢起行宮之事，這些過往竟又歷歷在目，如在昨日。」

阿南大感興趣：「哦，這麼巧？不知這事與法師是否有關？」

「這倒沒有，卻是一件蹊蹺怪事。」李景龍搔搔頭，見朱聿恆神情微動，便站起身道：「雖是小事，此畢竟事關東宮，殿下稍坐片刻，我拿來給您過目。」

這老頭被冷落了二十年，性子卻依舊急躁，話音未落，便早已大步往後堂去了。

兩人相視而笑，見僕從們都退在廊下，堂上只剩了他們兩人，乾脆輕聲討論起道衍法師出事當日情形來。

阿南道：「我記得，酒家將石灰撒在了酒窖地上、酒罈的下方除溼，而為了讓酒罈滾起來，道衍法師必然要一手扶住酒罈下部，將它橫倒，以至於手上沾滿石灰——因為酒後發熱，他去扯開衣襟時，手上的石灰自然也會塗抹到身上去。」

於是，便像朱聿恆當時被撒了石灰那般，原本因為藥物而轉為淡青的山河社稷圖，便會變回殷紅顏色，重現那可怖的猙獰面貌。

「但，石灰沾上之後，擦拭無用，需要用水清洗才能使紅色淡去，而當時酒窖之內，道衍法師哪來的水清洗掉身上的石灰？」

朱聿恆斷定道：「所以，將酒缸滾落斜坡的，與墜下斜坡而死的，肯定是兩個人了。」

「如此看來，當年的道衍法師，肯定是詐死遁逃了。」阿南微微一笑，靠在椅上掰著手指頭。「這豈不奇怪麼？他在靖難之中立下不世之功，被拜為帝師，又自由自在，不曾受任何約束，聖上也絕無對他不利的可能，為什麼他要假死而遠走高飛呢？」

「因為，身懷青龍的道衍法師，真實身分應該就是……」

那個在茶花樹下，被發現過身上八條青龍的、傅靈焰的兒子，韓廣霆。

所以，母親特地為父親而設計的行宮，他身處其中，自然情緒不同。

「妳說，他把國師灌醉後，會在行宮做什麼呢？」

阿南朝他一笑：「當然不可能是呆坐著看一整天瀑布吧，吵都吵死了。」

兩人在廳中低低討論著，將來龍去脈理了個清楚，可等了半天，卻遲遲未見李景龍回來。

阿南無聊得開始蹺腳了：「不知道信上的蹊蹺怪事是什麼，說和東宮有關的，難道是你身上的山河社稷圖？」

朱聿恆道：「必然不是，今日之前，李太師並不知道我身上的情況。」

「那就是別的了，比如說，你長這麼好看的一雙手，算不算？」阿南托腮垂眼，看著他規規整整擱在椅子扶手上的那雙手，臉上露出難以掩飾的垂涎之色。「皇太孫有這樣一雙手，簡直是舉國祥瑞！」

朱聿恆啞然失笑，抬起那雙燈下瑩然生輝的手，彈了她湊到自己的面前的臉頰一下：「除了妳，天底下誰會有這般古怪念頭！」

他彈得很輕，阿南捂著臉笑得也很輕。

靜夜中，門外燈籠在風中微微晃動，月光與燈光在他們的相視而笑中搖晃，讓周身一時顯得朦朧起來。

在如此靜謐美好之際，外間忽然有個聲音倉惶傳來，劃破了沉沉夜色，令朱聿恆與阿南同時驚站了起來——

「來人，來人啊！不好了！老爺溺水了！」

趴在魚池邊哭喊的，正是伺候李景龍的老僕老魯。

阿南與朱聿恆疾步趕到後院時，諸葛嘉已經叫了兩個侍衛下水了。燈籠映照下，一條頗為健朗的身軀背面朝上，在水中半沉半浮。

侍衛們將遺體從水中拖到岸上，翻過來一看，果然便是李景龍。

阿南蹲下來查看了一下李景龍的瞳仁，又按壓頸部探了探脈搏，對朱聿恆搖頭：「面部朝下嗆水進肺，速死。」

說著，她站起身，問身旁那幾個正在放聲大哭的老僕：「你們家太師通水性嗎？」

「我家老爺水性極佳！他嗜好釣魚，當年燕子磯那條大魚，上鉤後難以起竿，他直接撲入水中與魚搏鬥，最後親手拖出水面的！」老魯哭著跪在地上，對朱聿恆連連磕頭。「殿下，更何況這池塘的水不過及膝，養的魚也只有尺把長，我家老爺身強體健，縱使滑倒入水，也不至於站不起來，活生生溺死在這麼一汪淺水之中啊！」

周圍其他人都是齊聲附和，唯有阿南與朱聿恆對望一眼，兩人心中都油然升起兩個字——「希聲」。

「查一查李老太師落水之時有誰在他的身邊，或是誰接近過。」

「是。」諸葛嘉轉身迅速召集在院中把守的侍衛。

阿南一眼看到了漂在水上的一個方形東西，便撿起李景龍擱在旁邊的釣竿，鉤子一甩，將它釣了過來。

果然是一封信。可惜在水中泡過之後，它早已溼透，封面上字跡模糊。

「這應該就是李太師要拿給我們看的信了。」阿南說著，將信封打開一看，裡面早已是滿滿一封的水。

她心下升起不好的預感，將水倒掉後，小心翼翼地抽出裡面的信紙，卻失望地發現這信寫在生宣之上，薄薄幾張貼在一起，又被髒水浸透已久，墨跡早已湮成一攤，什麼都分辨不出來了。

儘管朱聿恆的手穩定且精確，將其一張張剝離開，鋪在桌上，但面對一片墨團也是辨認艱難。

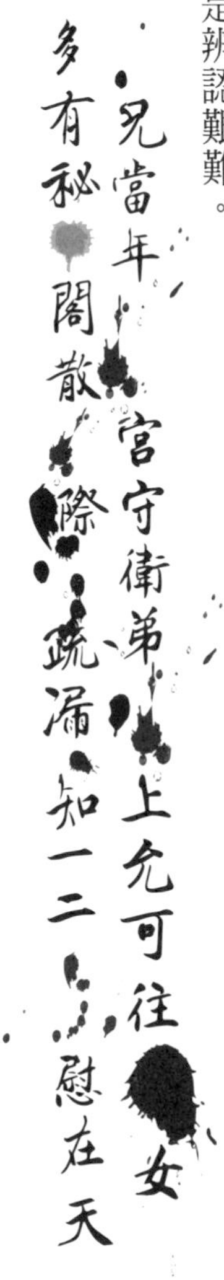

殘字缺句甚多，一掃之下，毫無頭緒。

「奇怪，凶手殺人的原因，應當便是為了這封信……但為何他殺了人，卻不將這最重要的東西帶走呢？」

阿南正舉著湮開的墨團努力辨認著，門外傳來腳步聲，諸葛嘉走到門邊，出聲提醒：「殿下，仵作來查驗了屍身，侍衛們也都一一盤問過了。」

朱聿恆深吸一口氣站起身，嗓音如常：「有何發現？」

諸葛嘉也不避阿南，稟報道：「李老太師確屬溺水而亡，身上並無其他傷痕。事發之前，侍衛們搜查過院內，確認並無任何人藏身，家僕們也全都候在堂外聽用。直到李老太師去後院書房取信遲遲不歸，才有人前去查看，剛走到池塘邊便發現了屍身。」

朱聿恆問：「確定園內無人？」

諸葛嘉肯定道：「是。屬下帶人查遍了所有角落，今晚太師府中肯定無人進出。」

阿南捏著下巴皺眉思索：「這倒是奇了。李太師身上無傷，卻溺死在淺水之中，本應只有希聲可以做到。但希聲所傳距離有限，必須在近旁才行，若無人接近的話……那又是什麼手段殺的人？」

諸葛嘉道：「另外……還有一件事，不知與此事是否有關聯。把守後院門戶的侍衛，在李老太師進去後不久，模糊聽到『青鸞』一聲驚呼，聽聲音，應當是李老先生在喊叫。」

阿南「咦」了一聲，問：「大半夜的，他忽然喊青鸞？」

「是，總之是叫這個聲調，其餘的，便再無任何異狀了。」

「青鸞……」阿南猶疑著看向朱聿恆。

他們都從彼此的眼中，看到了錯愕思量。

在這樣的深夜，無人的院落中，為何他的口中會出現青鸞？這東西，又與他詭異的死亡，有何關係？

朱聿恆回到東宮，天色尚未大亮，太子妃卻已經在東院等他。

見兒子此時才回來，她又是心疼又是難過，道：「聿兒，你可越發不像話了。你在西南風餐露宿，顛簸辛苦，回來後也不好好休息，昨夜的接風宴喝了這麼多，怎麼又出去忙活了一夜？」

朱聿恆看見母親擔憂模樣，默然壓下心中酸楚暗潮，只道：「孩兒如今已暫時無恙，剛回來肯定手頭事務繁忙，母妃無須擔憂。」

她又問：「聽說，你們去大報恩寺破了道衍法師的金身？」

「也不算破，只是喝多了，好奇法師的金身能不能成，就打開看了看，最終也未曾損傷。」朱聿恆自然知道，應天府無論發生了什麼，都不可能瞞得過祖父與父母的耳目，因此也只道：「我還去了一趟李太師府中，只是他如今已經遭遇不測，剛剛去世了。」

太子妃頓時大驚：「什麼？太師去世了？如何去世的？怎會如此突然？」

朱聿恆便將適才的情形對她講述了一遍，太子妃嘆息不已，道：「李太師早已不問世事，我看，他的死因必是起於那封要去取的書信。」

「孩兒也這般覺得。」見母親還想問什麼，朱聿恆卻向正殿方向看去，問：「父王起身了嗎？」

太子妃會意，帶他來到太子寢宮。

太子聽到動靜，披衣起床，朱聿恆取出李景龍處得來的最後那張信箋，鋪於案上，展示給他們觀看。

太子妃畢竟心中有鬼，看著那幾個勉強可辨的字跡，臉上頓時蒙上一層晦暗：「太師說此事與東宮有關……看這上面的女字，又打探行宮守衛事，莫非……」

朱聿恆立時明白過來，既有了代入之人與事務，這上面的寥寥數字，也頓顯清晰起來。

他的手按在模糊不清的字跡上，緩緩道：「這麼說……行宮之內，確實藏著祕密，對方已尋找了許久。」

而太子則點著信箋，逐字逐句看了許久。

「雖然信件已不知何人所寫，但有守衛，有行宮，有祕閣，又與李景龍稱兄道弟……看來，這個寫信的人，已呼之欲出了。」

「這上面的缺漏，仔細推敲便可看出來，自然非那位滎國公袁岫莫屬。」太子妃神情冷硬道：「前些時日，陛下念他喪女之痛，允了他入行宮祭奠。看來，他好像是藉口女兒死於瀑布水潭，魂魄飛散難收，想要從當年駐守過行宮的李景龍手中找到詳細布局吧。」

「而聿兒你說，當年李景龍在行宮時，道衍法師也常去尋訪他？」

「是，而且似乎還常對酌大醉。」

「看來，行宮裡有東西啊，值得他們如此大費周折……」太子思忖著，示意朱聿恆將行宮仔仔細細搜查一遍。

朱聿恆應了，又問：「所以，袁才人死於行宮的真正原因，是因我而起？」

太子默然嘆了口氣：「是。你身上血脈崩裂，我們其實早已知曉，只是因怕你傷心，所以我們才故作不知。誰知……竟被袁才人暗中得知，洩漏了出去。」

而太子妃則淡淡道：「雖然她服侍太子盡心盡力，人也溫柔和善，但她知道了你的事情之後，理應謹言慎行，不應該與外人商議此事，以至於給東宮造成動盪。」

朱聿恆心下通明，看來，父母確實早已知曉此事，並被袁才人誤打誤撞而得知。

為了討好太子，更為了鞏固自己在東宮的地位，袁才人企圖抓住機會立功，自然聯繫了認為最信得過的親人。

可惜，她的父親是滎國公，她的姊妹是邯王妃，她等於是將興風作浪的把柄，遞到了敵人手中。

雖知不應該，但朱聿恆還是問：「父王與母妃是何時發覺孩兒身上的山河社稷圖的？」

太子妃柔聲道：「你是我的親生孩子，打娘胎下來，什麼事情為娘的能不關心？你身上突然出現了那條青痕後，爹娘十分擔憂，可當時時局動盪，聖上剛剛登基，天下人心渙散，我們一直不敢聲張。幸好你漸漸長大，一直身康體健，後背最終也只留下了微不可查的淡青色，只像一條比較粗的青筋而已，我們才終於放下了心……」

朱聿恆默然聽著，問：「那，乳娘那邊呢？」

「我們一直未曾懷疑過她，直到你身上其餘的血脈顯現，而且次次發作可怖，才從你小時候的身邊人下手，揪出了乳娘他哥。」

太子望著他，面上掛滿悲愴：「聿兒，你只需知道，爹、娘，以及聖上，都是這世上最疼惜你的人。你身上的山河社稷圖，是你的命，也是你背負的使命。我們……都以你為幸。」

話已至此，朱聿恆雖心頭雪亮，卻也只能閉上眼，一一點頭接受他們所有解釋。

見他並無異議，太子嘆息著握住他的手，將那張信箋交到他手中，低聲吩咐：「你自幼便在聖上左右，大小事務穩妥得當，父王相信你可一切自主。」

朱聿恆自然知道父親的意思。

袁才人打探東宮機密，並傳遞給榮國公袁岫，幕後主使只可能是那個在她死後迫不及待來興師問罪的邯王。

無論這信最終能否破解出具體內容，都是邯王企圖對東宮不利的重要證據。

他握緊了這封信，站在這溼冷陰寒的東宮殿內，望著面前殷切望著自己的父母，想著後院中，自己尚且幼嫩的弟妹們叫自己哥哥的稚音。

除了他們一家，誰也不知道，朝野之望、日出之地的東宮，要付出多少努力，才能爭得扎根向陽的機會。

為了二十年來如履薄冰的父母，他絕不能讓藤蔓攀援於他們之上，爭奪東宮的日光，更不允許黑翳將需要他庇佑的幼小弟妹們絞殺。

「父王母妃放心，兒臣……定當妥善處理好一切。」

第十四章　三謁順陵

應天今年的天氣實在反常，明明已至三月，誰知寒風重又凜冽而至，春天的氣息蕩然無存。

阿南將身上狐裘裹得緊緊的，拿著三大營令信去戶部詢問，看是否已有韓廣霆蹤跡。知道他尚無下落後，左右無事，便在街上逛逛，買點時興的衣衫首飾。

逛得累了，她找一個茶棚坐下，一邊喝茶一邊看街邊小姑娘玩雜耍。

隔壁桌的人喝著茶，閒談話語傳入她的耳中。

「哎哎哎，你們有沒有聽說，行宮那邊清理宮闕，居然在深殿密室之中，找到了一個鑲金嵌寶的金絲楠木盒？」

聽聞這話，旁邊眾人頓時驚訝非凡：「謔！那行宮不是當年龍鳳皇帝所建麼？龍鳳帝尚未到達應天便已溺亡於江中，那行宮便常年閉著，怎麼還藏有好東西？」

「實不相瞞，我七表舅的兒子的連襟就在行宮裡邊當差，聽說啊，那密室一打開，大家都驚呆了！那金絲楠木寶盒，端端正正擺放於石刻青蓮正中，彩繪上龍下鸞，哎你們說奇怪不，既是與龍相對，為何不用鳳而用青鸞？」

眾人一聽有如此怪事，頓時議論紛紛，其中一人忍不住道：「那，盒子裡面究竟是何物？」

「嗐，說到這裡真是晦氣，打開寶盒一看，裡面似乎是個骨灰罈子。」那人壓低聲音，左右看了看，見都是些閒雜百姓，才神神祕祕地道：「你們說這豈不奇怪麼？行宮密室寶盒裝殮，這人定然是個不得了的人物啊，卻又如何會被付之一炬？」

老百姓對於這些祕辛自然有濃厚興趣，伸長脖子豎起耳朵，競相猜測，眾說紛紜。

直到一個老頭忽然猛拍大腿，說道：「諸位，被付之一炬的原因，會不會是因為屍身已壞，無法保存呢？比如說，溺水腐爛……」

眾人一聽這話，頓時想到了六十年前與這行宮有關的那一位龍鳳帝，不約而同倒吸一口冷氣。

「難道……說？」

眾人錯愕地面面相覷，都不敢再談下去。

畢竟，當年太祖只是他封的吳王，在坐大之後才迎接皇帝來應天，可偏偏就在即將入京之時，龍鳳帝沉於長江，自此駕崩——

誰都知道其中發生了什麼，但誰也不敢說其中發生了什麼。

阿南喝著熱騰騰的紅豆水，眼睛瞄著雜耍的小姑娘，耳朵關注著茶肆內動靜。

最終，有人忍不住壓低聲音問：「你們說，那遺骨，究竟會如何處置啊？」

又是那個老頭思想深邃，捻鬚道：「畢竟出身尊貴，我相信朝廷自然以禮相待。這不，過幾日便是順陵大祭，你們說，會不會順便替其修個墳塋，一併埋在山陵啊？」

眾人豎起大拇指，皆以為然。

畢竟，這遺骨不能隨意處置，也肯定無法風光大葬，借祭謁之時將其從葬順陵，應當是最好的安排了。

阿南正津津有味聽著市井傳言，茶棚外，人群忽然爆發出一陣叫好聲。

原來是那個人還沒有瓷缸重的賣藝小姑娘，雙腳一輪，將大缸在足尖上滴溜溜轉起來，玩得風生水起，令人叫絕。

阿南正靠窗鼓掌叫好之際，眼角餘光忽見亮光一閃，一柄短刀從斜刺裡穿出，直直向著她的腰腹而來。

她眼疾手快，一扭腰險險避開刀鋒，右手立即繞對方手腕而上，直擊對面的刺客。

刺客的刀落了個空，一時來不及收勢，而她的手已纏住對方的手腕，眼看便要將他扯過來再一腳踹出去之際，阿南望見了那人面容，硬生生停下了手，錯愕問：「司鷲？」

這對她痛下殺手的刺客，居然是司鷲。

他重傷未癒，猶帶病容，臉上寫滿了憤恨，指著她怒道：「司南！妳無情無義狼心狗肺，我今日非殺了妳不可！」

阿南錯愕不已，見他還撲上來要與自己拚命，手腕一扭便將他抓住，拖到了僻靜角落，按在了對面座位上。

「好歹朋友一場，久別重逢，你給我這樣的見面禮？」

「呸！誰是妳朋友，我這輩子最後悔的就是瞎了眼，交過妳這個朋友！」司鷲不由分說，抄起茶水潑向她。「為了趨炎附勢，你們差點殺了我，還殺了魏先生！」

阿南一側頭避開茶水，眉頭微皺：「公子說的？」

提起公子，司鷲的面容又多了一層悲慟：「魏先生死在你們朝廷營帳，這是事實吧？而公子……公子如今哪還有可能說妳！」

阿南想著那一夜帶著藥方離開的竺星河，那一幕明明還在她的眼前，可奇怪的是，原本摧殘心肝的痛與恨，居然都在開口之前消失了般，令她的聲音十分平靜：「公子如今怎麼樣了？」

司鷺看她這平淡的模樣，呆了一呆，眼淚不覺湧了出來。

他痛哭失聲，咆哮道：「他不要我們了！他將自己關在屋內，寸步不出，不肯見我們任何人，只讓我們所有人都回海上去！」

「他終於省悟了，肯放下當年仇恨，回海上過自己的人生了嗎？」

「他不回去……他只讓我們走。」司鷺顫聲道：「今天早上，我去給公子送水時，發現他已經不辭而別了！」

阿南心下了然，竺星河如此驕傲之人，絕不會允許別人看見他現在這般模樣，必定不可能再回來了。

她放開司鷺，道：「事到如今，你找我也無濟於事，還不如先和大家回程，到海上繼續過快活日子。另外，你跟兄弟們解釋一下，我沒有殺魏先生，若我要殺他，當時又何必在懸崖上救下他？」

「可……可妳投靠了朝廷軍……」

「司鷺，人生道路漫長，有分有合都是常事，你知道魏先生為什麼而死，又知道我為什麼要離開公子嗎？」

「我不知道！」他抬手捂住耳朵，顫聲說：「我寧死……也不會懷疑公子，不會像妳一樣，背棄自己當年的許諾！」

可阿南聽他那絕望而蒼涼的聲音，便知道其實他心裡，從魏先生的死、到公子現在的狀態，隱約已經猜到了什麼。

「難道你還看不出來，公子……早已不是當年的公子了。」阿南朝他笑了笑，望著天邊薄如絲絮的流雲，輕聲道：「又或許……他本來就是那樣的人，只是在海上的時候，我們只要跟隨他便可以了，所以一直未曾察覺到什麼不對。可到了這裡，我們見到了更廣闊的世界，知道了這個世上有太多的人、太多的恩怨、太多的人生，我們才開始懷疑公子與以前的世界，是不是錯誤的，是不是我們一直在走一條錯誤的路……」

「別說了，阿南。」司鷲眼中熱淚滾滾湧出來，捂著臉放聲痛哭。「魏先生死了，莊叔死了，常叔廢了……連妳也、也背棄了我們，不回來了……阿南，難道妳真的能忘記咱們在海上縱橫的好日子，妳的心就真的這麼硬嗎？」

「當然不會忘，那也是我最好的日子。但，我不會回頭了。」阿南搖頭，望著他的目光毫無猶疑。「司鷲，就像公子也不再是當年的公子一樣，我們都已經，永遠不再是當年的我們了。」

司鷲痛哭失聲，捂著臉掩飾心頭混亂，趔趄地轉身，逃也似地離開了。

阿南望著他的背影，只覺心口一陣酸楚瀰漫。

只是這酸楚，已不再是為了竺星河，而是為了司鷲那註定無望的等候。

阿南所居之處距離東宮並不遠。

天色將暗之際，她回到院中，跨進門便看見在等待自己的朱聿恆。

她的臉上展露笑意，在暈黃返照的餘暉中顯得尤為燦爛：「阿琰，等很久了？」

「不久。」朱聿恆起身走到她身邊。「只是有點無聊。」

「差點忘了，上次破損的岐中易還沒補好，你現在沒東西練手啦。」阿南的目光落在他空空的手上，笑道：「吃過了飯我幫你補好。」

阿南探頭去看廚房，正想看看今日吃什麼，卻聽朱聿恆道：「我把嬤嬤打發回去了，我……想吃妳做的魚片粥了。」

阿南揚頭朝他一笑：「好呀，不過想吃我的魚片粥，你可得負責燒火添柴。」

朱聿恆如今早已熟練掌握了燒火技術，阿南淘米加水，他在灶膛引燃了柴片，火苗很快便旺旺燒了起來。

粥飯慢慢煮著，阿南偎著他在灶火前坐下，一邊取暖一邊拿出藥膏，將自己的手護理完畢，示意他將破損的岐中易拿給自己。

泛著金屬光澤的岐中易躺在她的掌心，她仔仔細細地打量著，然後取過旁邊的精鋼絲，開始修復。

朱聿恆撥亮火光，又在上頭替她多點了兩盞晚燈，照著她織補的手。

阿南的手穿插過岐中易，手中拿著小鑷子，將精鋼絲彎折成自己需要的樣子。

她手指的控制無比精準，每一次彎折都是紋絲不差，穩得如同精鋼絲天生便應該是這般模樣，她只是代替上天將它們抽取了出來，組成在一起。

朱聿恆的目光長久地落在她的手上。那上面的傷痕與肌理，每一處都是他無比熟悉而又無比依戀的痕跡。

他望著阿南的手，心下忽然想，如果那一日，在護城河的旁邊，他沒有注意到她的手，沒有跟蹤她，探究她，他與她的緣分，是不是就永遠不會存在？

一個人遇見另一個人，與她相隨、對她動心，最終再也不願離開她，無法想像沒有她的時光，是不是，也是上天註定的呢？

他這樣想著，抬起手臂，將近在咫尺的她輕輕擁住。

阿南靠在他臂彎中，感受到他溫柔的懷抱，以及身上那寒梅孤枝的香氣，心下泛起從未有過的溫軟感。

米飯已煮到粥水濃稠，隱約香氣正開始瀰漫。

阿南放下岐中易，起身揭開水缸蓋子。前日在燕子磯釣的魚，因為她弓魚技術了得，帶回來後不但活著，還有幾條養在水缸裡，十分活潑。

她捋起袖子，抓了一條大魚用刀背拍暈了，破了肚子刮了鱗片拔了魚刺，揭開鍋蓋運刀如飛中，紛紛揚揚的潔白魚肉便落了鍋。

薑絲紫蘇鹽末灑落，魚片粥已經煮好。

她手下不停，問：「你今日，與你爹娘談得怎樣了？」

朱聿恆撥著灶火，讓火勢稍緩，聲音也與火光一般低落了些：「不怎麼樣，我們所有一切猜測，都成真了。」

阿南默然蓋上鍋蓋，走到他旁邊坐下，輕輕抱住了他。

像是撫慰，像是互相支撐，又像是彼此串通好要幹一場轟轟烈烈的叛亂。

「那你，準備好了嗎？下定決心了嗎？」

朱聿恆點頭，閉上眼，低聲道：「除此之外，我無路可走。」

「別擔心，無論什麼路，我都會與你一起走下去。」阿南輕撫著他的手背，輕聲道：「我下午，還遇到了司鷲呢。他說海客們要走了，勸我跟他一起回去。」

雖然知道她不會再離開自己，但朱聿恆還是警覺地豎起耳朵，轉頭盯著她：「妳怎麼說？」

阿南抬眼看他，看到他髮間沾染的一絲柴灰，便笑著抬手幫他輕輕拍去，道：「我當然拒絕啦，不過竺星河遣散了海客們，自己卻失蹤了，我總覺得……」

她沒有說下去，但朱聿恆已知道她的意思。

竺星河走到如今，能憑藉的內外勢力、朝野匡助皆被朝廷斬斷，已近山窮水盡。

在這般情況下，他忽然將海客們全部遣散，其用意不言而喻。

朱聿恆握著她的手，與她一起靠在火前看著升騰火光，問：「妳覺得，他會選擇何時何地？」

阿南沉吟片刻，問：「順陵大祭？」

朱聿恆挑眉：「他敢在太祖陵墓上動土？」

阿南卻笑了笑，問：「他父親被叔祖趕出家門，屬於他的一切都被叔祖家搶走了，他能不能當著太祖的面來瞭解恩怨，以求裁斷呢？」

她這話妄議皇家恩怨，實屬僭越，但說得如此在理，朱聿恆也不置可否，只問：「這麼說來，他會與韓廣霆繼續合作？」

「誰知道呢，可能性很大。」阿南目光從火光中抬起，轉而看向他。「對了，我今天在街上，聽到行宮找到韓凌兒遺骸的消息了。果然這世上，跑得最快的就是流言啊。」

「嗯，而且我可以肯定的是，邯王與滎國公那邊，必定也知道消息了。」朱聿恆淡淡道：「只要他們知曉了，那個人便不可能不聽到風聲。」

「六十年前的骨殖，被祕密收殮於當年為龍鳳帝而建的行宮，還有青鸞壓青蓮的暗示……」阿南揚眉道：「當初葛稚雅為了母親的遺骨，還拚死夜闖雷峰塔呢，我就不信韓廣霆會願意讓他的父親從葬順陵，千年萬代永遠被壓在下頭。」

「如果他真的是韓廣霆，如果他還活在這世上，那麼，哪怕他知道這是咱們設的局，也必定要過來一探究竟。」朱聿恆點頭，淡淡道：「不然，他這輩子都不可能擺脫自己與世人的譴責。」

畢竟，這是骨血承繼，人子義務。

但一瞬間，阿南的心中忽然掠過自己的身世，只覺得胸臆微涼，一種永難擺脫的虛妄感，讓她神情不自覺黯淡了下來。

彷彿看出了她心口的恐慌，朱聿恆收緊了抱著她的雙臂，輕聲說：「別怕，阿南，妳不是一直相信我的判斷嗎？」

阿南默然抬手，回繞他抱著自己的手臂，將臉貼在他的肩膀上，輕輕地「嗯」了一聲。

「其實，我也一樣，有自己該為親人擔負起的責任……等解決了一切後，我也可以安心走了。」

阿南的心口泛起濃重的酸楚，不知道他所謂的走，是哪個走。

他餘下的人生，或許已經只有三、五個月。

他的親人已經為他營建好墳塋，而他在離開之前，還要努力為自己重視的人鋪平道路，打開局面，解決所有危難。

暗暗咬了咬牙，她只當沒聽出他的弦外之音，只笑道：「我帶你去海上，去萬里縱橫，長空破浪，你以後的人生，只屬於你自己。」

朱聿恆輕輕笑了笑，將面容貼在她的鬢髮之上：「也屬於妳。」

「那，我也屬於你呀。還有……你的手，也永遠屬於我。」阿南在爐灶火苗的劈啪聲中貼了貼他的臉頰，然後深吸一口氣，將一切酸澀壓回心頭，站起身。

「好香啊，粥煮好了，你去拿碗筷。」

她調理好味道，盛好粥後又快手快腳地煎了幾塊炊糕，炸了幾碟小魚小蝦，用花椒和鹽拌上，酥酥脆脆。

窗外寒風呼嘯，前路黑雲壓城。他們在孤燈下、木桌旁相對喝著暖暖的魚片粥，整個世界彷彿只剩下籠罩著他們的燈光，融洽暈黃，平靜舒緩。

他們聊著黑魚和草魚誰更適合做魚片粥，也聊著江南雪和西北雪的區別，還聊到將來如果要養貓，那麼是養黑的好還是狸花好……

直到碗碟見了底，窗外也徹底沉入黑夜。他們挑燈到暖閣內，將爐火撥得旺旺的。

「來，最後一個岐中易。」阿南蜷偎在榻上，將岐中易修復如初，遞到他的手中。

朱聿恆與她的手隔著岐中易交握，縱橫交錯的金屬結構包裹在他們溫熱的掌心，被兩人的體溫一起熨熱。

而她將這雙自己摯愛的手攤開，指尖慢慢地描摹過他的生命線。

這條線，斜斜劃過他的手掌，明明如此清晰明顯，卻縱橫劃劈了太多雜線，讓他那原本長長的命線，有了太多橫折豎斷。

她側過自己的手掌，將他的手掌攤開，又張開自己的手掌，將兩條生命線緊緊相貼於一起，再無任何隔閡。

彷彿他們以後的人生，將如這兩條緊貼的命線，永遠相連。

而他緊握著她的手，慢慢抬起，將雙唇溫柔而虔誠地貼在她的手背上：「阿南，以後我活的每一天，我們都不要分離。」

他的唇瓣如此柔軟，讓阿南的心口不禁微顫：「阿琰，你是朝廷皇太孫，將來要繼承天下的人……你真的，能捨下這一切嗎？」

「屬於朝廷的皇太孫朱聿恆，已經死在西南雪山之巔了，留在這世間的，是屬於阿南的阿琰……我能為這個天下、朝廷、東宮所做的，僅此而已了。」他說著，抬眼朝她一笑。「然後，我會努力地，好好地和妳一起，活下去。活在接下來的春天裡……很多很多個春天裡。」

他握緊手中岐中易，又道：「而且，我還要解很多妳給我做的岐中易呢。」

阿南也笑了，抬手掩去自己眼中的淚光：「這是最後的岐中易啦，以我的能力，已經不知道該如何再提升了。你若能解開它，說明你已經是舉世無雙的高手，以後再也沒有難得住你的機關陣法了。」

「舉世無雙嗎……」他端詳著面前這個立體勾連的岐中易，三指微撐，將它展開呈一個圓球形，托在自己的掌中。

「可，無雙多寂寞，能追上妳就很好。」他望著她，火光在他的眼中跳動，灼灼微燃。「我忽然有點感謝竺星河，他的五行決和迷陣，似乎讓我抓到了一些，關於這個岐中易的破解之法。」

阿南蜷在椅內，托腮著迷地望著他手指那有力又精準的操作，眼看著他將糾纏勾連的銅環飛速穿插拆解。

「之前，我所遇到的所有岐中易、九連環，其實都只是平面相連，在紙上可以清楚準確地畫出它們的結構。但妳這個初辟鴻蒙，卻是一個無法描摹的構造，因為它不但有周邊的圓，還有中間無序勾連、縱橫交錯的力量，將內外上下前後左右全部連通。其他的岐中易，牽一髮帶動的只是相連各環，而它動的卻是全部圈環，相當於下棋走一步之後，後面成百上千步同時湧來，將妳下一步面臨的局勢徹底改寫……」

他的語氣輕描淡寫，下手卻無比慎重，彷彿那小小的銅環每一個都有千萬斤之重，讓他每托舉一個，便如開闢一個全新世界般凝重；但他的動作又那麼輕巧，似乎正在釋解鴻蒙初開之時，最初的幾縷微弱光線。

「而我在破解竺星河那五行決的詭祕之處、思索他如何能在山海之中神不知鬼不覺地排山倒海、變幻道路之時，忽然想到了一個可能——」

「竺星河，他不僅僅是在大地之上設置他的陣法，而是將他的陣法延伸到了空中與地下，所以才能平空開闢出全新的道路，徹底改變我們熟悉的空間。」

這，才是所謂的天雷無妄之陣。他偷取了不可能到達的路線，突破了空間的障礙，終於擁有這改天換地的力量。

阿南聽著他的分析，看著他手中那彷彿永不可能分解、卻終究被他緩緩扯出了第一縷頭緒的岐中易，感覺自己全身的毛孔都豎了起來。

這種醍醐灌頂的通徹感，讓她屏息許久，才緩緩吐出幾個字：「原來……如此。」

「是，解開了竺星河的陣法，於是我也終於明白了，初辟鴻蒙的解法。」他的手中，無數片銅環輕微震動，正要脫出，而他已不需要再查看它們每一片的走勢，抬起目光定在她的身上，脣角也露出一絲如釋重負的輕快笑意。

「若無心上人，誰解岐中易？阿南，妳說，妳一次又一次給我做岐中易，教導我解開其中的關竅勾連，是不是，妳也早已心中有了我，希望我能知曉其中之意？」

阿南抬手捂住自己的臉頰，感覺在他的目光下燒得熱熱的：「別自作多情了……」

「是嗎？原來是我想多了？」

隨著他的話語，掌心岐中易聲音清空，在一片混亂複雜的局勢之中，他解下了第一片銅環，在阿南不可思議的目光之中，將它輕輕放在了她的手心之中。

「畢竟，我這麼努力，瘋狂地逼自己進步，竭力拉近妳我的距離，除了要自救之外，我還想要很多……」他握著她攤開的掌心，抬眼凝望她。「妄想實現一些實現不了的夢想，得到一個得不到的人，到達一個達到不了的地方……」

他指尖撥動，將第二個銅環解了下來，繼續放在她的面前。

初辟鴻蒙解開了第一步，他便已揪住了整個岐中易的關鍵，只要循著這基本的思路，便能懂得如何破解這四面八方縱橫交錯的力量，處理這千變萬化牽一髮動全身的局面。

「你會到達你想要達到的地方，得到你想要的一切，當然，也會實現你想要實現的理想。連你想要的人……」阿南握緊了手中的銅環，將它們貼在心口，與他對望。「你也已經得到了。」

聽到她肯定的回答，他的臉上，終於露出釋然而欣慰的笑容。

「可是，我還想要東宮好好的，想要父親順利登基，想要母親不必白髮人送黑髮人，想要祖父安然傳位，想要弟妹們都得保全……」

他說了許多，但就是沒有自己。

於是阿南便問：「那你呢？」

他望著阿南，目光中含了千言萬語，最終，卻只輕聲道：「我……想要活下去。活在有妳的天地間。」

阿南抬手輕撫他的鬢髮，就像撫慰一個茫然找不到歸宿的孩子。

「會的，阿琰。我們會一起活下去，活到很老很老的時候。孩子們圍繞在我們的床邊，問我們，還有什麼願望嗎？我們說，把我們埋在向陽的地方吧，這樣，我們能一直暖暖地晒著太陽，一直開開心心的……」

最後一個岐中易已解開，燈光逐漸微弱，而他們相擁在一起，聲音也越來越低，直至不再響起。

所有一切都不再需要宣之於口，他們已明瞭彼此一切。

儘管他們面前的料峭初春，依舊寒意濃重。

但只要他們能相擁彼此，便恍如沐浴在最和暖的日光下，再無肅殺寒涼。

三月初五，太祖二十四週年忌辰。

天氣本就異常，大祭前夜又突然嚴寒逼來，梅花山上萬千花樹，初生花蕾全被凍在了冰凌中，生生摧折。

縱使天氣極寒，皇帝依舊親至順陵主持大祭，皇太子副祭、皇太孫陪祭。

監理御史率隊，禮部尚書主禮，一百二十人肅立於雪風之中列隊。幾位老臣在麻衣內穿上了三、四層夾襖，可上天彷彿故意作弄，已是這般寒冷天氣，二更天時，城外山中居然開始飄雪了。

三更一點，風拂白幡，這場雪竟越下越大。順陵衛提八對素白燈籠在前方引路，眾人頂風冒雪，列長隊進入大金門。

過了大金門，皇帝下馬，領著太子太孫步行謁陵。

風捲起雪花打在所有人身上臉上，眼睛都難以睜開。耳邊只聽風聲呼嘯，朱聿恆見沒踝積雪讓祖父與父親都是步履艱難，便示意隨身的侍衛攙扶好他們，自己則快行幾步，率先前進。

素白風燈在風雪中半明半晦，引領祭祀隊伍過了御河，進入呈北斗七星形狀的神道。

神道邊的松柏堆積了風雪，燈光下只見深深淺淺的白色起伏如波，周身唯見慘白。

所幸神道旁相隔不遠便有獅象麒麟獬豸駱駝等石像分立，祭祀隊伍只需沿著石像往前即可。

經過十二對石獸後，眾人折向正北，卻忽然都停了下來，個個面面相覷。

朱聿恆看向前方景象，心下不覺大震，在風雪中回頭召喚：「滎國公。」

滎國公袁岫是此次順陵祭祀安護，聽到皇太孫召喚，他立即折返，回來聽命。

朱聿恆指著前方問：「望柱哪兒去了？」

望柱原本在十二對石像後的轉彎處，高達兩丈，雕鏤雲龍紋飾。而望柱之後，更是有高大的翁仲夾道而立，赫然在目。

可此時他們舉目望去，前後左右只見一片白茫茫的大雪，被雪覆蓋的地表略微起伏，哪有望柱和翁仲的影子？

甚至，前方漫漫風雪中，就連陵寢內高大的文武方門、享殿也毫無蹤跡。

饒是這樣的寒夜風雪中，滎國公的額頭也沁出了一層汗珠：「待老臣率一隊人馬，往前方查探一下，是否雪夜晦暗，一時失察，走岔了山道……」

「順陵中只闢了這一條神道，如何會走岔？」

滎國公無言以答。朱聿恆也不等他回答，帶著身邊侍衛們，向前方搜索而去，以確定身旁是障眼法，還是真的變了環境。

八個順陵衛提著燈籠，如扇形排開，踏著積雪向著北方謹慎探路，查找原本應該佇立於盡頭的望柱。

朱聿恆與榮國公隨後查看地勢，緩步向前。

尚未走出幾丈遠，一個衛士「啊」的失聲驚叫，腳下踏空，陷在了雪中，頭破血流。

旁邊衛士忙趕上前將他拉上來，一看他陷落的地方，都是震驚不已。

漢白玉石板鋪設的平整神道，在雪中已不見蹤跡，下方是荒草覆沒的溝塹，被大雪遮掩如平地，難怪那士兵一時不察便失足了。

朱聿恆的腦中，閃過榆木川的雨雪交加中，離奇消失於前方的宣府；以及在橫斷山的暗夜中，莫名被截斷成懸崖的山道。

他回過頭，與身後一個穿著侍衛服色的人四目相望。

兩人雖然都未曾開口，但眼神中都流露出「來了」的意味，繃緊的神經中，又不覺帶了一種設人入彀的愉快感。

朱聿恆吩咐眾人先行止步，示意侍衛與自己一起回到皇帝與太子身邊，壓低聲音將這番怪異情形輕聲稟報了一番。

皇帝重傷初癒，太子身形臃腫肥胖又有足疾，兩人午夜冒雪走了這麼久，已是困頓不堪。聽朱聿恆描述前方情形，皇帝心下驚怒，回頭瞥了文武百官一眼，壓低聲音問：「這情形，與榆木川那一日，似乎相同？」

朱聿恆點了一下頭：「顯然是那些人故技重施，竟敢在順陵再度動下手腳。」

皇帝怒不可遏：「混帳東西，膽大包天！」

太子則問朱聿恆：「現下咱們如何為好？」

「請聖上與父王不必擔心，交由我等處理即可。」朱聿恆囑咐侍衛護好皇帝與太子，示意眾人在風雪中調轉隊伍，往下走去。

祭祀隊伍抬著牛羊豬，捧著雞鴨魚，攙扶著老弱，惴惴不安地回轉。

雪天路滑，神道雖然平整，但畢竟是斜坡，隨同祭祀的老臣個個收不住腳，年紀最大的太常寺卿更是一個滑跤便跌在了雪地上。

太子忙命人攙住他，查看是否受傷。

眾人驚懼莫名，不知在這皇帝、太子、太孫三代謁陵之時，山陵內兩次迷失到底為何。有些不太老成的，在這風雪陵寢之中，已經開始瑟瑟發抖。

皇帝一言不發，袍袖一拂，率先下山。

神道不過一、二里，向下走又比向上走更快，不多久眾人走回御河邊，看到神功聖德碑亭依舊靜靜矗立在風雪之中。

一切看來並無任何異狀。

想著原定於五更天在享殿進行的祭祀，皇帝心下難安，看向朱聿恆。

朱聿恆神情如常，只走到道旁第一對神獸邊，抬手抹掉了上面覆蓋的雪，摸到了石刻神獸冰冷堅硬的觸感。

依稀燈光下，前方風雪瀰漫，只能看到一、兩尊石獸隱約呈現。

順陵神道的石獸，巨大無匹。其中最大的石象重達十五、六萬斤之巨，當初為了將它們運抵順陵神道，正是趁著冬季，在路面上灑水成冰，再以滾木為輪，由千百民夫牽推到神道邊上，永世不移。

他回頭看向身後那個「侍衛」，對方向他點了一下頭，示意無誤。

這些彷彿可以亙古守護順陵的石獸，積雪中越顯高大莊嚴。

「陛下您看，此間情形，與那日榆木川，豈非一模一樣？」朱聿恆走到皇帝身邊，低聲道：「無論如何，當日榆木川之仇，今日孫兒定要做個了斷！」

皇帝抬頭看向上方。此時北風愈緊，雪花稍緩，在隱約中他能看見上方的文武方門和享殿，大雪也遮不住那些雄渾的輪廓。

然而，就這麼抬眼可見的距離，他們卻怎麼都走不上去。

風雪之中燈光晃動搖曳，朱聿恆看到祖父的臉色略顯灰敗。

大祭時辰將至，而君臣被困於神道之上不得叩拜山陵之事，一旦被天下人知曉，必定會浮動朝野人心，引發無數風波。

但，皇帝最終掩去了慍怒，只抬手緊按朱聿恆的肩，道：「好，那朕今日便在此處，看朕的好聖孫破陣！」

朱聿恆鄭重點頭，握了握隨在他身邊那個「侍衛」之手，示意他在這邊陪護自己的祖父與父親。

侍衛略一遲疑，低聲問他：「陣法布置，你已經探明了？」

他點了一下頭，說道：「八九不離十，只是未能探測到陣法樞紐，還需要略加計算。」

侍衛便再不多言，握了一握他的手，轉身向著皇帝與太子快步而去。

朱聿恆目送他護送皇帝與太子至神功聖德碑亭簷下，回頭吩咐滎國公：「調集兩百順陵衛，人手一盞燈籠，聽候差遣。」

順陵衛有五千之數，多駐紮在陵園之外，滎國公一聲令下，立即便調集了兩百精壯過來。

朱聿恆傳令，所有衛兵攜帶燈火上山。

但與之前不同，兩百人並不是全部跟上去，而是分布在神道上，十步一人，提著燈籠站立在道中，照亮神道。

暗夜風雪中，燈籠的光依稀勾勒出整條神道的走向與輪廓，與往日一般向西北而上，如斗柄彎折，毫無異狀。

唯一的角度、唯一的方向，卻讓祭陵的一百二十人盡數迷失，彷彿天地間有個看不見的洞窟正在前方張大巨口，將空間徹底吞吃，不留任何下落。

一旁正替太常寺卿揉著腳踝的小宦官，張了張嘴，小聲囁嚅道：「這……這難道是民間俗謂的鬼打……」

話未出口，他發現周圍不少人都看向了他，嚇得他立即止住了自己的口，把後面的「牆」字吞到了口中，跪伏於地，渾身顫抖不敢抬頭。

「荒唐！」朱聿恆朗聲道：「太祖聖陵，何來山野詭談之說？以本王之見，必是這場風雪迷亂了眼目，或是有人膽大妄為，竟敢在太祖山陵裝神弄鬼！」

說罷，他抓過旁邊人手中的火把，示意滎國公及諸葛嘉率人跟上：「走，隨本王一探究竟。」

順陵衛們打著燈籠，如一條火龍自幽暗的山間蜿蜒排布。

神道上依然是狂風暴雪，天寒路滑。但每走一段路，率先引路的滎國公便會抬手抹去堆在神獸上的積雪，露出下方堅硬的石質，確定神道並無異常。

待到十二對或站或立的神獸走過，神道也已到了拐彎之處。

只是，一拐彎之後，他們面前出現的，依然是蒼茫的風雪大地。像是走到了天地間一個慘白深淵中，前方及左右，全不見望柱、翁仲與文武方門的蹤跡。

朱聿恆的目光在風雪籠罩的山丘上掃過，思忖著竺星河要如何在這神道之上，創造出空中樓閣。

回頭看滎國公跟在身後，神情與旁人一般緊張，朱聿恆不動聲色地走到他身邊，不談順陵之事，卻問起了其他：「國公可知，李太師前日於家中辭世之事？」

滎國公一臉沉痛，道：「老臣與李太師多年相交，聽聞噩耗，至今恍惚。」

「國公與太師總角之交，六十年莫逆，真叫人敬嘆。」

榮國公神情微動，口脣囁嚅了一下，卻並未說什麼。

而朱聿恆已經轉換了話題，看向神道旁邊的石象石馬，問：「榮國公適才已經驗看過了，這是原來的石雕吧？」

被積雪厚厚覆蓋的神獸，只留下高大的形狀，唯有腰間被榮國公拂開了一層積雪，露出了下面巨石痕跡。

榮國公神情不定：「這……如此巨大的石像，當初要花費千百人才能將其艱難運送過來，若不是原來的，難道……還有其他假冒可能？」

「若是石像，自然不可能，但如果……」朱聿恆朝他笑了笑，抓緊手中的火把，向著面前巨大的石象重重揮去。「它不是石頭呢？」

火把直擊被積雪掩埋的石象，火光與碎雪同時迸射，高大的象身竟被火把擊出一個大缺口，令周圍人不約而同發出一聲驚呼。

那高大的石頭象，竟然只是樹枝加積雪堆成，徒具石像模樣而已。

諸葛嘉的目光落在那片被榮國公拂拭出來的石頭上，抬手一掰，那薄薄的灰白石片應聲而落。

原來，整堆積雪之上，只有這幾處顯露出來的地方貼了石片。而眾人被風雪所迷，寒凍之中榮國公已經率先掃出了石頭，確定底下是石頭，誰還會將整座石像上的積雪都掃清查看？

見這邊的石像有異，把守神道的順陵衛立即將其他的石馬神獸推倒，一時間驚呼聲此起彼伏。

「這邊的狻猊也是雪堆！」

「這邊……麒麟身上有一半是雪堆！」

榮國公站在神道之上，一時震驚得久久無法回神。

而朱聿恆卻只瞥了他一眼，返回到神道第一對石獅旁，抓過順陵衛的長矛，向著獅身上方掃去。

上方一尺來高的積雪被一掃而下，獅子頓時矮了一截。

廖素亭「咦」了一聲，道：「這獅子，怎麼好像變矮了？」

「不是獅子變矮了，而是我們的神道變高了。」朱聿恆冷冷道：「有人在順陵中，變出了另一條道路。」

「殿下，如此情勢之下便別開玩笑了吧，這裡明明只有我們走慣的這一條道，哪來另一條？」榮國公強笑道：「再說了，道旁還有這麼多高大神獸夾道，新路能往哪邊闢去，才可將神獸全部遮掩？」

朱聿恆聽若不聞，只向前再走一段，邁到第二對神獸狻猊旁邊，然後揮手掃雪。

那看起來如以往一般高大的狻猊，居然有半身都是雪，其餘的全都埋在雪下，與站在道旁的他們竟差不多齊平了。

朱聿恆指著面前這陡然變矮的石獸，開口：「腳下。」

眾人知道他是在回答滎國公剛剛的問話，望著那矮了半截的神獸，一時都是面面相覷。

諸葛嘉跺著下方堅實的道路，顯然想起了當初在榆木川迷路時的情形，忍不住問：「殿下是指，風雪瀰漫將路墊高了？可是，即使風雪再大，也不可能將原來的道路徹底掩埋吧……」

「確實不可能。但有人藉助此時天氣，在山陵地形上抬高一層，在空中微不可查地偏轉角度，讓我們凌空走到了另一座山頭。而風雪讓我們感覺遲鈍，以為滑跤難走是頂風冒雪的原因，其實，這是神道的坡度與夾角都變大了，所以導致上行艱難！」

滎國公驚慌地踩著腳下道路，道：「可臣等每日來此布防，甚至昨日還巡視了一番，如此浩大的神道……就算神獸石像是雪堆的，人力也不可能在晝夜之間辦到啊！」

諸葛嘉也有些遲疑：「屬下聽說，當年建造這條神道發動數萬民夫，花費數月才堆建而成，如今這短短時間，就算對方能撒豆成兵飛速改道，咱們守陵的這麼多人，也不可能不察覺啊！」

「何須那麼多人，那麼大動靜？」朱聿恆一指天空紛紛揚揚的雪，道：「因為這嚴寒天氣幫了對方大忙，導致他只需要幾個人加以配合，立即便能搬山倒海，做到這一切！」

說罷，他抓起一盞紙皮燈籠，率眾人大步走向神道中央。

神道旁偽裝的雪塑已被清除，他以步數丈量，借兩邊逐漸隱沒的石像為參考，在走了約有百十來步之後，腳步才慢了下來，尋到了自己要找的那一處關鍵所在。

毫不猶豫地，他示意眾人與自己一起，將手中燈籠一把拋向那一段神道之上。

數十個燈籠與火把一起拋下，燈籠中的蠟燭傾覆，外面的紙皮連同竹骨架頓時熊熊燃燒。

不消片刻，下方的雪道頓時開始融化。

消融的冰雪下，露出的赫然是凍在冰中的秸稈。

冰塊中間夾雜了秸稈，便凍得極為堅硬，五大三粗的侍衛們一湧而上，向著地下一腳腳踹去，卻始終未能將其搗毀。

直到下方傳遞來柴火，在冰道上燃燒，下方才被轟然燒穿一個洞。

就在火堆墜下的剎那，朱聿恆已高高躍起，直擊下方的機關樞紐的最中心。

霎時間，眼前雪氣瀰漫。轟然聲響中，腳下神道劇烈震盪，帶著朱聿恆急速向下墜去。

但朱聿恆早已推算過下方的結構，在他率眾走過神道的那一刻，下方每一個受力點便都已在他腦中清晰呈現。

在下墜之際，他的日月出手，勾住旁邊的立柱在空中稍頓。夜明珠的光華一閃而過，讓他瞥見了晃蕩之中，地下支撐的結構。

如他所料，這條假神道正是數根木頭搭成的疊梁拱形狀。交錯搭置的豎梁由橫梁相卡，分攤荷載，上面越是重物相壓，下方結構便越顯穩定。

而在這幾根木頭疊成的架構之上，鋪上一排厚厚秸稈，再澆水溼透，被牢牢凍住之後，便成了一條堅實無比、向上延伸的天路之橋，徹底覆蓋並偏離了原來的神道，將所有人指引到了預先設好的陷阱埋伏之中。

這便是突破了空間限制的五行決之力。大如榆木川的山脊，小如橫斷山夜間山道，只要藉助天象地形，便能以結構交錯之力將一切延伸至空中、地下，平空營造出改天換地的效果。

而，這也是五行決轉變了道路與方向之後，為什麼都需要一個「陷阱」作為後手配合的原因——

因為，無論是在榆木川以疊梁拱改換山脊，還是橫斷山中平空造出一個懸崖，抑或是在這山陵之中轉換神道，在吞噬了空中或者地下的空間後，都必須妥善處理這個多出來的空洞，否則，設陣手法便難免漏洞。

而如果這空間變成了陷阱，於是在解決合理存在的同時，更能埋伏下潛藏殺招，於天羅地網後再翻出森羅地獄，無人能逃。

電光石火的瞬間，朱聿恆查明下方結構，印證自己的猜測後，隨即落於木梁構造間隙中。

如他所料，陣法構造薄弱處被擊破的剎那，潛藏的陷阱立即發動。

劈面風聲響起，暗處坍塌震顫聲傳來，機關已發動自毀，疊梁拱的所有梁柱一起向著朱聿恆重重壓了下來。

在坍塌的剎那，朱聿恆手中日月收緊，身軀一翻，急躍上捲，抓住疊梁坳處略緩了一緩，隨即提氣上躍，穿透下壓的冰雪與梁柱，縱身躍出黑暗。

但，就在他脫困之際，面前炫光連閃，一圈光華已籠罩住了他。

是橫斷山脈中那具日月，幽光熹微，從漫天夜雪中破出，向他襲來。

朱聿恆凜然不懼，畢竟對方並無棋九步之能，只是仗著武器鋒利，操控日月的手段卻並不高明。

神道坍塌，劇烈搖晃中周圍人早已不見，朱聿恆手中華光閃動，迎擊對方日月。

但，就在必中的剎那，他的日月驟然散亂。而對方的日月卻陡然暴起，在原本只能控制一波發射的基礎之上，又更增一層，如滄海水浪，層疊推來。

短短時間之內，對方手法突進，大出朱聿恆意料。

猝不及防下，他催動日月回防，阻斷對方攻勢。

然而，對方手中原本平推的第二波攻勢，忽然傾斜散亂，以完全不可能的角度，向著他撲擊而來。

六十餘枚利刃，彷彿突然脫離了控制，打出了第三波無序攻勢。

朱聿恆的日月雖然回防，但根本無法在片刻間防守住那混亂無序的進擊，轉瞬之間，對方的日月已在他的身上擦過，割出數道傷痕。

但也就在這一瞬間，他眼角餘光瞥見了雜遝薄刃之中，一道瑩潤的銀光，如彗星襲月，穿透紛繁光華向他襲來。

竺星河的春風。

朱聿恆立即明白了，為什麼對方能突飛猛進，讓日月闢出多道攻擊。

竺星河的春風，能影響甚至驅動日月軌跡。而對方的日月便是借春風之力，因此而擁有了數重攻擊之力，模擬出了棋九步之威。

黑暗中風雪瀰漫，春風攜萬千日月之光向他襲來。朱聿恆如今身體尚未平衡，在他們的聯手夾攻之下，唯有迅速以日月護住全身，光芒縱橫滴水不漏。

可惜竺星河本就是最擅長預判方位之人，他手裡的春風是短武器，比需要天蠶絲操控的日月更為迅捷，無孔不入。

只聽得輕微的嚓一聲，竺星河已經抓住日月縱橫間微不可查的縫隙，轉瞬即逝的光芒直刺進了朱聿恆全身的光華之中。

朱聿恆反應神速，硬生生憑著手中日月偏斜的角度，立即回防自己的要害部位，抵住了春風的入侵。

就在春風被阻得緩了一緩的剎那，風雪中流光乍現，卡住了那縷直刺朱聿恆的銀白光芒，硬生生將它停在了朱聿恆胸口半寸處。

春風受制，竺星河的手在空中滯了一下，下意識瞥向流光來處。

一身侍衛服制的阿南，正將臂上的流光一收，向著這邊奔來。

腳下的疊梁拱已經搖搖欲墜，風雪中發出喀喀的可怕巨聲，即將散架。

而她踏著動盪的地面飛奔而來，不管不顧，堅定地落在了朱聿恆的身旁。

朱聿恆雖然並未中招，但身上的衣服已被春風的氣旋割出道道破碎血痕。他退了半步，與她並肩而立，與面前兩人在劇烈的晃蕩中對峙。

阿南的目光落在竺星河的身上。他一身縞素，手持春風，站在橫亂雪風之中，依舊是皎潔高雅的模樣，只是他的臉上，蒙了一層面紗，遮住了真面目。

阿南的目光下移，迅速掃了他的手一眼。

那雙原本修長白皙的手上，盡是斑斑黑痕，伴隨著潰爛的血痂，怵目驚心。

魏先生的藥方確切無誤，竺星河這輩子，都要全身帶著這難以癒合、無法見人的疤痕，度過餘生了。

她的心口像是堵住了，好大一陣難受。

曾經視若性命的男人，如今終究變成了站在對面的敵人，明明白白，無可躲避。

竺星河的目光轉過她的面容，瞥向了她身旁的朱聿恆，一貫疏淡的眸子中，跳動著仇恨嗜血的火焰，令人心驚。

「阿南，這是我們朱家的恩怨。妳若是還顧念舊情，就別橫插一腳。」

阿南揚聲道：「公子，你在我心中，一直是光風霽月的坦蕩君子，何必與蛇鼠為伍，在你先祖大祭中，攪出這麼大的風浪？」

「呵，此處不過是山陵周邊，驚擾不了寶頂之上的太祖皇帝。我也要讓他老人家在泉下睜開眼看看，他的不肖子孫們，為了爭權奪利，如何殘害手足，屠殺至親！」竺星河一指後方皇帝與太子所在的碑亭之處，厲聲道：「相信太祖皇帝在天有靈，必會除邪懲惡，主持公道！」

青衣人在旁陰惻惻道：「跟他們費什麼話，時辰已到，該是以血洗血之時了！」

春風聲波颯急，催動日月薄刃，橫斜間如萬花迷眼，紛亂萬端。

腳下疊梁拱劇烈動盪，眼見便要坍塌，風雪驟急，聲波紊亂，雙方都掌控不好自己的日月。

唯有阿南的流光，迅急尖銳，一點寒光穿越所有紛爭，直射向韓廣霆的要害。

韓廣霆早已察覺到她的動作，手中日月一放，任由竺星河以春風掌控它，指尖急收，萬象瞬間自他手中呈現。

阿南的流光頓時停了下來，只在他面前一掠而回。

她捂住自己的心口，趔趄後退。

是心口埋藏的那枚六極雷，爆開了。

地面動盪，她身軀失衡傾倒，眼看要被機關吞噬。

朱聿恆立即撤手，不顧那些即將毀傷自己身軀的利刃，轉身向阿南撲去，將她的手一把抓住，不讓她掉進下方坍塌的機關。

身後日月飛旋，將他後背絞得血肉模糊。

他拉住阿南的手卻紋絲未動，僅憑左臂單手操控日月護住自己，在清空雜亂的相擊聲中，薄刃彼此飛擊，珠玉破碎，與此時的飛雪一般無二。

阿南心口絞痛，只憑著最後一口氣，死死抓著朱聿恆的手。

「哼，西南雪峰上，老夫發動你天靈玉刺，妳竟僥倖逃得一命，這一次，我看妳怎麼逃！」

竺星河在旁臉色微變，正一遲疑之間，但見他手指一鬆，手中粉末已隨風而去。

竺星河抿緊雙唇，卻終於未再開口。

而青衣人看著死死拉住阿南不肯放手的朱聿恆，陰森森笑道：「好一對同命鴛鴦，死也不肯放手逃生。也幸好她心口這枚是應天刺，而你的督脈早已損毀，牽動不了你的血脈！」

阿南左手抓住朱聿恆，右手在動盪扭曲的疊梁拱上狠命一按，終於翻身爬了上來。

她劇烈喘息著，死死盯著面前的青衣人，問：「這麼說，我身上的六極雷，阿琰身上的山河社稷圖，全都是你搞的鬼！」

「呵，什麼叫搞鬼？當年若不是為了爭奪天下，朱家人苦苦哀求，我又怎麼會想出這驚世駭俗的法子，重啟天下八個死陣，掀起這般狂風巨浪？」臉上僵死的人皮面具亦擋不住瘋癲狂笑的模樣，他一指山巔明樓寶頂，厲聲道：「冤仇有解，血債血償！今日便是你們所有人的死期！」

「你怎麼知道，我會死？」看著他那癲狂模樣，靠在朱聿恆身上的阿南，卻忽然直起了身子，朝著他冷冷一笑。

本以為她該已心臟受損失去意識的青衣人，見她居然恢復如常，正在錯愕之間，卻聽阿南又道：「那你又知不知道，當初在神女山上，我是怎麼從你的六極雷下逃出來的？」

青衣人心下一閃念，猛然瞪大了眼，失聲問：「傅准……」

話音未落，只聽得空中振翅之聲傳來，一只碧羽輝煌的孔雀穿破橫斜雪花，飛到了即將坍塌的神道之上，在空中久久盤旋。

神道一側斜下方，孔雀起飛之處，風雪中站著一條清瘦修長的身影，面容蒼白，在雪中捂嘴輕咳，正是傅准。

見青衣人向自己看來，傅准臉上露出一個難看的笑容，朝他點了一下頭。

「他竟敢……」青衣人咬牙切齒。「違逆我的指令，將妳身上最要緊的兩處玉刺給拔除了！」

「不是拔除，他可沒有你這麼喪心病狂，一開始他就只對我四肢下手而已，心腦之中的，減了分量，不會致死。」阿南說著，揮手向著傅准打了個手勢。「既然你能以玄霜控制脅迫他，就要做好被他反噬的準備！」

孔雀俯衝而下，夜空中聽不見的聲波蕩開，耳膜劇震。

他們立即明白吉祥天身上攜帶了希聲，唯有按住耳廓，以免失去意識。誰知雙手按住耳廓之際，口鼻一涼，混雜在風雪中的香甜味已經衝入了他們的呼吸中。

「黑煙曼陀羅……」青衣人悶哼一聲，身體一重，腳下疊梁拱軋軋作響，已經再也承受不住壓力。

而阿南與朱聿恆顯然預先有解藥，此時毫無異樣。

青衣人一咬牙，對竺星河道：「我來擋住他們，趁如今還能動彈，無論如何，今日大事必成！」

竺星河一言不發，拔身而起，踏著動盪的疊梁拱，向著皇帝與太子所在的神功聖德碑亭衝去。

在他的衝擊踩踏之下，神道之上的疊梁拱終於支撐不住，向著前方轟然坍塌。

竺星河便如踏著一條崩塌的火線，向著前方燃燒，即將把一切化為烏有。

朱聿恆與韓廣霆日月相纏，一時無法脫身，阿南立即追擊上前，去阻攔竺星河瘋狂的攻勢。

但前方的疊梁拱被他踩塌，她腳步虛浮，跌跌撞撞間勉強維持平衡，卻根本無法追上他。

眼看他便要飛撲向神道盡頭，阿南手中的流光驟然飛射向竺星河的背心，希望能阻住他瘋狂的去勢。

但，他身影飄忽不定，在風聲中自然而然地側身閃避，流光轉瞬擦過，只勾住了他的腰間衣襟，撕扯出一道大口子。

風雪之中，一個發著亮藍色幽光的東西從他的懷中飄落，被風雪捲裹著，迅速地劃過阿南的面前。

阿南下意識抬起手，將它一把抓住。

她停了下來，右手微微顫抖，不敢置信地瞪大眼睛，攤開自己的手，看向那被風雪送來的東西。

一只墨藍色的絹緞蜻蜓。

在周圍呼嘯凌亂的風雪之中，散亂的天光與火光在它半透明的翅膀上一閃而過，耀出一輪輪光彩，格外絢爛迷眼。

前面竺星河的身子，也緩了一緩，下意識地，他回頭看向了她。

阿南緊握著蜻蜓，只覺得心口猛烈刺痛，彷彿被捅過一刀的陳年舊傷，如今又再度被撕開血痂，將最深的傷口又重新呈現了出來。

她直直盯著竺星河，呼吸沉重，令手心的蜻蜓翅膀微顫，瑟瑟輕抖。

「你……怎麼還有蜻蜓？」

她記得，這蜻蜓原是一對。自己送給竺星河的那只，被他潛入宮中之時，遺落在了大火之中，就此損毀。

而她那一隻，在她下決心忘卻一切過往、忘卻對公子的迷戀時，放飛在了大漠風沙之中，消失於天邊。

為什麼，被她遺棄的這只蜻蜓，如今又出現在他的身邊，被他如此珍惜地珍藏著？

彷彿看出了她眼中的疑惑與震驚，竺星河如同濃墨般的眉眼盯著這熠熠生輝的蜻蜓，眼中瘋狂的戾氣也似抹除了幾分。

他想告訴她，在玉門關，知曉她去意已決的時候，他終於強迫自己放下了二十多年的固執自傲，改換了衣裝，要進敦煌去找她。

可大漠中，落日下，他一抬頭看到了孤城之上，緊緊相擁的兩人。

曾經緊跟在他身後、希望他能回頭看一眼自己的人，如今將自己的面容靠在了別人的肩上，與他最恨的人緊緊相依偎。

那一刻，整個天地都被長河落日染成了昏黃，風沙彷彿狠狠穿過了他的胸膛，將他的心擊出了一個永難彌補的空洞。

他一直知道自己是不可能和阿南在一起的。

他的人生在黃金臺上，高不可攀，眾生都要仰望他。這世上，沒人有資格與他相攜一生，沒有人配得上他的傾心愛慕。

即使是與他無數次浴血奮戰的阿南，即使他的目光早已不自覺地停在她的身上。

他其實也曾想過，如果是阿南的話，以後若是大事成就，他會允許她一直待在自己的身邊，他也會給她最好的待遇，給她應得的名分，適當的溫柔與縱容。

他一直是這樣以為，也是這樣決定的。

可誰知道，回到了陸上之後，她會遇到別的人，她的心也會漸漸轉移，直至最終將一切投注於另一個人身上。而那個人，卻剛好是他最大的仇敵，他最想要除掉的人。

而他親眼看著她投入別人的懷抱，親眼看到她遺棄了他們的定情信物。

這陳年往事中她為他製作的蜻蜓，在風沙中直飛向天空盡頭，原本該徹底在這個世上消失了蹤跡。

但，他卻調轉了馬頭，向著落日追去。

在風沙中，他以五行決追循風向聚散，穿越那茫茫的金黃砂礫、如割風刀，終於找到了沙丘之上被塵土埋了半截的蜻蜓。

他將這被遺棄的蜻蜓緊緊握在手中，在已經轉為暗紫色的暮色之中，佇立了許久許久。

直到暮紫散去，天河倒懸，他才如夢初醒，在星空之下，大漠風沙之中，抽出了蜻蜓的口唇，取出了裡面的紙卷，捏碎蠟封。

那上面，很久很久以前他寫給她的話，依舊墨跡如新——

星河耿耿，永傾司南。

這是她在做好蜻蜓之後，纏著他說要有他的東西坐鎮，於是他便給她寫了兩行字，並且親手封蠟放入其中。

南方之南，星之璨璨。

星河耿耿，永傾司南。

那時阿南問他寫了什麼，他卻不肯回答，只告訴她說，等到適當的時機，她可以再打開來看。

她不滿地噘嘴，問什麼是適當的時機？

他笑而不答，心想，或許是，他終於完成了人生中最重要的事情，可以給她安定未來的時候吧。

她一直很聽他的話，看這紙條蠟封的模樣，她也確實未曾取出來看過。

其實在放進去的時候，他還曾有些遺憾地想，阿南這樣的人，也未必能看得懂吧。

畢竟，她回到陸上之後，學會的曲子也不過就是些「我事事村你般般醜」之類的鄉野俚曲，又哪裡會懂得他在南方之南中寄託的心意。
只是走到如今這一步，懂不懂，愛或者恨，也都沒有意義了。
隔著暴亂夜雪，阿南就在不遠處。
她緊握著蜻蜓望著他，如以往多次那般，對他說道：「公子，回頭吧……前面已經沒有路了。」
而他深深地望著她，恨意深濃：「確實沒有路了，今生今世，我面臨的，只有絕路。」
父皇駕崩時，他曾跪伏於他的遺體之前，流淚發誓。
今生今世，無論付出多大的代價，他必要奪回屬於父母的、屬於他的、屬於所有追隨他們逃亡舊臣們的一切。
九重宮闈之上，接受萬民朝拜、指點千山萬水的至尊，本該是他。
他如何能接受自己這一輩子，成為一個苟活於蠻荒海島之上，最終子子孫孫飄零海外、朽爛成泥的蠻夷。
可如今，一切皆成泡影，異族難求，內亂已平，就連他也自食惡果，成了一個渾身奇癢滲血的怪物。
再忠誠的舊屬，也不可能擁戴一個無臉見人的亡命皇子，更何況如今山河社稷圖悉數被清除，助力被全部摧毀，他已一無所有。
但至少，他不會放過仇人，不會容忍他們繼續在這世上占據原本該屬於他的一切，逍遙快活。

「我，總得有面目，去見我的父母！」

阿南眼前如電般閃過老主人去世的那一日。洶湧澎湃拍擊在山崖上的海浪，以及夾雜在海浪之中，公子那壓抑而撕心裂肺的哭喊聲。

那時候年少的她並不知道，這裡面夾雜了多少血淚，如何徹底改變了公子的一生。

從那一刻起，他在這世上生存唯一的目的，就是將仇家送入地獄。

尚未等她從驚悸中回神，竺星河已狠狠轉身，向著面前的四方城撲去。

她只聽到他留下了最後的一句話——

「阿南，別過來……」

他的身軀向後仰去，撲向了神道盡頭那座被無數燈火映照的、停歇著皇帝與太子的碑亭。

這是燕王在篡位登基之後所建，裡面立著他為顯耀功績、撫慰人心所立神功聖德碑，原非順陵一部分。

森冷的風雪之中，阿南忽然意識到了竺星河要幹什麼。

他中了黑煙曼陀羅，已經再沒辦法遠端操控他設下的陣法中樞，如今唯一能啟動那必死之陣的手段，只有……

她瘋狂前衝，抬手抓去，卻只將手中蜻蜓一把甩了出去，尾部的金線被她一把扯掉。

蜻蜓體內的機括頓時啟動，輕微地嗡一聲，這墨藍的蜻蜓振翅而起，金光流動，燦爛無比地盤旋著，在這黑暗的風雪中，畫出流轉的光線，帶著令人窒息的美。

而竺星河的目光，穿透黑暗，最後望了她一眼。

他身上的白衣如同一隻蜉蝣的翅翼，招展著，又被黑暗徹底吞沒。

在最後的一刻，他的眼前，忽然閃過了某一日某一處的海上，紅衣似火的阿南，站在碧藍的海天之中，海風獵獵吹起她的衣袖。

不記得具體的時間，也不記得具體的地點，只記得那時日光燦爛地照在她的臉上，她笑容比粼粼碧波更為動人。

他狠狠地別過了頭，看向四方城下方的一塊凸起，提起全身僅剩的力量，向著它重重墜落。

轟然震動中，坍塌的神道如火線蔓延，直衝神功聖德碑亭。

拱券門下地面陡然裂開，現出巨大的黑洞，裡面有銳利的金芒閃過。

竺星河卻彷彿未曾看到，他的身軀撲入了那黑洞之中，隨即，推動了那些灼眼的金芒。

鐘山雷動，碑亭重簷歇山頂的金黃色琉璃瓦瞬間崩塌。

山陵中泛起巨大的雪浪，向著下方奔襲而來，驚天動地。

耳聽得轟隆巨響，阿南與朱聿恆都不約而同地抬起手臂，撲倒在地，阻擋住傾瀉於自己身上的冰雪。

凍硬的雪塊亂砸於他們身上，讓他們無法抬頭。

唯有前方的劇震久久不息，碑亭坍塌與傷者哀號聲傳來，聽來如置身煉獄。

待亂砸在身上的冰雪稍停，朱聿恆立即爬起來，向著後方碑亭奔去。

一夜驚變，已是黎明破曉時。

淡薄的晨光下，神功聖德碑亭已成廢墟，昨夜還在燈火下輝煌奪目的紅牆金瓦，如今只剩了斷牆頹垣，下面有傷者艱難伸手，卻被壓在磚瓦之下，掙扎不得。

天空風雪已停，但被爆炸激起的雪屑，此時還散亂地飄於空中，未曾停息。

第十五章　億萬斯年

阿南奔向碑亭坍塌的中心，看向陣眼，茫然地抬手扳開已經殘損的機關。

冰雪之中，爆炸後的陣心扭曲裸露，她的掌心按在上面，觸到了黏稠溫熱的東西。

她收回手，看到了自己掌心之中沾染的鮮血——

這是公子的血。

他以自己的性命為引，啟動了這個陣法，要以仇人為殉，血洗他背負的仇恨。

她只覺得悲從中來，茫然抓緊了自己染血的手。

司南，她永遠記得自己為什麼要叫這個名字。

在她一意孤行跑去向竺星河報恩、卻還不為眾人接納，只是一個叫司靈的普通夥伴時，有一次他們因為風暴而在海上迷航。無星無月的暗夜中，唯有她牽星引路，尋到準確的方向，帶領眾人回歸航線。

那時公子對她笑言：「以後，就別離開我們了，畢竟妳是我們的司南啊。」

他一句漫不經心的話，她卻捧在心裡，千遍萬遍回想，雀躍了多年。

她不但留了下來，還因為屢立大功而越來越重要，最終可以擁有自己姓名。

「司南，我要叫司南。」她毫不猶豫地宣布。

眾人都說很適合，因為在茫茫大海之上，她永遠是方向感最強、最擅長指引方向的那一個。

就連竺星河，也早已忘記了自己隨口的那句話。

可深心裡，唯有她自己固執地想，這是公子給我的名字，我這輩子，是公子的司南。

然而，她並不是。

她沒能為公子找到正確的路，只能眼睜睜地看著他永逝不歸路。

她看著碑亭下的血，抬頭也看見士兵們的殘肢。

茫然回頭，見朱聿恆呆站在坍塌的碑亭之前，久久不曾動彈。她咬了咬牙，狠狠在自己的衣服上擦乾血跡，轉身向朱聿恆走去。

「哈哈哈哈哈，太慘了，千古以來未曾有之慘劇！太祖大祭之日，出逃皇孫歸來設陣，將皇帝、太子全部弒殺於太祖山陵，真是震古鑠今，大快人心！」

身後傳來聲嘶力竭的笑聲，正是那個青衣人。他雖中了黑煙曼陀羅，但分量不多，更何況這東西他本就熟悉，因此還有餘力譏嘲他們。

阿南冷冷地回頭瞪他，握起手中臂環：「是你！是你設的計謀，讓他們遭此大難！」

「哼，誰叫妳不肯幫竺星河，還處處阻攔。如今，是我成全了他，終究助他報了仇、雪了恨！」

朱聿恆回過頭，盯著瘋狂大笑的青衣人，厲聲問：「你呢？你又為什麼處心積慮，喪心病狂，定要讓這麼多人血染山河，釀成慘劇？」

「哼，少廢話。」青衣人向他伸手，冷冷道：「你祖父和父親都已經沒了，我也沒空與你糾纏，趕快把龍鳳帝的骨灰交出來，跟你那二叔去拚個你死我活吧。」

「二叔……」朱聿恆目光冷冽，轉而瞥向左右。

滎國公已經從雪地中爬起，抖落了滿身的雪泥，與順陵衛們手持武器，步步逼近。

「原來如此……邯王正是此次設伏的幕後之力！」胸中憤懣難以抑制，朱聿恆握著日月的手微微顫抖。「這就是竺星河願意留下我一條命的原因嗎？因為還需要我與邯王互相爭鬥，將天下攪得更加動盪？」

青衣人臉上人皮面具依舊僵硬，襯得他獰笑格外詭異：「只有你們不得安生，他才能在地下得到安寧！不過你是活不了幾日了，看來你二叔才是最後的勝者，真叫人好生羨慕啊。」

朱聿恆看著他那得意的模樣，沉聲問：「看你的樣子，應該是已經設好了計謀，我二叔怕是也無法坐穩那個位置吧？」

青衣人嘿然冷笑，道：「殿下何須操心，反正你活不到那一日了。」

旁邊慘叫聲響起，是阿南根本不理會青衣人，率先對滎國公下手。流光倏地來去，已經在他的右手腕上一轉，瞬間鮮血噴湧，手中刀子落地。

見國公被傷，順陵衛們頓時圍上來，企圖群起而攻。

「住手！」朱聿恆冷冷喝道：「滎國公勾結逆賊，意圖謀反，給我拿下！」

順陵衛們聽皇太孫殿下發話，頓時住了手，但又不敢對自家主帥下手。

正在面面相覷之時，旁邊諸葛嘉早已率神機營穿出，將滎國公一把制住，壓在了雪地中。

阿南回頭，衝青衣人冷冷問：「看來，當初竺公子回歸陸上後，你也是如此謀騙他合作的？」

「回歸陸上？」青衣人一聲冷笑。「小娃兒，實不相瞞，妳家公子與我合作的時間，可比妳想像得要早多了。」

阿南的心下一轉，脫口而出：「難道說……他在海上時，就已經安排好了一切？」

其實她早該知道的。公子在海外蟄伏了二十年，老主人去世時，他悲痛欲絕發誓要復仇，可他沒有回來；他一步步統一海外諸島，成為了四海之主，但他認為時機未能成熟；直到三年前，他忽然決定，率領海客回歸陸上。

她當時還有些奇怪，難道是因為謀權篡位的那個凶手已經老了，有了可乘之機嗎？

可原來，是因為一甲子之期到了，他回來，是要藉著山河社稷圖，掀起血雨腥風。

「這麼說，在海外的時候，他就已經知道，自己要走哪一步棋了？」

青衣人冷哼：「他走得最錯的一步，就是該早點與身邊人開誠布公，將自己的真面目袒露出來，尤其是，籠絡住妳這個棘手的女人。」

而阿南搖了搖頭，道：「知道了，我也不可能幫他的。」

因為，竺星河比這世上任何人都瞭解阿南。

她只是一個化外之民，海外孤女，她如何能懂得他瘋狂的復仇慾望，如何能明白他不計一切，哪怕翻天覆地、殉葬萬民，也要顛覆仇人天下的決心。

所以，他欺瞞了阿南，他知道她雖然愛他，但未必肯為他屠戮無辜，滌蕩天下。

可誰知道，命運如此，人生如許。

兜兜轉轉，竟是她站在了敵人的身旁，來阻攔他最後的捨命一擊。

「其實，我早該想到了，他能接觸山河社稷圖，能不顧一切渡海歸國，能對陸上形勢瞭若指掌……」阿南的目光，猛然轉向青衣人，直指他怒喝道：「都是你的功勞，韓廣霆！」

聽她喝出這一句，青衣人身形陡然一震，微瞇的目光中精光顯露。

「六十年前，跟隨你的母親傅靈焰遠遁海外求生的你，與二十年前因為皇位的傾覆而出海的前朝皇子，肯定有所交集。而軒轅門與九玄門本就是同氣連枝，所以我早該想到，教導公子五行決的師父，應該就是你！」

韓廣霆毫不在意，道：「那又如何？世間種種，木已成舟，如今皇帝太子俱已亡故，太孫苟延殘喘又有何益，還是早點將龍鳳皇帝的遺骸交還給我吧。」

「你是說那罈骨灰嗎……」阿南轉向後方坍塌的四方城，道：「怕是找不到了。」

「那我便守在這裡，一點一點將它挖回來。」看著面前狼藉斷瓦，韓廣霆發狠道：「我定要帶父皇回母妃身邊安葬，絕不可能讓他在這山陵，為當年的下屬從葬！」

朱聿恆卻毫不留情直視他道：「你挖不到的。因為行宮密室中，根本沒有骨灰。」

韓廣霆面色陡然變了：「這是……你們設置，要騙我入彀的局？」

「不錯，一石三鳥。你、竺星河、邯王，果然競相投入羅網，露出了自己的真面目！」

「怎麼，你為了設置羅網……」韓廣霆一指坍塌的四方城，嘲諷問：「結果讓自己祖父和父親，全都死於非命？」

「誰說朕與太子出事了？」

隨著一聲喝問，在全副武裝的侍衛護衛下，一行人繞過坍塌的碑亭，出現在神道之前。

領頭的人，正是皇帝，身上雖有塵垢，但威儀絲毫未減。

而身後的太子身體肥胖，雖需太監扶持，但神情也算鎮定，只是目光緊緊關注朱聿恆，見他身上衣服雖有破損，但並無大礙之後，才鬆了一口氣。

韓廣霆在震驚之中，不由往後退了一步。

耳邊風聲，阿南已向他襲來。

韓廣霆如今失去竺星河的春風之助，又中了黑煙曼陀羅，知道自己絕不是他們的對手，乾脆放棄了掙扎，任由她將自己壓制於地。

阿南冷冷問：「你以為阿琰勘察神道的時候，會察覺不到總控的自毀發動處在碑亭下嗎？」

而皇帝已在護衛之下，走到韓廣霆的面前，垂眼看了他一眼。

韓廣霆與他四目相望，口中下意識地喃喃道：「陛下……」

皇帝一言不發，只示意順陵衛們清理神道。眼看原定上山祭祀的時辰已延誤，他倒也不急了，吩咐人手去擒拿郜王，便帶著眾人進了大金門，暫避風雪。

太監們在殿中設下交椅暖爐，小桌小几，四周點亮燈火，便在皇帝的示意下全部退避。

亭中只剩了皇帝、太子、朱聿恆、阿南與韓廣霆、滎國公六人。

皇帝端起熱茶，連喝了兩盞，才強壓怒氣，喝問滎國公：「邯王果真大逆不道，竟敢在山陵大祭之日，設下如此惡陣，要置朕、太子與太孫於死地？」

滎國公體若篩糠，匍匐於地不敢說話。

見他如此，皇帝更是暴怒，一腳踹在他的肩上，任他滾翻撞上身後柱子：「袁岫！這些年朕待你不薄！你當年在燕子磯投降後，如今已是國公，女兒不是太子才人便是王妃，你還敢串通邯王刺王殺駕，你還有何求！」

滎國公爬起來連連叩頭，涕泗橫流：「陛下！求陛下饒恕臣死罪，罪臣……罪臣實是被迫！因小女被太子所殺，邯王蠱惑罪臣，說若不助他對太子下手，日後太子登位，我等定然死無葬身之地！臣一時豬油蒙了心，才接受了授意，但也絕不敢對陛下動手！是邯王信誓旦旦說，此次在神道設伏，陛下龍體康健定然無礙，只有太子這等行動不便之人才會落入羅網，罪臣實在不知竟是如此可怕陣仗，不然罪臣寧可自盡，也絕不敢聽邯王指使啊……」

皇帝目光冷洌，轉向太子：「袁才人之死，果有如此內幕？」

太子慌忙起身，說道：「袁才人死於青蓮宗刺客之手，人盡皆知，兒臣不知滎國公從何聽說謠言，竟有此成見。」

滎國公目眥欲裂，吼道：「我女兒聰慧柔順，自入東宮之後一心伺候太子殿下，只因偶爾知曉了皇太孫身上惡疾，為殿下分憂而詢問當年事情，因此惹禍上身，竟被你們下手清除……」

聽到皇太孫三字，皇帝眉頭一皺，冷冷打斷了他的話：「袁岫，你養的好女兒，僭越本分，妄議皇家之事，死得其所，你有何怨言？」

榮國公虎目圓睜，握拳咬牙許久，才終於重重叩頭在地磚之上，哽咽道：「罪臣……不敢！」

皇帝輕易揭過袁才人之事，看看被制伏的韓廣霆，將問話又落在關節處：「這個韓廣霆，不是海外歸來嗎？邯王為何鬼迷心竅，竟與前朝餘孽勾結，聽信此人之言？」

見皇帝目光落在自己身上，阿南自然而然道：「其實，不但邯王與他相熟、傅准聽他調令、竺星河與他聯手，當年陛下不也在他的籌劃下，發動了靖難之役嗎？」

皇帝霍然起身，瞪大眼看著跪在地上的韓廣霆，許久，漸漸從他身上看出了熟悉的身影，失聲問：「道衍……法師？」

「簡直胡言亂語。」韓廣霆面不變色，從容道：「道衍法師早已圓寂，如今金身尚在大報恩寺，陛下怕是認錯人了。」

「你說被我們挖出的那具金身嗎？」阿南冷冷道：「那不過是你知道山河社稷圖發作在即，因此與傅准一樣，藉助了一個特定的手法，死遁而已。」

韓廣霆冷笑道：「滿口胡言！當年道衍法師之死，旁邊目擊者眾不說，太子太師李景龍便在當場，難道他神經錯亂，把沒死的人硬說成是死了？」

「李景龍當然沒有瘋，只是他當時酩酊大醉——或者，是被你下了點藥物，因此倒在坡下昏昏沉沉，對於時間的掌控，實在不夠精確。」

「時間？道衍法師的死，不是在瞬息之間嗎？他摔下土坡之後，可是在眾目睽睽之下嚥氣的，怎麼可能回去後又生還了？」

這般緊張的局勢中，阿南卻依舊是一副姿態悠閒的模樣：「你怎麼知道，當時死的人就是道衍法師呢？」

韓廣霆道：「天下人盡皆知，道衍法師是孤身一人進的酒窖，不過滾了個酒罈子，就摔下土坡失足而死，李太師親眼所見。這片刻之間，還能找個死人假裝道衍法師不成？」

「不，你說錯了，當時進入屋內的，並不只有道衍法師一人，比如說，沒有老闆開門引路，法師怎麼進酒窖呢？」阿南不慌不忙，娓娓道：「而所有人都知道，在道衍法師死後，那個老闆就再也沒有出現過。人人都說他是因為害怕所以遠走高飛避禍去了，但有沒有可能，他其實是作為替死鬼，早就消失在了人世間呢？」

「可惜，道衍法師失足的時候，老闆就在旁邊，李太師也是親眼看到他將酒罈子推下斜坡的。」韓廣霆嗤之以鼻。「你倒是說說，酒罈滾下斜坡的一瞬間，他要如何與老闆交換了打扮，還騙過蜂擁而上關心他的人，從而變成酒肆老闆逃出生天呢？」

「我說過了，那是因為，他利用了一個與傅准一樣的，偷取時間的方法，或者說，讓時間緩慢停止的錯覺，終於使得自己擁有了死遁的機會。」

阿南顯然早有準備，提過放置於亭內的箱籠，從中取出一個小球，展示給眾人看。

「其實，我最開始注意到的是，傅准與道衍法師在消失之時，都出現了一個滾動的東西。傅准是一個卷軸，而道衍法師是一個酒罈子。」

太子的臉色微變，動了動嘴脣，但卻並未出聲。

「滾動的東西怎麼了？」皇帝則將目光從韓廣霆身上收回，端詳著她手中小球問：「難道說，這世上還有什麼東西一滾動，就能讓時間停下來？」

「這自然不可能。但，卻可以利用滾動來誤導其他人，讓他們在錯覺中，錯估了時間。」阿南說著，將手中的小圓球放在面前小桌，問：「以陛下看來，這圓球從桌子的左邊滾到右邊，最長大概需要多久時間？」

「這麼一張桌子，兩、三息時間總該到了。」

阿南笑了笑，瞥了臉色難看的太子一眼，將手中的球擱在桌面上，向前一推。

小球翻滾著，向前而去。

然而，出乎所有人的預料，這個小球並不如眾人所料，會在她的推動下飛快向前翻滾，而是緩慢地滾了一下，停了片刻，似乎有些要翻轉回去的痕跡，慢吞吞地好不容易調整好向前的姿態，再滾了一下，又停了片刻。

如此再三再四，別說三、四息了，就連七、八十息都過了，這個小球才緩慢無比地滾到了桌面另一邊，從桌面墜下。

阿南伸手將它一把抓住，免得掉落於地。

太子的臉色變得越發難看，而朱聿恆的目光，也落在了自己父親的臉上。

顯然，這個球也讓他想起了那一日工部庫房之中，傅准從窗戶另一端滾過來的卷軸。

當時太子拿到卷軸後，便立即出聲示警，說是有青衣人襲擊傅准。因為一般人推斷，卷軸從對面滾來不過數息時間，自然會料定傅准是在卷軸滾動的數息時間內出事，然後所有人奔向那邊，卻發現他已經消失在了庫房之中——

但如果，他也用了與阿南一樣的手法呢？

那麼，傅准便有足夠的時間，在將卷軸滾過來的時候，從容地消失於庫房內。

而明知對面窗口早已無人的太子，卻直到這個卷軸緩慢地滾到自己面前，才抬手取過卷軸，出聲提示，讓眾人趕到已經徹底沒有了傅准身影的地方——

自然是，註定撲空。

皇帝的目光，亦落在了太子的身上，知道這個法子若要實施，唯一的辦法，就是太子與傅准串通好一切，並且掩護他消失在眾目睽睽之下。

見太子始終不發一言，阿南也只笑了笑，示意朱聿恆將桌子抬起，左邊的兩只桌腳墊高了三寸左右，使得桌面呈現出一個斜坡的形狀。

隨即，她便將小球放置於桌面高處：「傅准失蹤時，卷軸是滾在平面上。而道衍法師死的時候，當時酒窖是斜坡，這般手法又是否有效呢？」

話音未落，她鬆開手，任其從高處向低矮處滾落。

出乎眾人的意料，這原本應當在斜坡上飛快滾落的小球，居然也如剛剛一樣，一滾一停滯，甚至在斜坡上還有向後上方回轉的趨勢，簡直怪異無比。

「是因為，那球裡裝有什麼機括？」皇帝終於開口問。

阿南點了點頭，抓起小球，將外面的木頭剖開，頓時掉出裡面一個稍小的圓瓶。

阿南又打開圓瓶，將裡面的東西徐徐倒了一點在外面的木球殼上。

原來，裡面裝的，是半瓶黏稠的火油。

「陛下請看，這便是遏制滾動速度、甚至讓其減速回轉的原因。」阿南將圓瓶拿起，緩緩旋轉給大家看裡面的火油。

火油黏附於球瓶壁上，因為質地黏稠而無法迅速流淌，於是便造成了斜上方的重量比斜下方要更重，力量緩慢穩定在了後方，因類似於不倒翁的原理，甚至可以在滾動時，因為裡面的力而帶動外面的球實現停滯，甚至後退的效果。

「最早我發現這個手法，其實是在勘察當年道衍法師失足而死的現場時。當時我看到了斜坡下那堆被打碎的酒罈碎片，裡面應該是有一大一小兩個酒罈，其中大的罈子自然已經酒水乾盡，可被它碎片遮蓋的小罈子，我發現縫隙處還殘留著些許油漬……當然了，酒店裡的倉庫，東西應該都會堆放在裡面，所謂的酒窖裡，出現一罈香油什麼的，自然也不奇怪。但奇怪的是，為何會一起出現在斜坡下？」

事已至此，韓廣霆沉默不語，再不辯解。

「民間有句俗話，說一個人很懶，連油瓶子倒了都不扶。因為其他東西流淌很快，即使立刻去搶救，可能也剩不了多少。而油就不一樣，因為它流得慢，只要及時將瓶子或罈子扶起，不說全部吧，至少大部分都還在瓶子裡。而那日我們在酒窖外面看到的破油罐，只是破了一半而已，只要將它拎起來略微斜放，裡面的油就大部分還在，可以順利拿走。由此就可證明，這罈油並不是進來偷東西時打碎的，而是應該發生在一場混亂中，別人無法注意到它，只能任由它裡面的油緩慢流光……」

聽到此處，朱聿恆脫口而出：「比如說，道衍法師去世的時候。」

「沒錯，如果是這樣的話，就可以解釋一切了。」阿南朝他一笑，將自己手中那個裝滿油的圓瓶擱在桌上，說道：「那就讓我們來還原一下當日的情形吧。」

道衍法師當時早已物色好了與自己身高差不多的酒店老闆，並且設定好了殺人伎倆。在和李景龍喝酒時，說要去地窖親自選美酒。酒店的老闆自然大喜，帶他們進入酒窖。在斜坡上時，法師略動手腳，讓本就醉意深深的李景龍在斜坡上摔了一跤，因此留在了下方，成為了法師之死最好的見證。而老闆進酒窖為法師挑選酒水之時，他立即重擊老闆頭部使其死亡，然後將小油罎塞進大酒罎，製作了一個減速酒罎，假裝自己喝醉了抱不動，將酒罎滾出地窖。」

「李景龍迷糊間計算不清時間，以為酒罎滾得很快，其實到他身前時已經過了許久，有足夠的時間讓道衍法師迅速剃光老闆頭髮，滿頭滿臉塗抹上血汙，換上外衣偽裝成自己。等那個緩慢的酒罎滾到坡下，將李景龍撞醒之際，道衍法師便將偽裝好的酒店老闆推出酒窖摔死。早已做好準備的薊承明此時便可帶人從院外跑進來，抱住屍身號啕大哭，又製造意外將做過手腳的酒罎打碎，消弭證據。因死者已頭破血流滿面血汙，旁邊的人自然不會細究他懷中人的模樣，等抬到車中時，薊承明便可假裝替他擦拭血跡，換上偽裝面具，自此瞞天過海。」

「所以，在李景龍的記憶中，道衍法師只是進去滾出個酒罎的瞬息就死了。其實道衍法師早已戴上假髮裝成了老闆，並且自此後『畏罪潛逃』再無下落。」

說著，阿南看向韓廣霆，問：「怎麼樣，法師對我的推論還滿意嗎？有沒有其他什麼要辯駁的地方？」

韓廣霆長出一口氣，緘口不言。

「可惜法師百密一疏，在這精采的死遁一幕中，留下了一個致命的錯漏——因為酒窖中有用以除溼殺蟲的生石灰，是以，在你挪動罈子時，你身上的青龍遇石灰而變紅了。但最後被薊承明抱在懷中的屍身，身上卻並未出現紅痕，不但證明了那屍體是偽裝的，更揭露出了你的真實身分……」

話音未落，阿南已經抬起手，手中細密的粉末向他劈頭撒去。

韓廣霆如今身中黑煙曼陀羅，避無可避，唯有倉促偏過頭去，抬起手護住自己的眼睛口鼻。

而他之前被阿南制住時撕扯開的脖頸胸口處，幾條已淡不可見的青筋，在碰觸到粉末之後，逐漸轉變成了殷紅色，猙獰地纏縛在他的身上。

「你，道衍法師，就是當年韓凌兒與傅靈焰生下的，那個身負山河社稷圖的孩子！」

皇帝的手按在椅背上，緩緩站了起來，不敢置信地看著面前人。

「原本，當年你留下遺言要火化遺體，可以徹底死遁，將一切蹤跡消弭。只可惜，陛下因你大功，特賜金身坐缸，以至於在千日之後出缸之時，讓我們看出了破綻！」

阿南說著，又望著太子道：「但，要實施這個計畫，需要的一個重要手段，就是要有個接應的人。比如說，配合道衍法師之死而出現的薊承明，又或許，是傅閣主消失時，親眼看見他被黑衣人襲擊的太子殿下……」

皇帝的目光，從韓廣霆身上，轉向了自己兒子。

皇帝的逼視之下，太子終於嘆了口氣，起身在皇帝面前跪下，道：「兒臣……愧對父皇，愧對聿兒。」

一貫性情暴烈的皇帝，此時卻並未發怒，只神情平靜地望著他，道：「你將那日情形，好好說清楚。」

太子沉吟著，一時卻又不知從何說起，只能望著外面道：「是……不過，此事或許還是傅閣主詳加敘述較好。畢竟兒臣對於其中內幕，亦是一知半解。」

聽他提起傅准，眾人轉頭向外，看見坍塌的雪地之中，吉祥天在空中久久盤旋。

傅准在剛剛的劇震中被冰雪掩埋，雖然及時被救出，但他身體虛弱，此時尚未緩過氣來。

在太子的示意下，侍衛們將他攙扶了進來，靠在椅中，面前還放了個大炭盆。

聽到太子的話，傅准面帶苦笑，一口便應承了下來：「此事罪責在我。當時因當年事情呼之欲出，舅舅又步步進逼，我性命握於舅舅之手，擔心會洩漏當年舊事，因此便求太子殿下相幫，想要暫時脫卸身分，以求藉機去往南方，在掩蓋當年舊事的前提下，或可暗地護送太孫殿下解決陣法。太子殿下認為此法可行，於是我便按照當年道衍法師之計，安排了一個金蟬脫殼之法。」

阿南似笑非笑地看著他，心道，世間遁逃之法千千萬，怎麼偏偏選中了你舅舅當年的手法？

想來，這應該和那顆白玉菩提子一樣，都是暗地裡提示他們的手法，牽引他們一步步尋找到真相吧。

傅准卻一臉無辜，平淡地講述起了當日消失的情形。

因為事先知曉了工部庫房的構造以及他們前後庫傳遞檔的簡單方法，於是傅准事先準備了裡面盛著半管火油的竹筒，等前面庫房的太子找到了西南山脈卷軸後，暗藏在袖中，給傅准示意。

於是傅准便假稱自己找到了橫斷山脈的地圖，在後庫中將卷軸順著兩邊搭好的窗板滾過去，因為火油竹筒在卷軸中間逆轉迴圈，所以過了許久才滾到太子面前。

而他以萬象讓書吏失手砸傷腳，順利引開了朱聿恆，也因此站在窗前看到這一幕的，唯有太子一人。

隨即，他翻上窗戶，沿著屋脊躍到後方樓間，換了事先準備好的衣服後，神不知鬼不覺便離開了工部。

只是吉祥天太過醒目，為了遮掩行蹤，他只能將它留在了屋頂上。

直等傅准消失之後，卷軸才滾到了太子面前。太子將其拿在手中，便指著對面故作驚詫，說有個青衣人襲擊了傅准。

工部所有人出動搜尋前後庫房，繼而封鎖衙門，徹底尋找。可此時傅准早已離開，即使出動了再多人，在工部內自然搜索不見。

而太子也在一片忙亂之中，趁機在袖中調換了卷軸，出示事先準備好的橫斷山地圖，表明那是傅准剛剛傳過來的普通卷軸，消弭掉所有痕跡。

真相大白，阿南轉向韓廣霆，問：「如何，傅閣主都坦誠相告了，你這個當舅舅的，也該審時度勢，將一切和盤托出了吧？」

皇帝目光始終定在韓廣霆身上，他一貫威嚴的聲音，此時也終於帶上了不敢置信的微顫：「難道你……真的是道衍法師，三年前，你，並未圓寂？」

事已至此，韓廣霆閉上眼睛，終於抬手揭去臉上人皮面具，嘆道：「萬萬沒想到，今生今世還有以真面目與陛下相見的一日。」

面具下的面容，清臞沉靜，與他松形鶴骨的身軀正相配。

皇帝瞪著他，面色一陣青一陣白，分不清是震怒，還是驚愕：「朕與你亦師亦友，一向敬你護你。你是靖難第一功臣，朕在最艱難時，你一力扶持，朕在登基之後，也給你最高的禮遇，可原來你……你竟然是龍鳳帝的遺孤？」

「不錯，我正是六十年前，被你們朱家的祖先趕出海外，不得不放棄了天下的龍鳳帝長子，韓廣霆。」他微微一笑，傲然道：「若不是你們朱家先祖當年對我下手，導致我娘帶著我遠遁海外，遠離中原，這天下鹿死誰手，尚未可知！」

皇帝喝問：「所以你四十年後重回陸上，挑動朕造反，又在此時興風作浪，要藉此機會顛覆我朱家天下？」

「不然呢？既然你家對不起我，那我也要讓你們這個皇位坐得不愉快！」韓廣霆淡淡道：「而且，我回來得正是好時機。我看準了陛下你野心勃勃，自然不能久居人下；我也看準了簡文年少氣盛，一上臺便要對叔伯下手，盡失人心；我還看準了，世子肯定會成為太子，而最終能接替天下的人，定是皇太孫朱聿恆……」

他的目光，從上至下地打量著朱聿恆，眼中有欣賞，也有恨意：「當年燕子磯前戰場上，第一眼看見太孫時，我便知道他聰明伶俐，三歲便有定鼎天下的帝王之姿……」

眾人的目光，都隨著他一起落在朱聿恆的身上。

「當年邯王與我出營迎候，太子因為跟隨糧車一路顛簸而來，身體又太過肥胖，在轅門絆了一腳，差點摔倒。當時邯王大笑道：『前人跌跤，後人覺醒。』太子狼狽不已，知道他有超越自己，占據前位的意思。然而太子訥言，一時說不出話回擊，就在此時，太孫殿下在後面大聲應道，『更有後人在此』！」

二十年前的舊事，聽在眾人耳中，依舊足夠震撼。

阿南不由咂舌，貼近朱聿恆問：「那時候，你好像才三歲吧？」

「年僅三歲的孩子，當時竟然就有這樣的見識，寥寥數語便鎮住了自己強悍的二叔。邯王的臉色憋成了豬肝色，再也無法出聲，老夫在旁也是錯愕不已。」

韓廣霆亦不由感嘆。「邯王因此一直對你心存芥蒂，不過你又何懼呢？你自小聰慧無比，無論是才智、身手、天資，皆是舉世罕見，別說你的祖父，就連我，也是恨不得你生在我家庭院，做我子弟……」

可惜的是，他卻是朱家的後人。

「我知道你的未來必定不可限量，也知道攪動天下的機會，或許就在你的身上……」

那時候，距離陣法的發動還有二十年，而韓廣霆已經選中了，二十年後啟動陣法、顛覆天下的人選。

靖難之役已經打了三年，局勢正在最為艱難之際。因為北方各個重鎮難以攻下，而幽燕這邊的兵力及糧草也已經接續不上，因此在道衍法師建議下，燕王決定將戰線收縮轉變，從「燕王對抗天下兵馬」轉為「叔叔抗爭姪兒的家事」。

燕王率領最後一批精銳南下，因為靖難成了皇帝家事，各地基本沒組織起太大的抵抗。而燕王次子更是屢立戰功，儼然成為了最大功臣。

但到了長江邊上，直逼南京之時，朝廷終於召集了五十萬大軍，在燕子磯擺開陣仗，要與他決一死戰。

無論從兵力還是局勢、地形來看，朝廷都是必勝無疑。而燕王這邊，則是必敗的局面。

燕王駐兵長江北岸，夜夜焦慮，接連夢見自己的孫兒。

於是他修書，詢問自己最牽掛的孫兒現下情況如何。

因為戰局的艱難，更因為弟弟的表現讓世子覺得岌岌可危——畢竟，他聽父親身邊的人傳來過消息，在一次大勝之後，父親曾拍著弟弟的肩說，你大哥身體不好，你要努力啊！

當年李建成與李世民的教訓，自然令他警覺。於是他痛下決心，帶著父親最愛的小孫兒南下，藉著運送糧草的機會，冒險將他送過來，讓父親放心，也讓自己放心。

而燕王抱住自己玉雪粉團般的孫兒時，果然激動萬分，流眼咬牙道：「為了子孫，這一戰，我也絕不可輸！」

可打仗哪有不敗的可能性？更何況，這是在敵眾我寡、敵強我弱，天時地利全都不站在這邊的生死一戰。

然而，道衍法師此時過來了。

他的身邊，帶著一個八、九歲的孩子。

說到這裡時，太子的目光難免看向了傅准。

傅准默然點頭，道：「正是在下。」

那時候的傅准只不過八歲，眉目間尚不知世事，但怨憤已難以遮掩。

道衍法師介紹了他，說：「這是拙巧閣的少閣主，如今因為閣中動盪，因此而來到了這邊。他過來這邊，是想要查閱當年他的先祖傅靈焰在龍鳳朝時布置下的一些陣法，其中有一個，就在附近。」

聽到此處，阿南脫口而出：「草鞋洲。」

傅准輕嘆一口氣，道：「對，就是你們遍尋不到的、地圖與其他截然不同的那一個陣法，我們做了無數手腳阻止你們尋找那個陣法，可你們，終究還是找到了？」

朱聿恆沒有回答，只看向皇帝。

而他神情黯淡，望著孫兒，聲音也較往日低沉許多：「朕……當時真的不知道，這一場勝利要以聿兒的生死為代價，才能換取來我的江山……」

朝廷大軍駐守的燕子磯對面，正對著傅靈焰當年設下死陣。只要一經發動之後，便足以泯滅千軍萬馬。

但，大軍顯然不可能與朝廷軍隔岸對峙二十年，等著二十年後在陣法的幫助下取勝。

「幸好，傅靈焰設下各地死陣，只為了驅除韃虜、恢復中華，若後人能憑自己的力量而成功，那便也不需要再啟動陣法了。因此她在拙巧閣留下了一套玉刺，母玉她早已預先埋入陣中，子刺則留在拙巧閣，這樣便可幫助提前啟動或關閉陣法。」

生死存亡之際，他們決定血祭死陣，以子刺引動陣法，力定乾坤。

然而，發動這個陣法的督脈，關鍵在鹵門之上。成人的骨骼已經長成，鹵門關閉無法植入玉刺，唯一可以選擇的，只有三歲以下的孩子，骨頭尚且幼嫩之時。

大戰在即，百姓扶老攜幼逃離，方圓數百里早已沒了人煙。明日便是決戰，在這一夜之間，又要去哪兒尋找孩子，而且是剛好三歲的孩子？

而這個時候，他們的身邊，就有一個孩子，玉雪可愛，被父親攜來，抱在祖父懷中。

說到二十年前舊事，太子依舊心痛不已：「聿兒，爹……爹也曾問過，只種一根血脈行不行？可，只有八根子玉鎮住奇經八脈，才能相連引動陣法，看著你幼小的身軀上那麼多傷痕，爹抱著你染血的衣裳，卻只能暗地痛哭……」

然後，他藏起了那件衣服，二十年後拿來嫁禍於人，企圖遮掩真相，不讓兒子知道當年的事情。

「哭什麼！當年若不是聿兒種下這山河社稷圖，別說今日，當日一戰後，咱們爺仨全都已不在人世！」皇帝冷冷斥道：「你唯一的錯，就是怕朕知道了此事，會因此而猶豫傳位之事，所以二十年來箝口不言，苦心孤詣瞞著朕！」

太子低頭垂淚，不敢出聲。

看著自己大兒子，想想謀逆的二兒子，皇帝臉色黑沉，只在目光落到朱聿恆身上之時，才不由一聲長嘆。

看著面前的孫兒，他彷彿看到了當年的鐵甲兜鍪、千帳燈火，也看到了自己險死還生、得天所助的那一刻。

歷來南北方對峙，多在黃天蕩、燕子磯決勝負，而坐落其中的，便是草鞋洲。

在沙洲上設陣的傅靈焰必定沒想到，她的陣法並未幫助夫君進攻集慶，卻在四十年後，決定了另一段興替。

燕子磯前，大戰一觸即發之際，道衍法師拍碎了能引動應天陣法的督脈子刺，朱聿恆身上的血脈隨之崩裂，赤龍自他肩背後纏身，猙獰如蟒，死神附體。

即使服用了安神藥，他在睡夢中依舊發出難以控制的啼哭，顫抖著陷入昏迷。

而就在這一刻，長江上赤龍驟現，滔天巨浪裹挾淒厲長風，最終摧毀了李景龍及數十萬大軍，為燕王奠定了天下。

燕王大軍進入應天城的那一刻，宮中火起。

焚燒了宮苑的皇帝，在忠心侍衛的救助下，藉著大火，帶著年僅五歲的太子和一群老臣倉皇出逃，一路南下，最終遠遁海外。

城頭易幟之時，道衍法師結合李景龍所見的赤龍之說，將朱聿恆身上的血痕描繪為陛下天命所歸，因此天降赤龍托應於皇孫之身，以助克敵。

隨後，他暗地將藥物埋入朱聿恆的血脈之中，掩飾這條血脈爆裂的真相，只留下淡青痕跡。

燕王因此而聯想當年朱聿恆出世之時的異象，因此而堅信這孩子是自己登基的龍氣所在。自此，他一直將朱聿恆帶在自己身邊栽培，十三歲時便立為太孫，甚至不肯放他回歸父母身邊。

而朱聿恆也未曾令他們失望。他年紀輕輕便出類拔萃，深受朝廷中大臣們擁戴，也成為了萬民人心所向。

天子守國門，太子鎮南京。在南直隸的太子自然知道那場大戰中，拙巧閣立下了大功，於是一力相助。

五年後，十三歲的傅准終於重回拙巧閣，並在舅舅的幫助下，徹底清理了閣內的反叛黨羽。

而他回到閣中的第一件事，便是找出了閣中的傅靈焰手劄，將上面第一部分關於南京燕子磯的內容毀滅乾淨。

再後來，薊承明奉命修建紫禁城，韓廣霆認為可藉機起用元大都地下的死陣，於是便又拆下了第二份元大都的地下陣法，交給了薊承明。

二十年之期將近，陣法即將發動，皇太孫身上的山河社稷圖也即將出世。韓廣霆在李景龍面前詐死逃脫，並且留下遺言焚化骨殖，以求遁逃得乾乾淨淨，不留任何線索。

直到二十年後的那一日，皇帝因為皇太孫身上的疾病而逼死了名醫魏延齡，終於知曉了山河社稷圖。

那個暴雨之夜，他撕開太孫的衣襟，看到孫子身上那糾纏殷紅的可怖血線，終於知道了原來他當年欣喜的赤龍，並不是祥瑞天命之兆，而是即將勒殺孫兒的奪命之索。

可此時，他已經無法尋找到道衍法師詢問此事，於是便將一切希望寄託在了拙巧閣之上。

二十年前一切真相，終於被徹底撕開，一切攤在眾人的面前。

皇帝閉上眼，仰頭長嘆一聲，終於緩緩開口，確定了這一切：「朕知道當年內幕後，在心中立誓，必定要拚盡所有，救回聿兒！因此，朕便召見了傅准……」

「是，陛下對太孫殿下的拳拳之心，令人動容。」傅准應道：「只是當時，殿下身上的子玉已無法起出，甚至……舅舅還考慮周到，設置了一套影玉。」

韓廣霆看著這個姪兒嘿然冷笑，說道：「但，提議放在司南身上的人，可是你。」

阿南下意識地抬起手，看向自己手肘處，明白那裡面設置的六極雷，剌芯應該便是那套影玉。

皇帝沉聲道：「你們所說的影玉，又有何用處，說來聽聽！」

傅准看看韓廣霆，見他不說話，便回答：「當年我祖母設置子母玉，是為了在陣法發動之時，能在附近以子玉控制母玉，由此而經過子玉震盪，準確掌控陣法。但將子玉埋入了太孫的身體後，因為他不一定能每次陣法發作之時都在陣法旁邊，山河社稷圖怕是無法準確發作，所以，我們便藉助子母玉的邊角料，製作了一套影刺，用以準確控制發作。」

這樣，就算朱聿恆不到陣法旁邊，他們也可以用影刺啟動朱聿恆身上的山河社稷圖，從而讓他一步步走向死亡，無可避免。

但，傅准依賴玄霜延命，韓廣霆行蹤需要遮掩，不可能一直追蹤皇太孫。

而皇帝一直以來對這個孫子愛護有加，他身邊護衛都是千挑萬選的穩妥人手，不可能有機會安插或者收買。

而在這個時候，一個與此事攸關的人出現了——阿南。

在成功抓捕阿南之後，傅准挑斷了她的手腳，將影刺種了下去。

畢竟她是海客那邊最得力也最出色的人物。而竺星河在韓廣霆的安排下，率領海客回歸，就是要藉山河社稷圖傾覆天下。

阿南身為他麾下最能幹的人，又對傅靈焰仰慕有加，只要韓廣霆稍加引導，她自然便會聽從竺星河授意，馳騁各地去尋找傅靈焰所設的陣法。到時候與朱聿恆見面或者纏鬥，引發朱聿恆身上子玉的震盪自然不在話下。

而她從三千階墜落，已無破陣之力，絕不會影響他們的計畫。

——只是誰也不知道，最終兜兜轉轉，阿南竟然不是以他們安排的身分與朱聿恆糾纏，而是，兩人最終走上了難解難分的攜手同歸之路。

命運或者緣分，著實是令人感嘆，無法理解。

二十年前這綿延布局，到二十年後終於真相大白，在場所有人都是靜默無言，久久難以出聲。

最終，是皇帝開了口，問：「道衍法師，你當年在靖難之中立下不世大功，朕本該饒恕你一切罪行。可你謀害皇孫，動搖社稷，亦是其心可誅，你……朕要如何處置你？」

「事已至此，任憑陛下處置吧。」韓廣霆乾脆道：「畢竟，當年我促成陛下奉天靖難，也未存好心，只為了以牙還牙。既然你們朱家害我父皇枉死，害我一生被山河社稷圖所毀，導致我母親帶我遠渡重洋，那我便讓你們的後人也身陷這可怕境地，嘗嘗我當年的痛苦而已！」

「可是，你當年的痛苦，與朱家後人又有什麼關係呢？」阿南毫不留情，出聲斥責道：「原來你活了六十年，潛心布局，設計讓朱家的子孫自相殘殺，將這江山弄得滿目瘡痍，卻不知道自己一直以來，找錯了仇人，報復錯了對象？」

韓廣霆瞪著她，冷笑問：「怎麼，天下皆知之事，妳竟還有什麼其他說法？」

「若你指的是，當年龍鳳帝在抵達應天之前溺斃於長江之事的話，那麼我可以給你看個東西。」

朱聿恆說著，從後方取出一個小石函，遞到他的面前：「這就是你一直企圖在行宮尋找的東西吧？密室之中發現骨灰罈是假的，你娘縱然天下無敵，卻也未能尋回你爹的屍身。但，裡面確實有個東西，屬於你的父親，也就是當年的龍鳳帝。」

韓廣霆死死盯著石函，看著上面青鸞壓青蓮的熟悉紋樣，哪能看不出這是出自誰之手。

「如此精緻的石函，只有你母親能製作得出來，這裡面收藏的，是你父親的絕筆。」

韓廣霆對母親的手筆最為熟稔不過，他緩緩推開函蓋，扭動旋轉，將蓋子打開，看到裡面放著的，只有一張詩箋，上面是他熟悉的龍鳳帝筆跡，只寫了一句話——

故國不堪回首月明中。

他緊緊抓著這張已經發黃變脆的紙箋，蒼老的面容上，黯然神傷。

「這是南唐後主的絕筆之作。你父親顯然是恐懼於自己往後的際遇，不願接受與李煜一般的人生，因此選擇了自墜長江，從此再無蹤跡。」

「縱然我父皇是自戕的，可當年在我身上下毒手，以山河社稷圖害得我爹娘離散的，還能有第二個人？」韓廣霆憤而抓緊手中詩箋，厲聲吼道：「當年他不過是我父皇手下區區一個將領，若不是幹下這等事，他如何能篡奪天下，如何能斷送了龍鳳朝，如何害我娘飄零海外，害我一世孤苦！」

阿南冷靜得近乎殘酷，問：「既然如此，我問你，以你娘的個性和手段，若真的是本朝太祖對你下手，你娘會容忍他嗎？關先生縱橫天下難逢敵手，萬千人中取敵方首級如探囊取物，還需要等到你來復仇？」

韓廣霆聲嘶力竭道：「母親為了保全我的性命，因此無暇收拾罪魁禍首，迅速便出海了！」

「既然她有時間在出海前將當年自己設下的八個死陣關閉，延續了一甲子後才再度開啟；既然有機會取到你爹的絕筆，深藏行宮之中，又怎麼會沒時間去向背叛自己夫君、謀害自己孩子的人下手？」

韓廣霆悚然而驚，脊背冷汗涔涔而下。

六十年來，他始終堅信不疑、不敢存任何懷疑的事情，卻被阿南一口道破，他一時竟有些恍惚。

其實在漫長的時光中，在母親的沉默中，他曾隱約察覺那可怕的內幕。只是，他一直不敢深入去想，不敢觸碰那不可揭露的真相。

許久，他才再度狠狠開口，只是已顯色厲內荏：「胡說八道，除了他之外，還能有誰？妳告訴我，還可能是誰？」

「那你覺得，為什麼你娘要帶著兒子、懷著女兒遠赴海外，再也不回頭？」阿南決絕地揭開他的傷疤，不留任何情面。「你娘當年在玉門關留下了今日方知我是我一語，又在青蓮宗中寫下了與你爹的訣別信，你可知一切為何？」

她對傅靈焰的事情自然很上心，因此當年那封訣別信，她在玉門關看到之後，便將它背了下來。

今番留信，與君永訣。舟楫南渡，浮槎於海。千山沉沉，萬壑澹澹。千秋萬載，永不復來。

「千秋萬載，永不復來。她在聲勢最盛的時候，因為你身上的惡疾而放棄了一切，離宮出走。雖因你父親的召喚而回歸，然而很快卻又再次離去。究竟是因為什麼，導致了她如此決絕與你父親決裂？又是為什麼導致她絕口不提你身上病情的事，隱瞞了你六十年？」

韓廣霆的臉色慘白，他其實已經知道，卻無法說出口。

「當然了，如果我是她，我也不會選擇對自己的孩子吐露這個真相。畢竟，誰能想到為了權勢、為了天下，有人能利用別人的真心，也能利用自己親生的孩子，翻雲覆雨，連最親最愛的人，也能玩弄於股掌之間呢？」

韓廣霆死死抿唇，繃緊的下巴微微顫抖。

六十年來的信念破滅，他一瞬間彷彿蒼老到了油盡燈枯。

而寥寥數語擊潰了對方一輩子人生信念的阿南，卻毫不憐憫，反而趁熱打鐵，逼問：「你如今錯手害人，令太孫陷於山河社稷圖，險些釀成大禍，幸好如今還有彌補的機會，告訴我，當年你娘是如何救你度過難關，如常生活的？」

眾人聽到這至關重要的內容，都不由得繃緊了神經。

就連皇帝，也不由自主地加重了呼吸，緊握住了朱聿恆的手。

「法師，只要你能救得朕的孫兒，過往你一切種種，朕都可以既往不咎！」

韓廣霆的目光落在朱聿恆被皇帝緊緊握住的手上，看著這雙舉世罕匹的手，望著這個他傾心欣賞的年輕人，他雙脣動了動，似是想說什麼，但最終，只搖了搖頭，一聲嘆息。

「沒用的……回天乏術了。」

眾人心中早已知曉這註定的結局，皇帝與太子更是心下洞明，朱聿恆的命運，早已在二十年前被他們獻祭於乾坤倒懸的那一刻。但聽到他如此冷酷的判決，都是窒息難言。

阿南急聲問：「回天乏術是什麼意思？」

「當年我身上的山河社稷圖發作，我娘費盡心血，殫精竭慮，終於找到了挽救之法。她尋到了我身上玉刺的母玉——也就是從中取玉製刺的那塊玉礦石，以應聲共振之理，用了二、三十年時間，才將我血脈中淬毒的碎玉慢慢吸聚出來，清除完畢。」韓廣霆豎起兩根手指，道：「所以，需要兩個條件，第一，在痊癒之前，傷者需長期居於四季炎熱處溫養，否則，治療時若遇寒氣，血脈收縮會引發碎玉拔除難度，甚至功敗垂成。」

「難怪你娘親會選擇帶你出海，定居於海島之上。」阿南轉頭看向朱聿恆，朝他一笑。「其實，海上也挺好的，你以後就有大把時間，可以和我一起去看遍九州四海的景色了。」

悉心培養二十多年的繼承人、天下億萬人歸心的皇太孫，只能一輩子居於海外醫治續命，皇帝與太子都悲愴不已。

「但，只要聿兒能平安地活下去，就算卸下重任長居海上，與我們再不相見，又有何妨！」太子抬眼看著皇帝，哽咽道：「相信陛下與兒臣一般，都能忍心割捨！」

皇帝望著朱聿恆，良久，終於緩緩點了一下頭，道：「天高海闊，在陸上，朕的孫兒是未來太平天子；在海上，也定能平定汪洋，令寰宇四方海不揚波！」

看著祖孫三代依依淚別的模樣，韓廣霆語帶譏誚道：「沒這麼糟糕，治療間隙也可以偶爾回陸上，只要保護好經脈就行。只不過，他能在海外活下去的前提是，找到當年那塊玉母礦，否則，以應聲之法清除碎玉餘毒便是妄想。」

「那塊玉母礦，如今在哪裡？」

聽著眾人急切的問詢，韓廣霆卻不為所動，臉色愈發漠然：「這便是我說的，回天乏術的原因。二十年前我催動燕子磯陣法時，因時間提前太早，擔心機關無法及時催發，因此為了保證成功機率，便將那塊玉母礦放入了陣眼之中，以期增強應聲之力。而後，陣法發動，如今那塊母礦，應當是已徹底埋在陣法之下、長江之中了！」

滾滾長江，萬里波濤，江心沙洲如今早已改換了地形、掩埋了痕跡，別說尋找一塊玉石了，就算是當年那龐大的陣法，也早已坍塌深埋，永不見天日。

阿南卻毫不猶豫，向他攤開手：「有陣法地圖嗎？告訴我那塊玉母礦長什麼樣！」

韓廣霆冷冷道：「那陣法已經發動坍塌了！」

「未必，剛巧我之前就去探索過草鞋洲。依我看來，那沼澤構造十分天然，地下就算有大變動，也未必就沒有一線生機。」阿南斬釘截鐵道。

見她如此果毅決斷，朱聿恆心下不由湧起一陣酸澀，卻又難掩胸臆感懷。

他走到她身旁，與她並肩而立，沉聲道：「是，就算是最後的希望，我也會竭力抓住，永不放棄。」

「縱有方法可入，但陣法發動後地下坍塌崩裂，必是危機四伏，至為危險。別說你們，怕是我娘重臨巔峰，也無法下去——」

阿南打斷他的話：「少廢話，你怎麼知道我們比不上你娘？」

「妳早已不是當年的三千階，拿什麼與我娘比？」韓廣霆正反脣相譏之際，目光落在與她並肩而立的朱聿恆身上，一時遲疑了片刻。

阿南又笑了笑，一把攬住朱聿恆的手臂，揚頭問：「如果是我們兩人的話，又是否可以一搏？」

這對攜手破解千難萬險的少年男女，在這最後的時刻，眉目間全是凜然無懼的模樣。

韓廣霆正在遲疑之際，卻見身後傅准起身，輕咳道：「既然如此，我也拚盡全力，為你們相護一程吧……」

韓廣霆惱恨地瞪了這個反骨外甥一眼，問：「他們義無反顧下地，是因為陣中的玉母礦，一個關係著他的山河社稷圖，一個關係著她身上久治不癒的舊傷，那玉母礦跟你有什麼關係，你拖著這苟延殘喘的身子下去幹什麼？」

傅准抬手捂脣輕咳，說道：「因為，沙洲陣法的地圖，早在二十年前已被我毀去。如今這世上唯一知道如何進入那陣法的，世上只有我一人了。」

一聽此言，皇帝當機立斷道：「既然如此，便以你們三人為首，挑選精銳下陣，務必將當年那塊玉母礦穩妥取回！」

「可……那地下局勢必定務必艱難危險，聿兒好不容易從西南山區脫險回歸，難道又要親自以身涉險？」太子哽咽著看向兒子，滿臉悲愴。「聿兒，不如，此事可交託於……」

「父王，請恕孩兒不孝。」朱聿恆自然知道父親要說什麼，他緊緊握著阿南的手，以撫慰勸阻了他。「事已至此，孩兒豈能龜縮於此，等待他人紓解危難？請陛下與父王放心，我與阿南，定當竭盡全力，爭取生機！」

第十六章　永生永世

船隊進入沙洲，在蘆葦蕩的正中心，便是青沉沉的沼澤。

阿南上次探索過這片看來人畜無害的沼澤，知曉它平靜緩慢的表面下極為凶險，才能如此妥貼地保護著六十年前的陣法。

「當年的傅靈焰，又是如何在這邊設下陣法呢？」阿南推敲著地圖，不甘心道：「既然有陣法可破，那必然得先有這個陣法。既然她能在這裡設下陣法，我們又為何不能用她的方法來破解呢？」

「南姑娘說得對，確實是這個道理。」傅准拍手讚賞道：「不過，我剛好看過拙巧閣的記載，關於如何在沙洲沼澤中設陣，講得很清楚。先在旁邊設置板材，阻隔流動的泥水，然後連續戽水，同時運送泥沙填入其中，終於得到了乾硬的土地，然後才得以開始施工。」

可如今，陣法已坍塌，他們就算阻隔了沼澤，也沒有徹底挖掘的意義了。

墨長澤、諸葛嘉和楚元知等人被緊急召集，商討破陣之法。但倉促之間，眾人對這個沼澤都是手足無措。

沼澤並非常見的地形，而陣法多在大山巨壑，如果是行軍打仗，更是都在平原大川上設置殺陣，哪有在沼澤上設陣的先例。

「其實，這也可以算作是一個水面，只是這水面咱們沒辦法用船駛進去。」阿南蜷縮在椅中，若有所思地繞著頭髮，看向外面茫茫江面。「說起來，我們在海上之時，尋找方向是我最為擅長。以水流與風向，以星辰與日光……」

說到這裡時，她的眼睛忽然亮了，猛然坐直身子，說道：「從空中！以飛翔之物測算及指引方向，自然就不會受水流和炫光影響了！」

在空中機械飛翔的物事，自然不會被日光迷了眼睛，更不會被水流影響，只會按照設定好的方向，執意地撲向自己的目的地。

她當初送給竺星河的蜻蜓，便往往藉助風力，從她的船飛向竺星河的船，以快慢和角度來傳遞她的心情。

可惜，她的蜻蜓已經永遠地埋在了順陵神道之下。

但幸好——

她的目光，落在了傅准肩頭的孔雀上。

傅准一下子便知道了她想幹什麼，立即抬手護住自己肩上的吉祥天，說道：「妳盯著它幹麼？眼睛賊溜溜的……」

「什麼叫賊溜溜，咱們什麼交情了，為了天下大義，為了江山百姓，你就把你的鳥借我們一下又怎麼樣。」

阿南說著，抬手便揪過吉祥天的翅膀，將它在手裡掂了掂：「怎麼才能飛最久？」

「我們什麼交情……妳說呢，恨不得殺我以洩心頭之恨的南姑娘？」傅准瞟她一個白眼，無奈地伸手打開吉祥天的腹腔，探入其中將旋條上緊，又取出一盒香脂揉開，將它全身羽毛塗抹一遍，以免在落水後羽毛沾溼弄髒：「吉祥天雖可藉助於空氣的浮力而振翅，但它畢竟自身有重量，也不可能一直飛下去。不過妳有個優勢，可以用流光時不時遠端給它續個力。」

說著，他從懷中掏出一只小小的哨子，遞到她的手中：「若是離得太遠，流光夠不到，而它展翅的力量式微了，就吹響這哨子。它能啟動吉祥天體內的一個閥門，令它降低飛行，並且向發聲處貼近，到時候記得要接住它，別讓它掉進沼澤裡了。」

阿南隨手將哨子塞進袖袋：「掉下去應該也沒事吧，當時在西湖裡，它被捲入暴風雨中，還不是被你撿回來重新修復好了？現在還是毛色鮮明漂漂亮亮的嘛。」

傅准欲言又止，終究還是忍不住，說：「其實，當時吉祥天都禿了，我後來薅了好多孔雀的羽毛，終於才將它修復好的。」

「那也沒什麼，反正孔雀都長得差不多，誰的羽毛都一樣用。」阿南鐵石心腸毫不在意，抬手便讓吉祥天振翅起飛。

依靠空氣的力量而展翅騰空的機括，在鬆開旋條之後，雙翅立即在空中招展扇動。

轉瞬之間，吉祥天脫離了下方的蘆葦與沼澤，根據水波渦流通道，飛向了前面方向。

阿南一招手，躍上水板，手中木杖划動，率先跟上了吉祥天。

後面的人紛紛隨她而行。一群人向著前方划去，越過了沼澤，如同在青鳥的指引下朝聖的人們，於層層盛開的青蓮水波上飛渡，向著最終目標匯聚而去。

這沙洲地形環環相套，他們從江上來到沙洲，又從沙洲入蘆葦叢，過蘆葦叢進沼澤，又進入了沼澤中心。

沼澤的正中心隱在一層水波之下，卻不知為何，有一圈圈漣漪蕩開來，顯出一種異樣寧靜又明顯有萬千驚濤駭浪藏於其下的不安感。

阿南向朱聿恆打了個手勢，催動腳下的木板要靠近查看之時，卻忽然聽到腳下傳來輕微的嗤啦聲響。

她不由皺眉，低頭看去，卻發現木板被卡在了水上，再也前進不得。

她俯下身，探手入水下一摸，臉色微變。

原來，在寧靜的水面之下，隱藏著的是大片凹凸不平的尖銳碎石。木板在上面擦過之後，不是被卡住，就是被劃破，無法再前進。

朱聿恆自然也察覺到了，他示意眾人都停下，然後划動木板靠近她，問：

「我看接下來，咱們得放棄木板了？」

阿南點頭，思索片刻後，才道：「這樣，你先在這邊等著，我想想過去的法子。」

朱聿恆看向她腳下卡住的木板，眼中流露出妳準備怎麼過去的疑問。

阿南向著後方沼澤外突起於水面的幾座小沙丘一努嘴，道：「靠山吃山，靠著沙洲，那就用沙子了。」

在眾人不解的目光中，阿南示意他們將沙丘的沙子搬運來，撒在沼澤之中。

雖然水上板承載不了多少，但人多便很快，轉眼間沙子便被陸續搬運來，在阿南的指引下，以鏟子飛撒入沼澤中。

但沼澤如此巨大，即使沙丘被搬平，也只讓沼澤顯得更為黏稠一些而已。

直到幾座沙丘都被他們鏟平，撒入了沼澤之中，阿南蹲下去伸手抓了一把，連沙子帶水一起抓起，在手中捏了捏，然後滿意地讓朱聿恆看。

她捏在手中的一團泥漿，被她捏成了小小一坨泥塊，看起來硬邦邦的，但等她鬆開手後一瞬，便只見那團泥塊又滲出水來，在她的掌心化成了一團溼糊的泥漿，融化在她的掌心之中。

朱聿恆一時不太理解，為何她手中握著的這一團明明是固體，為何會在她鬆開的時候又變成了液體流出來。

「這是我在海島上揉麵做饅頭的時候，發現的怪異現象。就是粉塵類的東西——比如麵粉吧，當你不加水，就是粉末，加多了水會太軟，加少了水會太硬。但當你的水加得不多不少，到了一個固定的比例，麵糊就會和眼前的泥漿一樣，形成一種奇怪的狀態，你用力拍打，它就是硬的，而你鬆開它的時候，它反而會像水一樣流淌下來，毫無著力感。」（註2）

朱聿恆順著她的手，看向面前這片已經被填埋了部分的水域，沉吟問：「所以……」

「所以，如今這片沼澤也是這樣。如果我們飛快地衝過這片沼澤，那麼因為我們的腳在上面突然撞擊，會使它變得堅硬無比，足以承受我們的身體，讓我們奔過這片水域，到達那個中心點。」

朱聿恆抬頭看著沼澤，看著這片似乎足以吞噬世間萬物的沼澤，臉上滿是不敢置信的表情：「可如果……它和妳所想的有出入，並不能在我們的衝擊下變成堅硬的地面呢？」

「那麼，我們就陷入其中，再也沒有辦法出來了。」阿南臉上笑嘻嘻的，說得輕鬆。

註2　指非牛頓流體。

但朱聿恆哪敢像她這般輕快，見她抬腳便要衝過去，立即抬手，示意廖素亭將繩索拿過來，繫在她的腰間，說：「好歹得有個萬一準備。」

「還是你想得周全。」阿南朝他一笑，活動了一下手足，然後抄起一塊水上板拿在手中，飛速向著前方衝了出去。

她的腳掌，重重地踩向了下方沼澤，眼看便要被這片沼澤吞噬進去。

所有人的心都提到了喉嚨，皆知沼澤無比柔軟稀爛，即使一個人趴在上面，也會慢慢地沉下去，何況阿南如今的腳如此用力地踩踏，眼看便要迅速沉下去——

但，她的前腳掌在接觸到沼澤的一剎那，忽然之間，所有人都瞪大了眼睛。

因為，他們看到她的腳在沼澤上一踏而過，並不如他們所擔心般沉入水中。甚至，他們可以看到她的腳像是踩上了堅硬的石板一般，泥漿緊緊地承托住了她的腳掌，讓她足以在上面再度躍起，然後向前飛撲而去。

另一隻腳，踩上了另一塊地面。

她在沼澤上向前衝去，如履平地，就像在通衢大道上奔向前方，直到脫出了這片地下充滿碎石的地面，躍出了他們用沙土填埋過的區域，才立即將手中的木板丟出，翻身而上，站在了木板之上，在水面上流暢轉身迴旋，穩穩站住。

在眾人下意識的歡呼聲中，她回頭看向朱聿恆，朝他招了一下手。

朱聿恆知道肯定是無虞了，因此也如法炮製，抓過她遺留下的木板，如她一般向前衝去。

即使看到了阿南那驚人的操作，但直到下方的泥漿緊緊托著他，讓他可以再度躍起，如同踏在最堅實的地面上一般，他才覺得奇妙，心下不由又驚又喜。

他牢記阿南的話，知道此時不能停留，只要動作一慢下來，腳下的泥漿沒有了擊打的力量，便立刻會恢復成那柔軟的形狀，到時候自然會將他淹沒。

他以最快的速度向著阿南奔去，就在即將靠近她的同時，卻忽然覺得腳下一軟，似乎要陷進水中去了。

他低頭一看，不由得暗自皺眉。

原來這裡距離已遠，他們在撒沙土的時候，這邊並沒有撒均勻，按照阿南的說法，怕是這邊的泥漿太稀了，無法形成她預設的那種形態，因此，無法托舉住他的身體。

他未存半刻猶豫，手中日月立即出手，向著阿南揮去。

阿南與他配合何等默契，一看他的動作微滯便知道他遇上了什麼情況，立即揮手將他拋來的日月拉住，天蠶絲被她收束於手中，用力向後一扯。

朱聿恆的身體在即將陷入沼澤之時，及時得到了這拯救的力量，立即向上拔起，躍向了木板上的她。

隨即，他拉住了她的手，在她的手臂上稍一借力，將手中的木板丟向水面，躍了上去。

這如驚鴻掠水般的起落與急救，讓後面的人看得目瞪口呆，待了片刻後，才趕緊如法炮製，向著他們而去。

等眾人有驚無險，全部到達中心點後，才發現萬千青蓮簇擁的沼澤中心，竟然平滑如鏡，除了死寂的沼澤泥漿之外，一無所有。

原本緊張無比、做好了一切防備的廖素亭，看著這片鏡面般的沼澤，頓時失望地喃喃：「怎麼會……什麼都沒有？」

「誰說什麼都沒有？」阿南指著死寂水面，道：「別處的水泡交織，形成青蓮圖案，說明下面就是沼澤在產生瘴癘之氣。而這下面，卻沒有任何氣泡，你說……」

廖素亭眼睛一亮，立時道：「下面不是沼澤，是別的東西！」

阿南向他一笑，朝後方打了個招呼：「墨先生，用你的兼愛勘探一下吧，確定方位範圍及地層薄厚。」

兼愛需要絕對靜止的水面，眾人都退到一邊，只留墨長澤在水上測量。

日已正午，後方送了食水過來，眾人停在沼澤之上，也不願浪費時間離開，就著腥臭的水氣，匆匆填腹。

阿南與朱聿恆站在水上，她一邊吃著東西，一邊看著遠處勘探的墨長澤，道：「沼澤中心出現實地了，是好事，也是壞事。」

朱聿恆思索片刻，回答：「好事是，瘴癘之氣被屏絕於外，當年形成赤龍的可怕力量已經消失了。」

「而壞事是，不知道下面坍塌情況如何，還有沒有進去的路徑。」

如今時間緊急，哪還能容他們挖掘通道前行，只能寄希望於下方情況不至於絕望。

在這最後的時刻，兩人在沼澤之上分吃一塊紅豆糕。即將面臨的絕境就在咫尺之遙，這或許是他們最後一頓飯。

可他們都不急不慢，平靜而緩慢地在日光下吃著手中糕點，遠眺著周邊沙洲蘆葦。

金色的葦葉上壓著銀色的薄雪，而下方已有淺碧的蒹葭初生。無論寒冬如何徘徊，春意已經無法阻擋。

阿南側頭看著身旁的朱聿恆，忽然笑了出來，抬手幫他擦了擦嘴角黏著的一顆紅豆：「哎呀，好大的人了還這樣，真像小貓咪……」

朱聿恆垂眼望著她認真貼近的眼睛，不自覺地微笑嘟囔：「妳才是小貓咪。」「你也差不多呀，人前大老虎，人後小貓咪。」阿南的手從他已經擦乾淨的臉頰上緩緩下滑，撫過他的脖頸，扣在了他的後腦杓上。

日光照在他們身上，也照在這平靜的沼澤之上。

人群就在不遠處，攸關他們往後餘生的陣法就在腳下，下一刻便是狂風暴雨。

可她那雙幽深又通透的漆黑眼睛，透過睫毛盯著他，卻掩不住眼角微揚而洩漏的笑意：「皇太孫殿下，跟我講一講，除了我之外，你還在別人面前，像隻小貓咪一樣嗎？」

「誰像小貓了……」朱聿恆顯然有些不滿，他那雙迷人奪魄的手扣住她的下巴，將她的脣微微抬起。「不過，如果妳說的是這樣的話……」

他說著，見周圍人並未注意這邊，便像隻耍無賴的小貓一樣，在她的脣上飛快地輕啄了一下，聲音變得模糊如呢喃：「那，我當一下小貓咪，也未嘗不可……」

身後風雨欲來，明知道下一刻便是要決定生死的一番冒險跋涉，但此刻他們依偎在水面之上，就像兩隻相擁取暖的貓兒，旖旎繾綣，都捨不得放開彼此。

確定好附近地形，墨長澤草草畫出地圖，示意他們圍攏過來：「下方空洞確已被炸塌了大半，唯有這片地方是比較堅硬厚實的岩殼，因此而保存完整，應當是個直上直下的空腔，不知道南姑娘準備怎麼下去？」

阿南毫不猶豫道：「周圍以板障排水，把沼澤擋在周邊，中間炸開，我們下去。」

要炸開水下岩殼，又不能波及旁邊的板障，這世上能辦到的人屈指可數。幸好，他們這邊就有個楚元知。

勘探周圍沼澤深度，木板一塊塊運送來拼接阻隔，雖然以整個朝廷之力支持，一切火速進行，但還是費了足有一個多時辰。

待到沼澤大致不再流通之後，轟然聲響中，平靜水面陡然爆炸下陷，水面頓時坍塌，現出下方空洞，聲響久久迴盪。

楚元知帶人緊急修補木板滲漏處。而阿南與眾人早已蒙好面，等到洞內硝煙稍散，便在腰上捆繫繩索，沿著炸出的洞口，攀援而下。

沙洲沼澤之下的洞穴，溼漉不堪。上方泥水滴答下滲，下方則是溼滑石坑，土石雜亂。

他們小心翼翼落到坑中，打起火把查看四下情況，順著石壁向前爬行。

前方通道上盡是墜落的巨石，胡亂堆疊阻塞，顯然是當年爆炸之時被震下來的。

傅准腳步雖然虛軟，速度倒不比他們慢，一邊走，一邊按照當年記憶探索地下通道，確定了坍塌處並非機關中心後，指引他們往深處前行。

眾人跟在傅准的身後探尋向前。火把照出被土石掩埋的殘破木石結構，顯然是當年陣法留下的遺跡。二十年前陣法發動之威顯而易見，地下空洞坍塌了大半，如今可供通行處並不多，關鍵道路更被徹底掩埋。

這漫長的道路，若要從上面調工匠下來挖掘，非三、五月難以徹底清理。時不待人，只能冒險讓楚元知上炸藥，頂著殘餘結構二次坍塌的危險，竭力清理出堵塞土木，從大型結構的間隙勉強鑽過去。

黑暗而沉悶的地下，難以分辨距離，曲曲折折艱難探索中，阿南忽然停下了腳步，示意眾人傾聽。

前方濃黑之中，傳來了緩慢的喀喀聲。

傅准在石壁上草草繪了個地圖，計算他們一路走過來的道路。

朱聿恆藉著火把的光掃過地圖，估算著距離，道：「看來，咱們快到機關中心之處了。」

傅准點頭，溼悶的地下氣息渾濁，讓他的輕咳更顯虛弱：「若是所料不差，前方便是第一個關卡處了，還請諸位多加小心，尤其是動作要盡量輕緩，以免驚動那些守衛們。」

「守衛？」廖素亭錯愕問：「什麼守衛能在這種鬼地方待六十年？他們能打嗎？」

傅准淡淡道：「說不準，去看了再說吧。」

艱難鑽過極為狹窄的曲折裂隙，一路冒險連炸帶鑿地從堆疊的石縫間鑽過，他們面前，終於出現了一個稍微寬闊的地方。

如韓廣霆所料，以玉刺強行提前引動的機關並未徹底啟動，裡面殘留的陣心，終於迎來了它們等待已久的一甲子時刻。

坍塌殘餘之地，他們看見陣心是個足有十丈方圓的巨大木盤，上面有峰巒湖泊，亭臺樓閣，更有無數仙女瑞獸在其間飛翔盤繞，儼然是一座微縮的天宮。

木圓盤借用了千萬年不絕的長江水為動力，即使過了這麼多年，它上面木雕的仙女們依舊在池上緩慢地跳舞，麒麟龍鳳在林間穿梭上下，喀喀運轉挪動。

阿南立即加快腳步，來到圓盤面前查看情況。

巨大的圓盤足有兩丈來高，厚達半丈，上面陳設的樓閣山巒有了幾處殘破，顯然二十年前陣法發動時發生了缺損，但中心因為保住了，因此還在運轉。

耳邊是轟隆隆的聲響，圓盤帶動了地下槓桿與銜接而動，使得後方傳來巨大的影影綽綽的動作，顯然後面有什麼東西被牽引著，只是在黑暗中無法看清。

阿南回頭看傅准，問：「怎麼讓它停下來？」

傅准往旁邊一指，面帶苦澀：「停不下來了。」

眾人隨著他指的方向一看，牆上只剩了一個碗口粗的深洞。想必當初牆上設置了槓桿，可二十年前在陣法發動之時，它便已經徹底毀壞了。

但如今這圓盤就阻在地下最狹隘處，要進入後方機關，唯有越過它。

阿南掠了掠鬢邊亂髮，問傅准：「還有其他路嗎？」

「沒有了，只能從這裡過去。」

「我去探一探。」阿南俐落地紮緊了頭髮，抄起火把躍上圓盤。踏在她小腿一樣高的仙女群中，想要詳細查看陣法內部。

猛聽得身後震響，一道風聲驟然掃過，擊向正在觀察的阿南。

「小心！」下面的人立即示警。

她反應迅速，縱身後仰避過攻擊，在下墜的過程中高舉火把，照亮後方情形。

黑暗之中，一個巨大的傀儡木人赫然呈現，似是察覺到圓盤上落了異物，它揮動手臂，狠狠攻擊向站在仙女群中的阿南。

原來傅准所說的守衛，就是這巨大的木人。

阿南拔身而起，躍向對面琉璃鑲嵌的湖泊。

而木人那對關節活動自如的手臂舞得水洩不通，再度向她狠狠砸去。

在眾人的驚呼聲中，傅准一拉廖素亭，指向地面。

廖素亭立即搬起地上斷裂的石梁，在他的指示下，重重拋向圓盤一角。

只聽得喀喀聲響，那圓盤實在太過巨大，而且堅實無比，石梁砸在上面只倒了幾棵假樹，盤身毫髮無損，只略微傾了傾。

但，木人已經迅速轉換了攻擊方向，石梁在掉落的剎那被迅速掀飛，向他們重重飛來。

眾人慌忙閃避，只聽得一聲悶響，石梁已摔斷在石壁上。

趁著攻擊轉換間隙，阿南拔足而起，向下躍去，被一雙臂膀牢牢抱住。

不需回頭，她也知道抱住自己的人是朱聿恆。

她藉著他的手臂站住，恨恨盯著木人：「難怪坍塌後所有的土石都落在圓盤周圍，沒有影響到機關內部，原來這些木人還懂清障。它們那動作，一方面是為了保護機關，擊退來敵，另一方面則是為了清除障礙，真是設想周到！」

墨長澤望著那些木人，讚嘆道：「聽說古代偃師能刻木蒙革為人，栩栩如生真假能辨。而唐朝《朝野僉載》上有木人能跑堂、化緣、捕魚，本已屬千古難得，沒想到傅靈焰能設置這般木頭金剛力士，在這邊守衛六十年……」

「金剛又怎麼樣，力士又怎麼樣，總不過就是些木胎泥塑，我就不信死物還能攔得住咱們活生生的人！」

阿南撂下狠話，向朱聿恆抬手示意，便迅速射出流光，勾住上方巨大木人的頭顱，躍上了圓盤。

果然，圓盤上的壓力一產生變化，那木人的攻擊便隨之而來。

阿南在旋轉的圓盤上飛躍，順著木人擊來的手臂，躍到了巨大木質圓盤對面。

然而，她的足尖剛一點上邊緣，木人的手臂便隨之而落，如影隨形般直擊向她的身影。

阿南一邊躲避，一邊朝下方朱聿恆喊：「阿琰，它是根據圓盤的壓力而牽引攻擊的，也就是說，我們的攻擊落在何處，這木人體內的機括便會隨之向受壓處攻擊！」

朱聿恆與她心有靈犀，再一想剛剛傅准的應對策略，哪還不明白，立即以日月勾住木人的身軀，躍上了它的肩部。

然而，木人的身上，似乎也有相同的機括存在，木質巨臂脫離阿南，立即擊向了他。

在急遽如風的攻勢中，朱聿恆迅疾閃避，阿南也趁著攻擊暫時脫離而向著圓盤另一處躍去，尋找下方的機括。

木人的手臂，感受到了圓盤上的力量，又再度回轉，擊向下方的阿南。

只聽得木人手臂喀答喀答響個不停，兩人配合默契一起一落，此起彼伏，就像兩個攀爬在大佛身上的小娃娃，卻一時將這個木人玩得如同牽引繩索的傀儡般。

下方眾人明知不可坐視殿下以身冒險，可望著上頭這兩人，誰也不敢說自己能代替他們中的任何一人做到如此毫釐無差的配合，足以在險之又險的微毫之間，給對方爭取到短促的機會之際，也準確抓住對方創造的時機。

因此，他們唯有屏息靜氣，瞪大眼睛，仰待他們破陣。

趁著朱聿恆給自己爭取的間隙，阿南終於查到了圓盤上維持機括穩定的內心，正在天宮最中心處。

她心下一喜，臂環中的小刀彈出，立即便插進了木頭外殼，往下用力一撬。

可惜，圓盤巨大，木殼也厚，精鋼刀子撬得彎曲，木殼只被她撬得飛斷表面一塊，下面的卻完好無損。

「阿琰，匕首！」阿南抬手示意他。

朱聿恆一個折身避過木頭人的手臂，抽出麟趾擲給了她。

阿南一把接住，削鐵如泥的匕首直插入圓盤連接處，在木人手臂揮來狠狠擊下之際，她一把抱住手臂，藉著那巨大的揮舞力量，將麟趾重重地往下一壓。

在木人的重擊之下，木屑紛飛，麟趾徹底插進了天宮最雄渾的大殿之內，直抵榫卯相接處。

隨即，阿南翻過木人手臂，抬腳狠命在刀柄上一踹。

圓盤頓時被掀開一個大口子，木製精巧的仙女、花樹、瑞獸紛飛散落間，巨大的木殼被掀落，露出了裡面緊緊咬合運轉的巨大複雜機括。

阿南一眼便看見了裡面那些糾連的機括，她一把躍下木人的手臂，示意朱聿恆拉好木人的注意力，然後俯身下到機括中，一刀挑向裡面的勾連棘輪。

然而，出乎她的意料，她這必中的一刀，竟然並未得中。

愣了一下之後，她抬眼一看自己的手臂，頓時明瞭——

因為木人的震動，她的身體也在其間隱約震動。在這髮絲般精微的情形之下，她手腳有傷，無法徹底控制手臂做幅度極為微小的震動，對面前這機括竟無從下手。

她氣恨地捶了一下自己手臂關節的傷處，無奈抬頭，對著朱聿恆喊：「阿琰，我來拉住木人，你探尋結構，拆除機括！」

「好。」朱聿恆毫不猶豫，身形落下。

而阿南拔身而起，將木人的手臂引向他的頭顱。

朱聿恆趁著它的攻擊上升之際，立馬伏身於缺口處，查看下面各個咬合的關節。

阿南以流光勾住木人的頭顱，一躍而上蹲於最頂處，提示道：「阿琰，右上方那幾個棘輪！」

朱聿恆的目光立即落在缺口右上，果然看見幾個咬合的棘輪，運行方式十分古怪。

他立即倒轉了麟趾，敲擊向那幾個棘輪。

叮噹的震盪聲響起，並立即通過相連的棘輪，在下方久久迴盪。

朱聿恆側耳傾聽，而木人顯然已經感覺到了這邊的震盪，手臂立即向下狠狠揮出，重擊向正在凝神傾聽的朱聿恆。

而阿南早已起身，在木人頭頂重重一跳，以重壓引走它的注意力。

就在木人的手臂向上急揮，重重擊向自己腦殼的同時，阿南故意在上面多停留了一瞬，等到手臂堪堪揮到之際，才一躍而起，猛撲向下方的朱聿恆。

風聲從她的耳畔閃過，木人手臂以毫釐之差掃過她的脊背，重重擊在了它自己的頭上。

只聽得轟一聲巨響，它將自己的腦袋給擊垮了半邊，整張臉頓時崩塌下來。

立於下方的廖素亭慌忙蹦跳著躲避破碎的木臉，一邊大喊：「殿下，南姑娘，千萬小心！」

阿南哪顧得上回答，她落在朱聿恆的身邊，瞥了他面前的機括一眼，急促說了一聲：「下方必定是槓桿牽引，你重新調整勾連處即可！」

朱聿恆應了一聲，又急道：「小心點，妳引開攻擊就行，別太冒險！」

「好。」阿南應了，見朱聿恆已經著手連接自己所說的相接處，便迅速衝上木頭人的肩部，再次引開那條即將砸向朱聿恆的巨臂。

就在足尖踏於木人肩上的瞬間，她看見朱聿恆的手，已經準確而嫻熟地撬開了下方的槓桿。

在間不容髮之際，那雙曠世無匹的手控制住了最細微的顫動，穿過槓桿迅疾抵住了下方的棘輪，一按一壓之際，將其準確地嵌入了勾連之中。

喀喀聲中，圓盤猛然一震，隨即，下方棘輪被帶動，進而千萬個相卡的齒輪一起運轉，如同牽一髮而動全身，在喀喀聲響中，一起逆向運轉了起來。

在這一瞬間，阿南望著阿琰堅定精準的手，心中忽然湧過一陣難言的感傷與喜悅。

去年春末，她與他剛剛見面。

那時的他，還是對機關陣法一竅不通的人。而她透過雕鏤的屏風空洞，看見了他的那雙手，一瞬間，她既嫉妒又羨慕，心口湧起了對一雙手強烈、前所未有的熱愛。

她想要得到那雙手。

而如今，她得到了手，也得到了它的主人。

這算不算，夙願得償。

又或許，比她想要的還要更多。她不僅得到了他的手，還得到了他的人，他的心，他的生命，他的一切……

誰能想到，這一年的光陰流轉，他們終於走到了一起，以後，一生，都屬於彼此。

腳下震動漸沒，圓盤轉動放緩。傅准的聲音從下方傳來：「殿下，仙宮最高處！」

朱聿恆抬頭看去，圓盤正中高聳飄渺的仙宮之中，最高處便是一座重簷攢八角的高閣。

而在高閣屋頂之上，原本該爍爍放光的攢心寶頂，如今只剩了空空如也的一個凹痕。

那凹痕的大小，不偏不倚，好像正是……

他伸手入袖，迅速取出那顆白玉菩提子，足尖疾點，撲向高閣。

木人的手臂挾巨大風聲，劈向他的身軀。

而他險之又險地騰身而起，側翻過重擊而下的木臂，抬手將菩提子重重地按向了高閣寶頂。

圓盤停了下來，木頭人的攻勢頓在半空，一切彷彿在瞬間停止。

阿南高舉火把，看向下方的傅准，在他肯定點頭之際，他們抬起雙手，狠狠地推動了圓盤。

圓盤上所有的仙山樓閣天女瑞獸全部散落，巨大的圓形分散翹起，如一朵巨大的蓮花，蓮房上火光轟然亮起，照亮後方通道。

在殘缺的洞穹之下，後方一個個木頭人依次放下了自己的手臂，垂下了頭，就如一排巨大的黃巾力士在他們面前躬身行禮，退讓出了一條通道，讓他們通過。

火光穿越狹長通道，他們看見盡頭的岩壁上，繪著巨大一隻青鸞，口中銜著一枚鵝卵大的瑩潤玉石，翱翔雲端。

傅准抬手指向那塊玉石，一貫陰陽怪氣的聲音也夾雜了一絲激動：「那便是玉母礦，山河社稷圖的子母玉刺，還有南姑娘妳身上的影刺，便是從中取來。」

阿南與朱聿恆互相對望一眼，高舉手中的火把，他們繞過已經收攏的圓盤，向內走去。

青磚鋪墊的地面，已經在二十年前的巨大震盪中扭曲變形。他們踏著凹凸不平的地面，穿過垂手而立的巨大木人，向著青鸞疾步衝去。

然而，他們奔得太急，就在青鸞前不到一丈之處，腳下踏空，身子一傾，差點摔了下去——

一條深長的裂縫，赫然橫亙於通道之中，將他們與繪著青鸞的洞壁硬生生隔開。

兩人在黑暗中奔著玉母礦而來，哪料到這裡會突然出現裂隙，一時差點收不住腳。

阿南一把拉住朱聿恆，手中流光疾飛，捲住旁邊一個木人的腳，兩人及時拉回身形，趴住了裂隙邊緣，重新爬上來。

阿南撿起掉在地上的火把，照向對面。玉母礦還在對面的青鸞口中瑩潤生輝，可提前發動的陣法顯然在爆炸時震壞了山洞，造成了這條溝塹。

若是平素，這點距離他們根本不在話下，藉助流光或者日月，輕鬆便可來去。

可此時深溝對面，是平直如鏡的一片山壁，撲到對面時，即使不會滑落，也無處借力撬出玉母礦。

就算勉強將玉母礦拿到，使力之際也定會下滑，在無處借力的光滑洞壁上，唯一的可能就是下滑墜落。

阿南俯頭向裂隙下方看去，踢下腳邊一顆小石子。

下方是湍急水流，迅速捲走了石子。他們雖然都會游泳，但在這溼滑的石壁夾縫間被湍流捲攜沖走，定然只有撞得筋骨折斷的下場。

阿南略一思忖，示意朱聿恆：「我跳過去，將它挖出來。你時刻注意我，一旦有下滑的跡象，立即以日月抓住我。」

朱聿恆點頭，道：「好，務必小心。」

阿南抓過他的麟趾，緊了緊自己的衣袖，正要向對面躍去，卻忽然聽到傅准輕咳的聲音，問：「你們難道忘記了，這是玉母礦？你們身上的玉刺皆是從中而來，一旦你們碰觸到之後，會有什麼反應，知道嗎？」

阿南怔了一怔，揮動臂環，手中流光飛擊，向著對面青鸞口中的玉母礦擊去。

只聽「叮」一聲輕響，她四肢的傷處與朱聿恆的奇經八脈皆是一震，全身力氣頓時抽離，差點站立不住。

「挖取玉母礦，正是要藉助它的共振之力，清除你們傷處的碎末。是以，你們擊打撬動玉母礦之時，身上的傷口自然會有反應。」傅准的面容在火光下似笑非笑，反問：「你們覺得，在這般情況下，殿下有機會及時拉住妳，而妳又能有力氣爬上來嗎？」

阿南憤憤地直起身子，死死瞪著他：「少說風涼話了，你既然跟著我們過來了，肯定有辦法拿到它！」

「咳咳，南姑娘別這麼急躁啊，妳明知道我是過來戴罪立功的。」傅准捂嘴輕咳，火光下臉頰暈紅，瞧著她的目光似帶著氤氳水氣。「二十年的祕密揭曉，我、舅舅、拙巧閣……當年的所作所為，顯然都不是聖上可以容忍的。東海瀛洲被夷為平地，已經是斬釘截鐵的事情了。可是我……得找個辦法保住它，保住我祖母、爹娘和我三代人的心血，保住裡面積累了六十年的成就……」

世上所有人都知道皇帝手段酷烈，不可能允許任何人在自己眼皮子底下欺瞞自己，更何況，他們掀起了這般風浪，摧毀了社稷牽繫的皇太孫，左右了王朝興替存亡。

阿南聽他的聲音有些怪異，向朱聿恆看了一眼，尚未說什麼，卻見他的身形一晃，已經站到了裂隙邊緣。

「離遠點。」

阿南與朱聿恆知道必定會有大事，立時下意識地向外退去，遠遠避離。

而傅准的手掌微抬，指尖上的晶光微閃，萬象終於第一次在他們面前現形。只有光沒有影的細微芒針，與渤海水下那些看不見的攻擊一般，在火光中閃一閃便消失於黑暗中，詭異又從容。

傅准袍袖一展，身形如鶴，棲落於對面洞壁的青鸞之畔。

他的手按在青鸞之上，手中萬千光線如網密織，旋轉飛閃，將母玉重重包裹。

黑暗悠長的洞壁之中，忽然傳來啵的一聲跳動，彷彿沉睡的巨人被喚醒，重新開始了第一下心跳，他們的腳下，驟然震動。

阿南睜大眼，看向青鸞之前的傅准。

他的手還按在母玉之上，周圍的震盪開始劇烈，那牢牢鑲嵌在石壁上的玉母礦也逐漸鬆動，眼看便要自青鸞口中墜落。

與此同時，這洞中的一切彷彿開始甦醒般，逐漸動搖起來。

玉母礦牽繫著傅靈焰當年設下的所有陣法，這六十年前的陣法，二十年前便被震得搖搖欲墜，如今被玉母礦再度重啟，兩壁與洞頂的石塊簌簌下落，向下亂砸。

「退避出去，不要留在這裡！」

傅准的聲音從未如此急促過，可阿南勉強維持身軀，眼中死死盯著那塊玉母礦，不肯動彈。

「出去！」

朱聿恆一把拉住阿南，兩人護住頭，擋住下落的石塊，向外衝去。

然而，面前那一排十二個巨大傀儡，已經因為落石而全部驅動，正在瘋狂掃落自己面前的落石，手臂無序橫掃，甚至因為交錯而互相猛擊，木屑橫飛，震聲迴盪。

阿南與朱聿恆仗著身法極力躲避，但外面一個木人已難以應付，更何況如今十二個木人一起發動，洞內又是這般動盪搖晃的情況，他們左支右絀，終究難以衝出傀儡陣。

而傅准貼在劇烈震盪的石壁之上，再度催動萬象。在急轉的光華之中，母玉終於微微一跳，從青鸞口中脫出，向下墜落，眼看即將永遠沉沒於地下黑洞內，滾滾波濤中。

傅准俐落抬手，險之又險地將它接在手中，回頭看向阿南與朱聿恒。

巨大木人的手臂運轉混亂，排山倒海般的攻擊攜帶驚人力量，在洞穴中的震動轟鳴聲中，狂亂擊向中間閃避的兩人。

阿南循著木人攻擊的空隙與節奏，直撲向剛露出的空隙。誰知她尚未來得及落地，洞頂上一塊巨石忽然壓下，砸在木人的肩上。

那原本已被她避過的手臂，在石頭的重擊下，偏離了運轉軌跡，向著阿南的後背重重擊打了下去。

身後眾人的驚呼聲尚未響起，朱聿恒已不顧一切，穿透那密不透風的攻擊，撲向阿南。

就在他的手指緊抓住了她衣襟的剎那，猛然間一陣風從身後襲來。他知道，是木人的手臂，在向他重擊而下。

但，他並沒有改變自己的身形，因為，他哪怕只躲閃一寸，也將失去救護阿南的最後機會。

就在他抱住阿南，將她推出攻擊範圍的剎那，耳後的風聲已經重重劈來。

可，想像中那沉重無比的擊打卻並未落在他的身上。
時間彷彿凝固了，那些瘋狂的傀儡木人，在一瞬間放慢了機關。
僅只這倏地而逝的剎那，卻已經足夠朱聿恆與阿南兩人抓住最後的機會，向外撲去，穿越這泰山壓頂般的十二木人，脫出這即將坍塌的凶陣。
是傅准在取到玉母礦後，手中的萬象瞬間翻轉，射向了面前木人。
萬象無形，變幻難測，莫之能言。
隨著他掌心的撥動，那十二個瘋狂失控的巨大木人動作開始緩慢起來，就如他手中有千萬條看不見的線，在牽引著他們徐徐動作。
他一手握著玉母礦，一手掌控木人，已無法借力從石壁上躍回。
阿南撲出洞口，急遽轉身，隔著十二個瘋狂的傀儡木人與不斷下落的土石，看向傅准。
丟在裂隙前的火把已經燒得快要殘滅，她在劇烈震盪中看見傅准的面容，比以往任何時候都更為慘白，那聲音也比任何時候都更顯得飄忽，但他臉上卻沒有了那種陰陽怪氣的神情。
隔著即將坍塌的動盪空間，他望著她的眼神卻如沉在深海中一般，平靜無波。
就像當年她殺出拙巧閣，重傷逃竄入長江，在兩岸青山相對的崖壁之上，天羅地網來襲，他攔截住了她。

那時候的他，也是用這樣靜得無聲無息、彷彿逼視命運來臨般的邈黑色眼眸端詳著她，平淡地說：「南姑娘，妳前面沒有路了。」

而如今，輪到他的面前，沒有路了。

她一向是恨傅准的，但此時卻無法遏制，衝著貼在石壁上的他大吼：「快出來！」

他卻只朝她笑了一笑，說：「多謝南姑娘……只是妳看，我左手是你們的命，右手是控制木人的萬象，我捨棄了哪個，好像都不行。」

洞中聲響劇烈，他有氣無力的聲音被遮掩，聽起來顯得飄忽又殘破。「得了，世間萬象，種種不過命定。我這殘軀，委實也活不了多久了……八歲那年我啟動了這個陣法，二十年後，我就得為自己當年所做的一切，付出代價，了結因果。」

阿南尚未知曉他的意思，卻聽他提高聲音，叫了一聲：「阿南！」

她來不及應聲，便看見他手中光芒一閃，已將玉母礦丟了出來。

他的動作似乎也不快，但所有的落石與木人的動作在他面前都似放慢了，容許那塊牽繫著他們性命的玉母礦在間不容髮的時機中穿透所有阻礙，準確地落在她的面前。

「一切，交給妳了……」

阿南心口一震，尚不知他的意思，只下意識地抓住了玉母礦，緊緊抱在懷中。

那是地洞坍塌前唯一的、也是最後的機會。

玉母礦飛出洞口的刹那，木人密集失控的手臂，齊齊壓了下去。與此同時，巨響在耳邊轟然響起，上方洞壁徹底倒塌，坍塌的亂石與扭曲的手臂瞬間便被黑暗吞噬。

那最後殘存的陣法，已被徹底填埋。

「傅閣主……他、他……」廖素亭盯著那坍塌的洞穴，聲音顫抖。

尚未等眾人反應，更來不及回答，周身已傳來沉悶的一聲巨響。隨即，是巨大的轟鳴聲夾雜著呼嘯的浪湧聲，讓整個山洞隱隱震動。

陣法坍塌，圓盤被撕裂，湍急的水流自下方迸射而出。

一直推動機關的長江水已經倒灌進來，這勉強支撐了二十年的地下空洞，終於到了最後一刻。

眾人立即轉身，向後方奪路狂奔。

身後的陣法轟然爆裂，驚濤駭浪從裂開的洞口疾沖而進，巨大的水流在洞內迴旋，撕開裂口，瘋狂加大。

朱聿恆的日月與阿南的流光同時綻放，緊緊地勾住上方的石頭，此時也顧不得自己的武器會不會受損了，兩人拚了命地抓住彼此，免得在水流衝擊下骨斷筋折。

「殿下，南姑娘，這邊！」

廖素亭的聲音倉皇傳來，他是八十二傳人，最懂逃命，迅速尋到了洞中一道最為穩妥的裂隙。

冰冷的江水衝擊倒灌，很快便徹底淹沒了地下空洞。

眾人在裂隙中互相拉扯借力，抱成一團，強行扛過巨大的衝擊。

待水勢穩定之後，他們立即潛下水，重回陣眼中樞。

首當其衝的陣眼早已徹底潰散，只留下布置機關的通道。他們順著裂隙拚命向外鑽去，擠出裂口，浮出水面。

冒出頭後，他們才發現這邊已是長江岸邊。

不遠處是幾艘正在竭力維持穩定的漁船，因為剛剛驟然的漩渦動盪，江面水波還在劇烈動盪，不遠處更有幾道水柱噴薄而出，差點掀翻了江上船隻。

他們七手八腳爬上了漁船，讓他們划到蘆葦蕩去，找官兵接應。

水下坍塌已經結束，水波漸漸低了下去，最終水面的漩渦一一消失，只有渾濁的黑水還在江面久久不消。

雪後天氣嚴寒，坐在小舟上的阿南與朱聿恆都是渾身溼漉漉，凍得瑟縮不已，唯有靠在一起互相貼著，勉強稍微暖和一點。

岸邊枯黃的蘆葦叢上，忽然有只金碧色的輝煌大鳥飛掠而過，彷彿迷路的幼鳥，在尋找自己的暖窩，久久盤旋。

阿南怔了怔，摸向自己的袖袋，發現傅准給自己的那個哨子居然還在。她對著空中的吉祥天，吹響了哨子。

在江面上久久盤旋的鳥兒，聽到了她的召喚，以機械卻準確無比的姿勢，偏轉了翅翼，向著船上的滑翔而來。

朱聿恆抬起手，將它的足牽住，讓它停在自己的臂上。

而阿南將懷中的玉母礦拿出來，鵝卵大的玉礦已在取用時被掏空大半，而在空隙中，被塞進了一枚青鸞金印。

阿南將它拿出來，握在手中看了看，認出那正是歷代拙巧閣主的印記。

印上殘留的朱紅印泥，在她的掌心中，留下了傅靈焰手書的「大拙若巧」二字。

大拙若巧，大音希聲，大象無形。

這世間種種，陰陽正反，愛恨糾纏，也正如這個道理。

她茫然地抬起頭，回望水波漸平處。

朱聿恆輕輕攬住了她的肩，低聲道：「拙巧閣會安然無恙的，傅准不會枉死。」

阿南低低地，卻固執地道：「禍害遺千年，像他這種人，怎麼會這般輕易死去呢……我想，他應該也和我們、和他之前在渤海時一樣，逃出了舅舅的箝制、拙巧閣的重任、朝廷的制裁，如今終得自由了吧。」

他們都沒再說話，任由船家順著蘆葦蕩，帶著他們向江岸划去。滔滔江水，蒹葭初生，去年殘存的枯黃蘆葦已經在雪中折損倒伏，新生的碧綠葉片已經從水下抽出，過不了多久，馬上這邊又會是綠壓壓一片青紗帳，滿世界生機勃勃，

阿南望著面前這蒼茫水雲，將頭輕輕靠在了朱聿恆的肩上。

而朱聿恆抬起手，用自己那雙劫後餘生，沾染著沙塵卻依舊令她心動不已的手，緊緊抱住了她。

兩人依偎在這小小的船尾，身影在水中相融。

前方是春江潮水，萬里江山，而他們得脫大難，相擁在小小的船上。

他不問她去哪兒，她也不需要問他想去哪兒。

畢竟，她是司南，她指引的方向，就是他前進的方向。從今以後直到永遠，他們將相依並行，永不分離，永無相悖。

尾聲　楊柳依依

陽春四月，天藍如海。

福州閩縣，中國塔依舊高高佇立於回轉激流之上。

順流而下，山崖礁石直插入湛藍大海，嶙峋之中村落散布。

阿南久久望著這片海邊小漁村，這個她追尋了十四年的家鄉，明明就在眼前，卻又顯得渺茫虛幻。

像是看出了她的心思，朱聿恆握住了她的手，帶她向海邊走去。

迎接他們的漁村里長黑瘦硬朗，划著一條窄長的尖底小船，送他們穿過狹窄水道，來到一片臨海礁石上。

這片礁石形成日久，規模足有數十里。福州府位於東海、南海交界處，氣候宜人，礁石上密布螺蜆，岸邊生長著繁盛樹木。

他們從樹下走過，看見岸邊零星分布著許多人家，因缺少磚石，多住在用舊船板釘成的木屋中。

此時正值午後，一個五、六歲的小女孩捧著個缺口大碗蹲在門口吃飯，她頭髮亂蓬蓬，小臉被太陽晒得黑黑的，睜著一雙大大的眼睛好奇望著生人。

阿南朝她多看了兩眼，想著自己小時候是否也是這般模樣，而那小女孩怕羞，捧起碗轉身就溜回屋內去了。

破木屋內一個中年男人走出，護著身後怯怯露頭的小女孩，打量面前陌生面孔，等看見里長，才趕緊打招呼。

里長應了一聲，問：「梁貴，近日沒出海啊？」

梁貴抱怨：「唷，前兩天出海，拖上來的全是蟹爬子，網都爛了。我老婆笨手笨腳，兩天了還沒補好，你說倒楣不啦？」

里長指指前方被叢生雜草淹沒的道路，說：「既然你也出不了海，就領我們去看看當年老李家的屋子吧。」

梁貴遲疑問：「李家人不是早死了麼？如今他家那屋都被草給淹沒了，裡面全是蟲鼠蛇蟻……」

「叫你去就去，哪那麼多廢話！」

等梁貴用柴刀劈開灌木，幾人走進去才發現，那居處比梁貴說的還要衰敗。道路盡頭的屋子早已不見，李家沒人了之後，屋瓦梁椽土灶門檻全都被人拆分光了，只剩殘存的樁基和灶臺痕跡。

依稀痕跡之旁，一棵柳樹長得尤為高大，垂柳絲條繁茂無比。

見她一直看著這棵樹，梁貴在旁邊說道：「這是老李女兒小時候折了村口柳枝扦插在這邊的，結果現在長這麼好了。」

原來這棵樹，是母親當年種下的。

阿南抬手撫摸這棵柳樹，對梁貴道：「阿叔，麻煩你詳細講講李家女兒的事情。」

「妳說那個囡兒啊，她小時候長得又漂亮又伶俐，可惜啊，咱們漁村人家個個都忙，她剛會走路時摔到爐膛去了，周邊沒人救護，那雙手就殘了，落了個殘疾。到十八歲時這邊大風雨毀了屋子，李家出去逃荒了，就再也沒見著他們回來了。」

阿南聽著他年久模糊的講述，抬手挽著柳樹柔軟的枝條，望著母親故居的廢墟。

二十年風雨侵襲，依稀殘存的痕跡都已快被草木淹沒，令她心口泛起細細深深的痛意。

里長問梁貴：「你說她殘疾了，是怎麼個殘疾法？」

「唷，她的手上全是疤，還缺了兩根指節，看著挺嚇人的。」

里長看向阿南，她點了點頭，說：「確實如此。」

她神情尚還平靜，但喉口忽然一陣哽咽，將她後面所有的話都堵在了心口。

朱聿恆見梁貴他們也想不起什麼其他的了，便打發他們先回去。他拉她靠著柳樹坐下，在她父母當年生活過的地方，靜靜坐了一會兒。

「阿琰，謝謝你……」他聽到阿南的聲音。「不只是我娘，還為了我那原本不可見人的身世。」

若不是他的苦心遮掩，她在這世上，早已沒有立足之地。

「沒什麼不可見人的，既然妳說我的棋九步之力能從世間所有紛紜中尋出最準確的答案，那麼妳的身世就是這樣，若妳還介意自己的出身，那就是在質疑我。」

阿南心口湧上濃濃的酸澀與感激，在海邊溫暖潮溼的風中，她默默握住了他的手，與他十指交握。

「走吧，我們去找人，在這裡給妳娘做法事、建陵墓，讓她可以魂歸故里，九泉安息。」

阿南緊抿下脣，默然地、重重地點了點頭。

其實她此生於世間縱橫，刀山火海盡數闖蕩過，深心裡知道，這世上或許並沒有來生與鬼神的存在。

可，這一刻她願推翻自己對這世界的所有成見，只要能有一絲微渺的希望，讓厄難深重的母親得脫苦海，讓她下一世終有幸福如意的人生，那麼，她願跪拜於滿天神佛之前，豁出一切。

從故鄉回來，北上回應天，先經過杭州。

綺霞肚子已高高隆起，腳背也腫了，靠在躺椅上晒太陽。阿南過去時，楚北淮正抱著蜜棗紅豆湯過來，說是他娘剛煲好讓送來的。

「其實我娘最近身體也不舒服呢，我爹昨天還陪她去保和堂看大夫。」楚北淮有些憂愁。「南姨，他們好像又出問題了！」

「咦，還吵架嗎？」阿南和綺霞都有些操心。

「不吵架，但是我娘身體不好了，我爹一點都不難過還精神煥發，最近甚至，甚至……」他嘴巴一癟，氣憤不已。「他還偷我的糖！偷了不是給自己吃，給我娘吃！」

阿南和綺霞對望一眼，差點笑出聲來：「什麼糖，是不是梅子糖、山楂糖什麼的？」

「對啊妳怎麼知道的？」

阿南朝他神祕一笑：「小屁孩，等你當哥哥就知道了！」

打發走了一臉茫然的楚北淮，綺霞聽阿南談起要與阿琰一起出海，以後長居海島治病的事情，摸著自己的肚子鬱悶地噘起嘴：「孩子啊孩子，你太可憐了！你還沒出世呢，連乾兒子還是乾女兒都不知道，你的乾娘就要跑啦！」

「沒辦法呀，阿琰這邊沒法等。」阿南豪氣地將一個金鎖拍在她的手中，說：「收好，我親手打造的。明後年我肯定回來一趟，到時候要是這金鎖沒掛在妳娃的脖子上，我跟妳算帳！」

綺霞看見金燦燦的東西就迷了眼，趕緊打開箱籠妥貼地收了，保證道：「放心，我肯定天天指著金鎖告訴他這是乾娘給的，孩子不會叫娘之前先學會叫乾娘！」

看到箱籠中一包東西，她又猶豫了一下，取出來放在桌上，說：「這個，是白漣的娘上次送給我的。」

阿南打開看了看，是幾塊未打磨的青魚石，便道：「這是魚鷩石，給孩子壓鷩驅邪的，這麼大可不好攢呀。江白漣他娘……知曉你們的關係了？」

綺霞搖了搖頭，說：「我常去她那裡買魚，所以她認識我了。但我不想孩子一生困在船上，或許……等以後，我再告訴她吧。」

阿南摸摸她的頭，說：「那我幫妳把魚鷩石打磨好吧，相信它一定能保佑孩子無病無災成長，成為白漣一樣聰明能幹的人。」

那幾塊魚鷩石打磨後橙中帶粉，用梔子花油摩挲浸潤後，顏色比琥珀還瑩澄。

阿南滿意地收好，拉上朱聿恆：「走，陪我去找找穿魚石的絲絡，再配兩顆珠子。」

熙熙攘攘的街市上，人頭攢動。

阿南抬頭便看到街口張貼的唐月娘通緝令，便扯了扯朱聿恆的手，問：「她不是帶著青蓮宗殘部散入西南大山了嗎，難道又發現她蹤跡了？」

「嗯，西南那邊封閉淳樸，朝廷難以在茫茫大山中剿除餘黨，她似是要在那邊扎根落地了。」朱聿恆說著，神情與聲音都是淡淡的：「無論日光如何洞穿人世，可這世上總有貧困、饑荒、黑暗與不公的角落存在，否則，青蓮宗怎能綿延百年，至今不絕呢？」

阿南望著通緝令上唐月娘的面容，她背負了半生苦痛，面容卻依舊溫厚寬忍，依舊是她記憶中那個笑著拉她參觀自家菜園子的爽利婦人。

她嘆道：「算了，她也算個女中豪傑。再說有這樣的一股力量在，也能在朝廷朽爛的時候督促警醒，也不必趕盡殺絕。」

朱聿恆也深以為然，又想起一件事：「說起來，墨先生對阿晏讚不絕口，說他一旦用心就是個人才，前段時間還改進了水車，如今正在北邊試用，要是可行的話，說不定能惠及大江南北。」

「真好，阿晏現在居然這麼有出息了！」阿南想起他們一起嗑瓜子逛酒樓的日子，不由笑了。「希望他能堅持己心，以後咱們回來時跟他比比看，誰在這條路上走得更遠。」

拋開朝野大事，朱聿恆陪著阿南細細挑選各色絲條。旁邊趕著牛車的老農在賣時鮮的香椿、薺菜、馬蘭頭，更有人擺下大木盆賣鱖魚、鯽魚、四鰓鱸。

「哎呀，這可是江南才有的，趁現在咱們多吃幾次。」阿南歡呼了一聲，拉著朱聿恆便過去挑揀著。

河邊集市的人討價還價，柳樹下閒坐的人聊著最近大小傳聞。耳邊忽傳來錯愕驚問：「皇太孫不是一向身康體健麼，怎麼會忽然因病薨逝了？」

「唉，聽說祭陵時出了事，可能因此遭了不幸吧……說起來，太孫殿下誕世之時，太祖不是在夢中授了當今聖上一個大圭麼，如今天下既定，想必也是聖上將玉圭收回，常伴身側了。」

這一番話說得冠冕堂皇，大概是朝廷最好的解釋了，眾人紛紛附和，只是惋惜不已：「怎會如此？太孫殿下天縱英才，本可開一代太平啊……」

一切紛擾傳言，朱聿恆卻聽若未聞。

他幫阿南拎著兩捆菜，靜靜站在她的身後等待著。

而她蹲在一個老婦人面前買鱖魚，一伸手就掐住了一條最肥壯的鱖魚，手指直插入鰓，讓魚只能徒勞地拍了兩下尾巴，再也無從掙扎。

柳枝風動，掠過朱聿恆的肩頭，輕柔閒適。

阿南抓著魚，認真地向面前的老婦人討教，鱖魚要如何燒才最好吃，記得無比仔細。

阿南啊，無論在何時何地，無論對這世上任何事情，永遠都是興致勃勃、樂在其中的模樣。

他望著她的面容，不由得笑了。

阿南買好了東西，抬頭看見他臉上的笑容，揚揚眉問：「怎麼？」

「妳還記得，我們第一次見面時的場景嗎？」

「記得啊，在順天的酒肆裡，你在那裡喝茶，我看見了你的手……」

「不對。」朱聿恆接過她手中的魚，微微一笑。「是在護城河的旁邊。那時候，妳正在教一個大叔弓魚，妳抓魚的手法，和現在一樣既穩且準。」

只是當時的他們都不知道，這短短瞬間的交會，改變了九州天下，也改變了無數人的命運。

「好哇，那時候你就偷學我的手藝啦？看來我以後的獨門密技都要保不住啦！」阿南笑嘻嘻地橫他一眼。「不過你以後肯定造詣非凡了，韓廣霆那個老傢伙，因為自己沒有棋九步之力，無法繼承傅靈焰的衣缽而悒鬱了一輩子，如今終於找到你這個奇才，恨不得直接把九玄門所有的技法一股腦兒全填到你腦門裡去——不行，我也要回去好好翻翻師父的東西，看他有沒有私藏的絕技。」

「如今妳的舊傷已經痊癒，待埋在其中的影刺清除後，只要努力練習，回歸三千階便指日可待，還需要掏妳師父的私藏？」朱聿恆握著她的手查看她的關節處，想想有些好笑又有些鬱悶。「話說回來，拙巧閣怎麼辦？妳覺得他們能接受前幾天還在喊打喊殺的『妖女』，忽然拿著閣主印章過來要上位的消息嗎？」

「當然不可能了，更何況我才不願意呢，傅准那個混蛋，他自己落得清靜，卻根本沒有考慮過我和那群人相處該有多彆扭啊。」阿南無奈道：「如今只好抓個人來代工，我自己偷懶了……哎，你說墨先生會願意接手嗎？」

為了讓阿南早日解脫，時刻與自己相伴，朱聿恆自然得認真思索：「他是墨門鉅子，一貫古道熱腸，拙巧閣搜羅眾多人才，如今群龍無首，讓他暫為代管，他應當是會願意的，只是……」

「只是並非長久之計啊。」阿南撓著頭，說：「不過沒事，我看薛澄光為人八面玲瓏，在閣中人緣還是不錯的，以後慢慢接手應該也算順理成章吧。」

「薛澄光也很能幹，焉知不會成為又一任女閣主？」朱聿恆輕拍阿南的頭，示意她放寬心。

垂柳依依，阿南也覺得心口纏綿繾綣，將頭往他肩上靠了靠。

想著他要從二十年的尊榮中猛然抽身，拋掉所有榮華，成為一個早逝而消失於這片大陸的人，想必有千萬種艱難。

「阿琰，要離開這一切，你捨得嗎？」

他手中拎著魚和菜，挽著她在垂柳之下慢慢走回去：「哪有什麼捨不得的，難道是捨不得我祖父給我修建的壯觀陵墓嗎？」

這輕鬆的語氣，讓阿南不由得笑了出來：「說起來，那座陵墓都建好了，現在是拆掉還是給你二叔用？」

「他如今謀逆事發，廢為庶人，哪還配得上那般規格的山陵？」朱聿恆望著遠空流雲，緊握著她的手道：「聖上已經下令封閉那個山陵了，或許，他希望我們百年之後落葉歸根，能回到先祖們安息之地。」

「會的，等你身上餘毒清了，徹底擺脫了山河社稷圖之後。」阿南與他十指緊扣，在依依楊柳之中，鄭重許諾：「我們再帶著孩子回來，在我們的故土，永不分離。」

暮春初夏的龍江船廠，江水浩蕩，最為繁忙。

工棚一層層從道旁蔓延到江邊，製龍骨的、造甲板的、縫帆篷的……工匠們幹得熱火朝天，到處是乒乒乓乓的敲打聲。

在班頭的帶領下，阿南與朱聿恆穿過工棚，向江邊而去。

世界最大的船廠中，最大的工棚之下，一艘寶船靜靜地蹲踞在坳地中，被下方離地約有三尺的堅實木架撐起，如一頭沉睡的巨獸，只等遇到洶湧江水，讓它開始甦醒過來。

「『長風』，真當得起這個名字。」阿南望著面前這艘船，不由讚嘆。

朱聿恆笑道：「長風破浪會有時，直掛雲帆濟滄海。以後咱們就可以駕著它一起在海上縱橫了。」

阿南迫不及待，也不等他們搭船梯跳板，一個拔身，流光勾住船頭，旋身躍上了這艘船。

這是一艘最為適合海上航行的三桅尖底船，龍骨高翹，三層甲板。三千料的巨大船身，配備著二十四門大鐵炮，三十六門中炮，另外船身開刻有兩百銃擊口，蒺藜、火箭、神機箭等都可以藉此攻擊。

朱聿恆之前出海，座船都是華麗繁複，連欄杆都用黃花梨木雕出吉祥海獸紋飾。但這條船卻極具威嚴與壓迫感，為了更快更穩而屏棄了一切紋飾，因為注重實用性而化繁為簡，顯得充滿了力量感，必將成為海上的霸主。

阿南愛不釋手地撫摸著船身，叩擊那些打磨得光滑的木頭，一寸一寸地查看著接縫與紋理，然後心滿意足地靠在了甲板上，朝著朱聿恆一笑：「還記得以前我假裝董浪的時候，曾說有錢了也要弄一艘你那種座船，但因為是龍江船廠出的，只能放棄。結果現在啊，有了更好的！」

朱聿恆笑著與她一起坐在甲板上，問：「妳之前不是想要世上最大的船嗎？長四十八丈寬二十丈，比七寶太監當年下西洋時還要壯闊的那種，怎麼後來又打消主意，改為小形制了？」

「我後來考慮了一下，太大的船需要的水手太多了，動輒兩、三百個水手，不好指揮，還是小一點的好調頭，水戰也方便。」

朱聿恆揚揚眉：「還想著打？」

「肯定要打啊，四海之主那麼好當嗎？」阿南說到這兒，想起竺星河，又嘆了口氣。「海上各派勢力糾葛，多是窮凶極惡之徒，沒有一股強力鎮壓，我娘那般的悲劇肯定無法斷絕。四海之主這杆大旗，我不扛有誰能扛？」

說到這兒，她眼睛又轉向他，笑睨著他問：「想不到吧，離開了陸上紛爭，海上還有強敵呢。」

「那倒好啊，否則我還擔心接下來的人生寂寞呢。」朱聿恆抬手攬住她的肩，笑道：「既然打定主意要和妳這個女海匪出海了，我焉能不好好學做一個海賊頭子？」

「好呀，咱們兩個雌雄大盜，來巡視一下咱們縱橫四海的座駕吧！」

阿南拉起朱聿恆，兩人仔細查看新船的各處。從四十八個橫艙的密閉性到四層艙室的結構布局，從萬擔壓艙砂石到各處槍炮火銃，一一審視。

心滿意足之際，她又神祕兮兮地望著朱聿恆而笑，心想，這算是他的聘禮還是嫁妝呢？

不過，無論算是什麼，它都會停泊在她那個開滿鮮花的海灣之中，成為五湖四海所有人尊崇豔羨的海上霸主。

「長風」共有四層船艙，面積層層遞減。

最下方是船工與士卒們休息的地方，分隔成一個個斗室；二層是舵工、大夫等技工所居之處；三層是船長及副手們的房間；最上層最小，是供奉天妃的神堂所在。

阿南在第三層上自己的房間裡逗留查看了許久，因為這是阿琰出的圖紙所造，她事先並不知曉內部構造。

這是船上最大的艙室，前面的走廊可以查看下方甲板一切動靜，進門便是固定於地上的紫檀屏風，後面是起居室，寬大的書桌上堆滿了航海圖和各地形勝圖，後方是可折疊洞開的大木窗，一旦推開便能面對整片大海，四周形勢一覽無遺。

左右兩側的房間，一邊是他們的臥室，另一邊則是工具房，布置得與唐月娘的那個柴房頗有相似之處，各類大小斧鑿錛鋸整齊排列，櫃中金銀銅鐵錫土木礦石應有盡有。

阿南抬頭一看，不由得笑了——頭頂上的安全防護也做好了，不過因為是在船上，所以不需要放置水桶，直接採用了活木渦吸，一旦下方有什麼狀況，只要一拉便能吸上海水傾瀉而下。

阿南興奮地在這室內待了許久，撫摸著各種工具，簡直是人生至此，夫復何求。

「就知道妳看見這些，會忘了我。」朱聿恆無可奈何地揉揉她的臉，忽然抬手，將她束髮的青鸞金環摘下。

青絲頓時傾瀉了一肩，阿南猝不及防，抬手理著自己的頭髮，不滿地抬手去抓回青鸞：「把青鸞還給我……」

朱聿恆抬手擁住她，不滿地問：「阿南妳說，今天這麼好的日子，咱們的新船落成，你怎麼能用傅靈焰的青鸞呢？」

阿南眨眨眼，正在不解之際，卻見他拉開抽屜，從裡面取出一個檀木盒，打開遞到了她的面前：「這個，應該更適合吧。」

阿南抬眼一看，見是一支絢爛的牡丹簪。各式珠寶簇成一朵碗口大的牡丹花，花蕊之上，停留著一只翅翼流光的絹紗蝴蝶。

這簪子一入手，阿南便覺出了獨特之處，她略一思索，抬起手指輕彈一下簪身。

只見光彩閃動，花蕊上的蝴蝶振翅飛起，圍繞著牡丹花翩翩飛旋了一圈，然後又回到了花心中，安憩停留。

阿南「咦」了一聲，扯起蝴蝶一看，它與牡丹花並無任何東西連結，卻能實現這花蝶圍繞飛旋，屬實奇異。

她抬手挽好髮髻，而朱聿恆俯身幫她將牡丹簪於髮間，滿意地看著她輕晃髮絲之際，蝴蝶翩飛的模樣。

阿南抬手調戲著那只蝴蝶，問：「這是……」

「這法門與傅准的『萬象』原理相通，妳猜猜是用什麼辦法維持花與蝶兩者雖不接觸，但始終不離不棄，互相吸引的？」

「難道是利用了磁鐵相吸相斥的特性？」阿南沉吟著，又感覺連接處並無磁力，急切地仰頭看他。「趕緊說說，我對九玄門的絕技好奇很久了！」

看她這一臉垂涎的模樣，朱聿恆笑著捏捏她的臉頰：「所有機括的運動，都會帶動氣流渦旋，機括越複雜，氣流越湍急，而萬象則能憑藉機關運轉的氣流探測感知機關最中心，將一舉擊破。」

「難怪傅准要用玄霜續命，他強行學這麼殫精竭慮的本事，妄圖以人力計算氣流渦旋，可不就要心力交瘁早死嗎？這門技藝，可能只有你這樣的棋九步才能操控吧。」阿南豔羨著，想想又覺得不對，笑著斜了他一眼。「阿琰，人家把九玄門的本事學好了是殺人的，你是拿來做首飾的？」

「讓自己心上人增添光彩，不比殺人放火來得好？更何況，妳給我做了這麼多東西，我卻未曾送過妳親手做的東西呢。」

「有啊……你當初在海島上，給我做過回頭箭的。如今，又給了我這艘天下最好的船。」阿南坐在船艙中，抬手撫著鬢邊精巧蓋世的蝶戀花，想起海島上那粗陋簡單的回頭箭，心下不由湧起感動來。「這個蝶戀花我很喜歡，但，那回頭箭也很好。」

「而妳，給我做了岐中易，將我一步步引入了這個世界。」朱聿恆自身後環抱住坐在鏡前的她，望著鏡中的她微微而笑。

若無意中人，誰解其中意。

明淨透亮的西洋水銀鏡中，兩個人面容相依相偎，彷彿永遠也不會分開。

經過了這長久的波折與艱難跋涉，他終於抱住了這具夢寐以求的身軀，她也終究握住了這雙一見傾心的手。

這何嘗不是一種，最大的圓滿。

阿南重新束好頭髮，光彩絢爛的蝶戀花映襯得她面容愈發豔麗。

神官們送進三牲，在青鸞翔舞的彩繪室內，天妃霞帔冠旒，含笑立於海浪之上。

阿南與朱聿恆持香敬祝，祈禱平安，率一眾船工士卒虔誠上香。

香煙繁盛，絲竹齊鳴，阿南與朱聿恆攜手站在船上，對船廠的管事揮手道：「下水！」

一聲令下，早已站在岸邊的大批漢子立即揮舞手中的鋤钁，先拆擋水板，再挖堤壩。

長江水從堤壩缺口急沖進來，被引進「長風」所在的船塢坳地。

阿南拉著朱聿恆站在船頭，看著周圍人群散去，濁浪將他們腳下的船迅速托起，在顛簸震盪中，他們把臂穩住身形，示意旁邊的士卒與船工各就其位。

船塢窪地被水灌滿，徹底連通了長江。

「轉舵，起帆，東北方入江，啟航！」

船上水手們一起推動巨大絞盤，潔白的撐條硬帆被春風鼓滿，長櫓在水下徐徐推進，三千料的巨大船舶在風力與人力的運動之下，緩緩駛出船塢，進入了長江。

如此龐大的船舶，一經下水，便再無上岸的可能。

「走吧，阿琰。」阿南遙望著前方蒼茫，與朱聿恆並肩站在船頭，衣袂獵獵，直面迎面而來的風浪。

「我們一起南下，去我永遠花開不敗的、海峽懸崖上的小屋。南洋那邊，暹羅、爪哇、三佛齊等處，其實華人眾多，市集也有繁華處，那邊的官廠和宣慰司說不定還有你的熟人呢。等到你玩膩了，咱們再一路西去，去西洋的柯枝、古裡、麻實吉。甚至可以去天方、去木骨都束、去我聽人說過但是從沒去過的惹怒襪，黃魚島，佛郎機（註3），這些國家的機巧與我們這邊大有不同，我在海上時偶爾見過他們所造的機括玩物，有些精巧之處令人讚嘆。之前，我一直想去看看，但苦於當時海上未平，而且我孤身一人也不可能前往，因此尚未成行。」

「別擔心，以後咱們攜手相伴，沿岸的海盜甚至那些國家，哪個能阻攔咱們

註3　柯枝、古裡，現今印度；麻實吉，現今阿拉伯半島的馬斯喀特；天方，現今的阿拉伯；木骨都束，現今摩加迪休；惹怒襪，現今熱那亞；黃魚島，現成薩丁島；佛郎機，現今葡萄牙。

的步伐？」

身後滾滾浪濤中，上百條船匯入洪流，追隨他們而去。

迎面的風吹來，讓他們靠得更緊，而那雙她最愛的手緊握著她的手，他們並肩站在船頭，迎向面前的天高海闊，莫逆於心。

「走吧，以後山長水闊，世界廣袤，我們一一走遍，再無任何牽掛。」

——天命卷　完——

司南

天命卷

司南 天命卷（下）

作　　者／側側輕寒
執 行 長／陳君平
榮譽發行人／黃鎮隆
協　　理／洪琇菁
總 編 輯／陳昭燕
執行編輯／陳宣彤
美術監製／沙雲佩
美術編輯／陳聖義
國際版權／高子甯、賴瑜妗
內文校對／施亞蒨
內文排版／謝青秀

國家圖書館出版品預行編目資料

司南・天命卷 / 側側輕寒作 . -- 1 版 . -- 臺北市：城邦文化事業股份有限公司尖端出版：英屬蓋曼群島商家庭傳媒股份有限公司城邦分公司尖端出版發行 , 2024.06
冊；　公分
ISBN 978-626-377-878-8（下冊：平裝）

857.7　　113005290

出版／城邦文化事業股份有限公司　尖端出版
臺北市南港區昆陽街 16 號 8 樓
電話：（02）2500-7600　傳真：（02）2500-2683
讀者服務信箱：7novels@mail2.spp.com.tw
發行／英屬蓋曼群島商家庭傳媒股份有限公司城邦分公司　尖端出版
臺北市南港區昆陽街 16 號 8 樓
電話：（02）2500-7600　傳真：（02）2500-1979
劃撥專線：（03）312-4212
戶名：英屬蓋曼群島商家庭傳媒（股）公司城邦分公司
劃撥帳號：50003021
※ 劃撥金額未滿 500 元，請加付掛號郵資 50 元
法律顧問／王子文律師　元禾法律事務所　台北市羅斯福路三段 37 號 15 樓

台灣地區總經銷／中彰投以北（含宜花東）　楨彥有限公司
電話：（02）8919-3369　　傳真：（02）8914-5524
雲嘉以南　威信圖書有限公司
（嘉義公司）電話：（05）233-3852　　傳真：（05）233-3863
（高雄公司）電話：（07）373-0079　　傳真：（07）373-0087
馬新地區總經銷／城邦（馬新）出版集團 Cite（M）Sdn Bhd
電話：603-9057-8822　　傳真：603-9057-6622
E-mail：cite@cite.com.my
香港地區總經銷／城邦（香港）出版集團 Cite（H.K.）Publishing Group Limited
電話：852-2508-6231　　傳真：852-2578-9337
E-mail：hkcite@biznetvigator.com

版　次／2024 年 6 月 1 版 1 刷